Antti Tuomainen, Jahrgang 1971, ist einer der angesehensten und erfolgreichsten finnischen Schriftsteller. Er wurde u. a. mit dem Clue Award, dem finnischen Krimipreis, ausgezeichnet, seine Romane erscheinen in über 25 Ländern. Antti Tuomainen lebt mit seiner Frau in Helsinki.

«Antti Tuomainen ist ein wunderbarer Autor. Seine Charaktere, Geschichten und die Atmosphäre sind meisterhaft.» *Yrsa Sigurðardóttir*

«Ein richtig cooler Finne! Ein wunderbares Buch, abgefahren, poetisch schön!» *Bernhard Aichner*

«Pilzexporteur Jaako stirbt über sich hinaus. Sehr komisch.» *FAS und Deutschlandradio Kultur, Krimibestenliste*

«Eine schräge Lektüre, die trotz des makabren Themas auch die Lebensgeister weckt.» *Radio Bremen*

«Poetisch, leise, aber ungemein spannend. Alles ist unwiderstehlich im Fluss.» *3Sat Kulturzeit, Krimibuchtipps*

«Ein ebenso abgründiger wie unterhaltsamer Roman. Wer Sinn für schrägen, trockenen, geradezu britischen Humor hat, ist hier bestens aufgehoben.» *dpa*

Antti Tuomainen

DIE LETZTEN METER BIS ZUM FRIEDHOF

ROMAN

*Aus dem Finnischen von
Niina Katariina Wagner und
Jan Costin Wagner*

ROWOHLT TASCHENBUCH VERLAG

Die Originalausgabe erschien 2016 unter dem Titel
«Mies joka kuoli» bei Like, Helsinki.

Veröffentlicht im Rowohlt Taschenbuch Verlag,
Reinbek bei Hamburg, Februar 2019
Copyright © 2018 by Rowohlt Verlag GmbH,
Reinbek bei Hamburg
«Mies joka kuoli» Copyright © 2016 by Antti Tuomainen
Redaktion Maximilian Murmann
Umschlaggestaltung und Motiv: bürosüd, München
Satz Dörlemann Satz, Lemförde
Druck und Bindung CPI books GmbH, Leck, Germany
ISBN 978 3 499 27388 9

Für Anu, in Liebe, ein weiteres Mal

Anmerkung

Der Autor hat sich große künstlerische Freiheiten im Hinblick auf geographische, medizinische, naturwissenschaftliche Fakten genommen. Ansonsten ist die Geschichte vollkommen korrekt.

«He was some kind of man.
What does it matter what you say about people?»
MARLENE DIETRICH, *Touch of Evil*

I
DER TOD

1

Es war gut, dass Sie uns auch eine Urinprobe gegeben haben.»

Das ovale Gesicht des Mannes hinter dem Schreibtisch strahlt eine ernste, gewichtige Ruhe aus. Das dunkle Gestell seiner Brille betont noch das intensive Blau seines Blicks, der auf mich gerichtet ist.

«Das Ganze, nun, lassen Sie mich ein wenig ausholen. Ich habe Rücksprache gehalten mit meinen Kollegen in Kotka und Helsinki. Ihre Erkenntnisse entsprechen unseren. Und ich möchte betonen, dass wir nichts hätten ändern können, selbst wenn wir die Sache schon bei Ihrem letzten Besuch klarer gesehen hätten. Wie geht es Ihnen heute? Erzählen Sie ein wenig.»

Ich zucke mit den Schultern und wiederhole mehr oder weniger, was ich schon beim letzten Mal erzählt habe. Dass alles mit plötzlicher Übelkeit begann, die mich buchstäblich aus den Socken gehauen hat. Dass ich in regelmäßigen Abständen das Gefühl habe, jeden Moment in Ohnmacht zu fallen. Ich erleide heftige Hustenanfälle. Der Stress raubt mir den Schlaf. Wenn ich dann doch irgendwann eindöse, habe ich Albträume. Und Kopfschmerzen, die sich anfühlen, als würde jemand mit einem scharfen Messer an meinen Augen entlangstreichen. Mein Hals ist trocken. Und immer wieder diese Übelkeit, die mich überfällt, von einem Moment auf den anderen.

Und das alles ausgerechnet jetzt, wo unsere Firma vor der größten Herausforderung ihrer noch jungen Existenz steht.

«Ja», sagt der Arzt, er nickt. «Ja, ich verstehe.»

Ich schweige, und auch er schweigt für eine Weile, bevor er fortfährt. «Nun, es ist so, es handelt sich nicht um einen hartnäckigen grippalen Infekt, wie wir anfänglich vermutet haben. Der Urintest hat uns auf die Spur gebracht, und die MRT und die Sonographie haben die Verdachtsdiagnose bestätigt. Ihre Nieren sowie die Leber und die Bauchspeicheldrüse, mit anderen Worten, wichtige innere Organe, sind schwer geschädigt. Aus dem, was Sie berichten, entnehmen wir, dass auch das zentrale Nervensystem bereits beeinträchtigt ist. Möglicherweise auch das Hirn. Wir haben es mit einer ausgeprägten Vergiftungssymptomatik zu tun. Die Ergebnisse der toxikologischen Untersuchung sind, nun, bemerkenswert. Diese Werte könnten selbst ein Nilpferd niederstrecken. Dass Sie mir hier gegenübersitzen und zur Arbeit gehen können, verdanken Sie vermutlich der Tatsache, dass sich die Gifte über einen längeren Zeitraum hinweg in Ihrem Körper angereichert haben, schleichend. Ihr Körper hat sich, so weit das möglich ist, daran gewöhnt.»

Etwas in mir reißt. So fühlt es sich an. Ich falle, stürze, in einen kalten Abgrund. Einige Sekunden lang. Dann ist es vorbei. Ich sitze auf einem Stuhl, mir gegenüber sitzt der Arzt hinter seinem Schreibtisch, es ist Dienstag. Bald werde ich mich auf den Weg machen, zur Arbeit. Ich habe mal gelesen, dass Menschen, die in einem brennenden Haus stehen, plötzlich die Ruhe selbst sein können. Menschen, die von einer Pistolenkugel getroffen worden sind, können noch ganz vernünftige Gedanken haben, obwohl sie literweise Blut verlieren. Ähnlich scheint es bei mir zu sein. Ich sitze einfach nur da, als würde ich auf den nächsten Bus warten.

«Sie erwähnten einmal, dass Sie beruflich mit Pilzen zu tun haben», sagt der Arzt.

«Ja, aber *Matsutake* ist nicht giftig», entgegne ich. «Und die Erntezeit beginnt ja erst.»

«*Matsutake*?»

Ich weiß nicht genau, wo ich anfangen soll.

Ich entscheide mich für die Kurzfassung. Meine Frau hat in Helsinki in der Großküche eines Caterers gearbeitet, ich war in derselben Firma Verkaufsleiter. Vor drei Jahren wurden große Teile der Belegschaft abgebaut, wir verloren beide unseren Job. Also brauchten wir eine neue Idee. In Hamina suchten sie gerade – wie in so vielen finnischen Kleinstädten – nach neuen Geschäftsmodellen, weil der Hafen und die Papierfabrik stillgelegt worden waren. Wir handelten schnell, erhielten einen großzügigen Existenzgründerzuschuss und nahezu zum Nulltarif unsere Firmenräume. Wir fanden Mitarbeiter, die die Felder und Wälder in der Umgebung kennen wie ihre Westentaschen. Wir verkauften unsere Wohnung in Oulunkylä und erwarben ein Einfamilienhaus in Hamina sowie ein kleines Boot und eine Anlegestelle, siebzig Meter von unserem Briefkasten entfernt.

Unsere Geschäftsidee: *Matsutake. Kieferduftritterlinge.*

Die Japaner sind verrückt nach diesen Dingern, und Finnlands Wälder sind voll davon.

Es gibt Japaner, die tausend Euro fürs Kilo hinblättern, wenn *Matsutake*-Pilze in ihrer frühen Blüte stehen. Und in den Wäldern im Norden und Osten von Hamina kann man sie pflücken wie vom Präsentierteller. Unsere Räume sind bestens ausgestattet, wir trocknen und lagern die Pilze, und während der Erntezeit geht einmal wöchentlich eine Sendung nach Tokio raus.

Ich atme durch. Der Arzt wirkt nachdenklich.

«Gut. Wie ist, abgesehen davon, Ihr Lebenswandel?»

«Mein Lebenswandel?»

«Wie ernähren Sie sich? Treiben Sie Sport?»

Ich entgegne, dass ich mit gutem Appetit esse. Seit ich Taina kennengelernt habe, vor sieben Jahren, habe ich nicht ein einziges Mal gekocht. Und Taina serviert keineswegs Teller, auf denen eine teelöffelgroße Portion Selleriepüree nach einem einsamen Halm Weizengras sucht. Taina kocht gerne mit Sahne, Salz, Butter, Käse und Schweinefleisch. Ich mag, was sie kocht, habe es immer gemocht. Das sieht man mir auch an, ich wiege 24 Kilogramm mehr als am Tag unseres Kennenlernens.

Taina hat merkwürdigerweise nicht zugenommen. Es könnte daran liegen, dass sie ohnehin von stattlicher Statur ist. Sie sieht ein wenig aus wie eine Gewichtheberin auf dem Höhepunkt ihrer Karriere. Ich meine das auf eine gute Weise: Ihre Oberschenkel sind rund, muskulös und straff. Ihre Schultern breit, die Arme stark, ohne männlich zu wirken. Ihr Bauch ist flach wie ein Waschbrett.

Wenn ich Fotos von Bodybuilderinnen sehe, die es mit dem Trainieren nicht allzu wild treiben, dann denke ich an Taina. Sie hält sich regelmäßig fit, bei der Gymnastik, im Studio, und seitdem wir in Hamina sind, rudert sie sogar im Meer. Ich habe ja anfänglich versucht mitzumachen, aber der Ehrgeiz hat sich ein wenig verflüchtigt.

Das alles erzähle ich dem Arzt. Ich weiß gar nicht, warum

ich so schnell und so viel rede, warum ich so detailreich von Taina erzähle. Fehlt nur noch, dass ich zentimetergenau ihre Maße herunterbete.

Dann, als der Arzt seinen wohlwollenden Blick ein wenig zur Seite abgleiten lässt, frage ich ihn, was wir denn nun tun werden. Der Arzt sieht mich an, als habe er gerade erst begriffen, dass ich ihm nicht zugehört und keines seiner Worte verstanden habe. Hinter den Brillengläsern blinzeln seine Augen.

«Nichts», sagt er. «Da ist nichts, was wir tun können.»

Der Raum ist wie überbelichtet, angefüllt mit Sonne, mit Sommer. Auch ich blinzle.

«Es tut mir leid», sagt er. «Vielleicht war ich nicht klar genug. Wir konnten nicht feststellen, um welche Art Gift es sich handelt. Es scheint eine Kombination verschiedener Substanzen zu sein. Und wenn wir die Symptome betrachten und das, was Sie berichten, so ist davon auszugehen, dass die Gifte so exakt dosiert eingeschlichen wurden, dass wir nichts tun können. Wir sehen keine Möglichkeit, einen Normalzustand wiederherzustellen. Keine Möglichkeit, wie soll ich sagen, die eingeschlagene Richtung umzukehren. Es ist eher die Frage, wie lange es dauert, bis Ihre Körperfunktionen eine nach der anderen aussetzen werden. Es tut mir leid, Ihnen das sagen zu müssen, aber diese Vergiftung wird unweigerlich den Tod herbeiführen.»

Das Sonnenlicht, das den Raum flutet, verstärkt noch die Absurdität dieser finalen Worte. Die Worte sind am falschen Platz. Und ich bin am falschen Ort. Ich bin hierhergekommen wegen einer Grippe, wegen Magenbeschwerden und gelegentlicher Übelkeit. Ich möchte hören, dass ich Ruhe und ein paar Antibiotika brauche, von mir aus, im schlimmsten Fall, irgendeine Magenspülung, und dann geht es aufwärts, und ich werde ...

«Es ist mit Bauchspeicheldrüsenkrebs oder einer Leberzirrhose vergleichbar», sagt der Arzt. «Wenn lebenswichtige Organe über ihre Kapazität hinaus strapaziert werden, ist eine Regeneration nicht möglich. Das Organ brennt gewissermaßen aus, es erlischt, wie eine Kerze. Wir können da nichts machen. Eine Transplantation kommt nicht in Betracht, weil auch die umgebenden Organe geschädigt sind. Es würde also keine Besserung eintreten, sondern im Gegenteil das Organversagen eher beschleunigt werden. In Ihrem Fall scheinen die betroffenen Organe alle in einem vergleichbar fortgeschrittenen Stadium der Schädigung zu sein. Möglicherweise ist das, also gewissermaßen dieses Gleichgewicht des Schreckens, sogar der Grund dafür, dass Sie momentan noch in einem augenscheinlich recht guten Allgemeinzustand sind.»

Ich betrachte den Arzt. Sein Kopf bewegt sich kaum merklich. Wackelt hin und her.

«Natürlich ist alles relativ», sagt er.

Der Arzt sitzt hinter seinem Schreibtisch. Heute und morgen und kommende Woche wird er da sitzen. Der Gedanke füllt mich ganz aus. Nach einem Moment weiß ich auch, warum.

«Wie ...?» Ich zögere. Mir liegt die Frage auf der Zunge, die man vermutlich nur ein Mal im Leben stellt. «Wie lange? Wie viel Zeit habe ich noch?»

Der Arzt, der seinen Beruf vermutlich noch zehn Jahre ausüben und seinen Ruhestand weitere zehn oder zwanzig Jahre genießen wird, mustert mich mit ernster Miene.

«Unter Berücksichtigung aller Faktoren, Tage. Höchstens Wochen.»

Ich möchte schreien. Irgendetwas. Dann will ich um mich schlagen. Dann kommt die Übelkeit. Ich schlucke, atme durch.

«Ich begreife einfach nicht, wie das möglich ist», sage ich.

«Es ist so, dass verschiedene Faktoren zusammen ...»

«Das meine ich nicht.»

«Ja.»

Wir schweigen.

Es fühlt sich an, als würde der Sommer enden, der Herbst beginnen. Dann der Winter, der Frühling. Dann ist der Sommer wieder da. Der Arzt mustert mich fragend, während seine Finger an einem blauen Blatt Papier entlangstreichen, das auf seinem Schreibtisch liegt. Auf dem Blatt sind mein Name und diverse Informationen zu lesen. Jaakko Mikael Kaunismaa. Sozialversicherungsnummer 081178–073H.

«Haben Sie irgendwelche Wünsche?»

Ich sehe offenbar verwirrt aus, der Arzt präzisiert seine Frage. «Psychotherapeutische Begleitung? Sterbebegleitung? Ambulante oder häusliche Pflege? Medikamente zur Beruhigung? Schmerzmittel, Sedativa?»

Ich muss zugeben, dass ich an dergleichen noch nicht gedacht habe. Ich habe mir keine Gedanken darüber gemacht, wie ich die letzten Tage verbringe, es gibt keine To-do-Liste. Der Tod kommt ja nur ein Mal im Leben. Vielleicht hätte ich mich im Vorfeld ein wenig intensiver mit dem Thema befassen sollen. Ich habe die letzten Dinge immer gerne verdrängt, vermieden. Jetzt begreife ich, dass es große Fragen sind, geknüpft an wichtige Entscheidungen. Und wichtige

Entscheidungen habe ich in den vergangenen sieben Jahren immer gemeinsam mit meiner Frau getroffen. Von Helsinki nach Hamina zu ziehen. Das Mondäne gegen *Matsutake* einzutauschen.

«Ich muss es mit meiner Frau besprechen», sage ich.

Während ich die Worte ausspreche, spüre ich, wie wahr sie sind. Ich muss mit ihr sprechen, und dann werde ich wissen, was zu tun ist.

2

Der Asphalt unter meinen Füßen scheint zu vibrieren. Der Wind scheint vergessen zu haben, dass seine Aufgabe darin besteht zu wehen. Alles um mich herum ist grün, die Luft ist stickig, ich habe das Gefühl, in dichtem Moos zu versinken. In meiner Hand liegt schweißnass das Telefon. Ich weiß gar nicht, warum. Ich habe nicht vor zu telefonieren. Das, was ich zu erzählen habe, erzählt man nicht am Telefon. Das Hemd klebt an meiner Haut, ich hebe es ein wenig an, aber es klebt sofort wieder fest.

Ich setze mich in den Wagen, starte den Motor und stelle die Klimaanlage auf die kälteste Stufe ein. Das Lenkrad liegt feucht und weich in meinen Händen. Ich fühle mich vollkommen ruhig, vielleicht fühlt man sich so unter Schock, es soll mir recht sein.

Ich fahre, biege vom Parkplatz des Krankenhauses nach rechts ab. Schneller käme ich ans Ziel, würde ich nach links abbiegen, aber ich brauche ein paar Minuten. Ich möchte ein wenig nachdenken, in Ruhe, Gedanken sammeln, Gedanken ordnen.

Unsere Firma befindet sich auf der anderen Seite des Wasserturms, in Hevoshaka. Ich fahre in Richtung Salmenvirta, immer geradeaus, dann biege ich links ab und folge der Küstenstraße nach Savilahti. Zwischen Bäumen und Häusern blitzt das Meer auf, so blau wie die Uniformen von Polizisten. Ein Mann erneuert die Pflastersteine in seiner Auffahrt, obwohl alles tadellos aussieht. Eine Frau fährt auf ihrem Fahrrad vorüber, mit wallendem Haar, vermutlich kehrt sie vom Markt zurück, den Korb voller Einkäufe. Es ist fünf Minuten vor elf. Später Vormittag in Hamina.

Ich erreiche die Mannerheimstraße und biege nach links ab. Dann in den Mullinkoskenweg und wieder links ab in die Industriestraße. Der Stadtteil Hevoshaka ist klein und ziemlich heterogen bebaut. Hier findet sich alles. Einfamilienhäuser, Hochhäuser, Firmen, Imbissbuden, Industrieanlagen.

Unsere Firma ist in einem bräunlich gelben Bungalow untergebracht, ausgestattet mit einer kleinen Pack- und Verladegarage auf der einen und einer Sauna inklusive Terrasse auf der anderen Seite. Tainas Wagen ist nicht zu sehen. Vielleicht ist sie noch zu Hause oder zum Mittagessen gefahren. Das macht sie gerne. Ich selbst gehe ungern während des Arbeitstages nach Hause, das bringt meine innere Uhr durcheinander, es bringt mich aus dem Rhythmus. Es ist einfacher und klarer, den Tag in der Firma zu verbringen und den Feierabend zu Hause. So bleibt beides fein säuberlich voneinander getrennt. Arbeit bleibt Arbeit, Zuhause bleibt Zuhause.

Ich wende im Hof und fahre nach Pappilansaari. Das Handy liegt auf dem Fahrersitz, zwischen meinen Beinen.

Hamina wird oft als «Kreiselstadt» bezeichnet, weil angeblich alles kreisrund sei, das gilt allerdings nur für den Stadtkern. Also für Rathaus und Umgebung. Abgesehen von dieser Gegend sieht Hamina aus der Luft ebenso schachbrettartig aus wie jede andere Stadt in Finnland.

Auf dem Marktplatz wimmelt es von Leuten.

Die lokalen Händler bieten ihre Waren an, außerdem sind

die in den Sommermonaten unvermeidlichen Verkäufer von Meterlakritze und diesen unverschämt überteuerten Saunahandtüchern aus Leinen vor Ort. Einer verkauft sogar Unterhosen, in Packungen zu zehn, zwanzig oder hundert Stück.

Von Zeit zu Zeit schießt mir der Gedanke an den Tod durch den Kopf, aber er bleibt vage und fern. Es erscheint mir unmöglich, daran zu denken, insbesondere, wenn es um den eigenen Tod geht. Der Gedanke kommt, und eine Sekunde später denke ich an irgendetwas Alltägliches: an die Einkaufsliste oder an Anschaffungen für die Firma. Ich überquere die Brücke von Pappilansalmi. Hamina ist an kleinen Halbinseln, Inseln und Feldern entlang erbaut worden, an vielen Stellen schlängelt sich das Meer zwischen die Häuser, die hier und da verstreut in der Landschaft stehen. Es sieht aus, als würde das Wasser des Meeres blaue Teilchen aus der weiten Landschaft herausbeißen.

Tainas weinroten Hyundai sehe ich schon aus der Ferne. Hinter ihrem Wagen steht ein schwarz glänzender, frisch gewaschener Corolla. Ich parke am Straßenrand.

Hat Taina erwähnt, dass Petri zu Besuch kommt?

Manchmal bleibt Taina zu Hause, weil sie neue Rezepte ausprobieren möchte, Petri hilft ihr dann gerne. Petri haben wir kurz nach der Firmengründung als ersten Mitarbeiter eingestellt. Er ist unser Experte für Maschinentechnik und kann alles reparieren, wenn es nötig ist. Darüber hinaus ist er ein Segen für unsere Logistik, da er jede Straße, jeden Hügel, jede Kurve im Umkreis von fünfzig Kilometern kennt.

Gut, also, denke ich, während ich aus dem Wagen steige. Ich werde Petri darum bitten, ins Büro zurückzukehren, unter irgendeinem Vorwand. Irgendein Problem mit der Reinigungsanlage. Ja. Mir wird schon was einfallen. Dann werde ich Taina darum bitten, auf dem Sofa Platz zu nehmen, und dann sage ich ... ich weiß nicht genau, was. Immerhin wird es sicher nicht nötig sein, etwas hinzuzuerfinden.

Unser Haus ist das letzte in einer zum Ende hin immer schmaler werdenden Sackgasse. Die Fassade ist hell und gelb, und hinter dem Haus erstreckt sich ein blühender grüner Garten mit Beerensträuchern und Blumenbeeten, der an einen kleinen Strand und ans Wasser hinabführt. Im Zentrum des Gartens haben wir eine etwa zehn Quadratmeter große Terrasse, auf der man gemütlich sitzen und das Meer betrachten kann, ohne gestört zu werden. Sehen können uns nur Leute, die jenseits des Wassers am anderen Ufer stehen, und das ist ziemlich weit weg.

Ich gehe die Treppe hinauf zur Tür. Seit einiger Zeit gerate ich dabei immer außer Atem. Ich dachte, dass es mit der Grippe zu tun hat. Mit einer Bronchitis. Von mir aus, im schlimmsten Fall, mit einer Lungenentzündung, die ich ein wenig verschleppt habe. Ich lege eine Hand auf das Geländer und halte für eine Weile inne. Ich höre das Dröhnen eines Wasserflugzeugs, das näher kommt.

Betuchte Russen haben sich an den Stränden regelrechte Schlösser erbaut. Einige von ihnen besitzen Schiffe oder sogar Flugzeuge, mit denen sie einen oder zwei Sommer lang Lärm machen. Dann bieten sie den ganzen Ramsch zum Verkauf an, die Villa, das Flugzeug, ohne einen Käufer zu finden.

In einer Stadt, die unter der Rezession leidet, mit hoher Arbeitslosigkeit und einer stetig älter werdenden Bevölkerung, gibt es nicht allzu viele Millionäre.

Das Wasserflugzeug kommt immer näher.

Das Geländer fühlt sich plötzlich kalt an, ich löse meine Hand, öffne die Haustür und rufe: «Hallo.» Keine Antwort. Vielleicht sind sie in der Küche. Ich gehe durch den Flur, der Holzboden knirscht unter meinen Füßen. In der Küche ist niemand. Sie ist blitzblank sauber. Da ist auch kein Eintopf, der einsam vor sich hin köchelt, kein Geruch von garenden Speisen. Die Arbeitsplatten glänzen im Sonnenlicht. Ich rufe nach Taina.

Das Wasserflugzeug ist jetzt über dem Haus, es brummt und dröhnt, übertönt meine Stimme. Ich laufe zur Hintertür, öffne sie, bleibe auf der höchsten Stufe der Treppe stehen. Über mir das Flugzeug.

Der Boden schwankt.

Oder bin ich es, der schwankt?

Nein, der Boden unter meinen Füßen ist in Bewegung.

Ich nehme es mit geschärften Sinnen wahr. Über mir lärmt das Flugzeug, das jetzt eine scharfe Kurve fliegt, im blauen, warmen Himmel. Der Sonnenstuhl der Firma Masku wird gleich zerbrechen, die Polster, die rot und weiß gestreift sind, werden fest gegen das Metallgestänge gepresst. Der Grill, ein deutsches Fabrikat, rollt langsam, wie in Zeitlupe, Millimeter für Millimeter, in Richtung der Rasenfläche. Die Hollywoodschaukel vibriert kaum merklich, auch die Blumentöpfe sind auf dem Sprung, gleich werden sie loslaufen.

Petri liegt auf dem Sonnenstuhl, auf dem Rücken. Er streckt mir die Fußsohlen entgegen. Sein Kopf ist nach hinten gekippt, in eine unnatürliche Position, er hängt wie ein Fremdkörper über der Stuhlkante. Er kann das Meer sehen, aber falsch herum, falls er die Augen überhaupt geöffnet hat. Taina gibt sich alle Mühe, seine Augen geschlossen zu halten.

Sie wendet mir ihren breiten, schweißnassen Rücken zu, ihr Hintern glänzt rot in der Sonne. Sie reitet auf Petri, als würde sie einen hohen Berg erklimmen wollen. Ihre Füße heftet sie fest an den Boden, ihre Hüften tanzen und pumpen, ihr Blick ist gen Himmel gerichtet. Vermutlich sieht sie dasselbe Wasserflugzeug, das auch ich sehe.

Taina beschleunigt den Takt, den Rhythmus. Schneller und schneller, fast nicht vorstellbar, dass das überhaupt möglich ist.

Ich sehe eine Eisenstange an der Wand des Gartenschuppens.

Dann erbreche ich mich. Die Übelkeit kommt so plötzlich und so massiv, dass ich mich nur mit Mühe auf den Beinen halten kann. Ich greife fest nach dem Geländer, mit beiden Händen.

Ein Teil des Erbrochenen fliegt im hohen Bogen in Richtung der Terrasse.

Das Dröhnen des Flugzeugs lässt das Haus erzittern. Ich wende mich ab, gehe zurück, intuitiv, wie ferngesteuert. Ich ziehe die Tür hinter mir zu, stehe im Schatten des Hauses.

Ich spüre, wie Luft meine Lungen füllt. Ich habe für eine Weile nicht geatmet. Ich richte mich auf. Kerzengerade.

Das Wasserflugzeug lärmt jetzt in der Ferne. Wie eine Fliege, die im Nebenzimmer summt. Ich weiß, dass ich das, was ich Taina erzählen wollte, nicht erzählen werde. Es ergibt keinen Sinn. Was ich am meisten vermisse, ist die Klimaanlage meines Wagens.

3

Ich drifte von Zeit zu Zeit auf die Gegenfahrbahn ab, fahre Schlangenlinien. Gut, dass die Straßen kaum befahren sind. Die Touristen sind am Strand oder auf dem Markt. Auch die Einheimischen machen sich entweder vormittags oder gegen Abend auf den Weg in die Stadt. Mittagszeit. Ruhige Zeit.

Meine Gedanken allerdings rasen. Aus Wut wird Erschütterung, aus Erschütterung Enttäuschung. Aus Enttäuschung eine kühle, bodenlose Leere.

Dann kehrt die Wut zurück. Ich habe das ernste Gesicht des Arztes vor Augen, seinen weißen Kittel. Dann Tainas dicke Schenkel, die sich auf und ab bewegen.

Die Klimaanlage habe ich voll aufgedreht.

Die kalte Luft beruhigt mich ein wenig, das Brennen in den Augen und der Schweißausbruch lassen nach.

Mein Gesicht fühlt sich wieder so an, als sei es mein eigenes.

Sogar eine Richtung kristallisiert sich heraus, die ich einschlagen könnte.

Ich finde direkt vor dem Polizeigebäude einen Parkplatz. Das zweistöckige Haus vermittelt den Eindruck einer konzentrierten Stille, es ist das mit Abstand modernste in der Umgebung. Neben dem Rathaus stehen, zur Linken und zur Rechten, zwei Kirchen. In Richtung Südosten eine russisch-orthodoxe, nach Nordwesten eine lutherische. Ansonsten wird der Platz von bis zu 150 Jahre alten, aufwendig restaurierten, sehr ansehnlichen Holzhäusern dominiert. Würden diese Häuser in Helsinki stehen, müsste man im Lotto gewinnen, um eines von ihnen bewohnen zu dürfen.

Ich bin erst ein Mal auf dem Polizeirevier gewesen, vor einem Monat, um einen Diebstahl zu melden. Vom Hof unserer Firma waren Verpackungsmaterialien entwendet worden, die Mitarbeiter von der Logistik einfach hatten liegen lassen. Ich weiß, wer sie genommen hat, habe ein wenig Detektivarbeit geleistet. Ich hatte aber keine Beweise und konnte deshalb die Polizisten nicht sonderlich für meine Theorie begeistern. Also hielt ich meinen Mund, erhielt eine Kopie der Strafanzeige gegen unbekannt für die Versicherung. Als ich zurück in die Firma kam, sagte Taina, dass ich zu schnell aufgeben und die Dinge mal wieder nicht zu Ende bringen würde.

Was, bei Lichte besehen, in diesem Moment ein wenig merkwürdig klingt.

Ich sitze im stillen Wagen, habe den Motor ausgeschaltet. Das Rauschen der Klimaanlage ist verstummt, und an dessen Stelle tritt eine wundersame Ruhe. Ich bin ganz sicher, dass ich hören kann, wie ein Mädchen im Sommerkleid über die Straße radelt. Ihr Kleid wölbt sich ein wenig im Wind, die Reifen beißen sich in den Asphalt, vor dem Blumenladen wird ein Gespräch geführt, über blaue Stiefmütterchen. Im Eiswagen surrt eine Tiefkühltruhe. Ich frage mich, was mit mir los ist, und ich kenne die Antwort.

Die Tür zur Polizeistation geht auf.

Ein Mann in meinem Alter tritt auf die Straße hinaus, wutschnaubend um sich blickend, er läuft zu seinem Wagen, steigt ein und fährt mit quietschenden Reifen los. Genau das passiert, denke ich vage. Wenn man voreilig handelt, von Wut gesteuert, aufgewühlt.

Vor Sekunden habe ich allen Ernstes vorgehabt, dieses Polizeigebäude zu betreten. Um was zu berichten?

Ich sterbe. Ich bin vergiftet worden. Nein, beweisen kann ich es nicht. Meine Frau vögelt einen meiner Mitarbeiter. Ja, in unserem Garten. Können Sie mir weiterhelfen?

Wie lächerlich das klingen würde, wie armselig.

Falls ich in Kürze sterben werde, wann genau auch immer, habe ich keine Lust, den kleinen Rest meiner Tage auf dem Polizeirevier einer Kleinstadt zu verbringen und dort intimste Erlebnisse und Empfindungen zu offenbaren. Offenbarungen, mit denen ich gar nichts erreichen könnte. Was hilft es denn, wenn sich meine wirren Gedanken als zutreffend erweisen? Wenn meine Frau und ihr zehn Jahre jüngerer Lover auf die Idee gekommen sind, mich zu vergiften?

Das immerhin ist der Gedanke, der mir in den Sinn gekommen ist, er ist mir gewissermaßen zugeflogen. Er entbehrt ja nicht einer gewissen Logik. Wir schaffen uns den Fettsack vom Hals, der stört nur. Was aber die Frage aufwirft, warum Taina nicht einfach die Scheidung einreicht. Keine Ahnung.

Wenn ich nun also den Verdacht erfolgreich auf die beiden lenken könnte, würde das Ganze tatsächlich jemals aufgeklärt werden? Und wann? Und was würde mir das noch bringen?

Nichts. Ich bin ja dann längst tot.

Ich bin ein toter Mann, egal was kommt.

Ich steige aus dem Wagen. Die Hitze hüllt alles ein, es ist windstill. Ich betrachte die Bäume, ihr leuchtendes Grün, der Sommer hat seinen Scheitelpunkt erreicht.

Aus dem Polizeigebäude kommen zwei Uniformierte. Junge Männer, sie tragen Waffen an ihren Gürteln. Einer der beiden blickt in meine Richtung. Ich lächle intuitiv und nicke ihm zu. Der Polizist scheint darüber nachzudenken, ob er mich kennt. Aber er kennt mich nicht, kann mich nicht kennen. Er hat den Blick auch schon wieder abgewendet, konzentriert auf das, was sein Kollege sagt, sie gehen an mir vorüber.

Die Eisverkäuferin ist jung, vermutlich eine Schülerin im Ferienjob. Sie hat lange braune Haare. Ihr Lächeln ist freundlich und fühlt sich nach Sommer an.

Ich bestelle eine Kugel Rum-Rosine und eine Lakritz-Banane, und als sie mir gerade die Tüte geben möchte, bestelle ich noch eine. Vanille. Wie in guten, alten Zeiten. Das Mädchen presst die Kugeln fest gegeneinander, das Eis ist dennoch fast einen halben Meter hoch. Ich zahle mit einem Fünfzigeuroschein und schiebe das Wechselgeld in den kleinen Behälter fürs Trinkgeld. Das Mädchen bedankt sich, perplex, ihre Stimme ist hell, ich wünsche ihr alle Sonne dieser Erde.

Mit dem Eis in der Hand setze ich mich auf einen naheliegenden Stein. Ich lecke erst die schmelzenden Ränder ab, an den Seiten des Turms aus Speiseeis. Ich fühle nichts. Nichts Außergewöhnliches. Ich bin einfach hier. Ich denke, dass es schon immer so gewesen ist, ich habe es nur nie verstanden und nie darüber nachgedacht.

Ich sehe zur Polizeistation hinüber. Ich muss mit irgendjemandem reden. Nicht gerade jetzt in dieser Sekunde, nicht mit vollem Mund, das Eis ist süß, cremig und lecker, aber bald. Ab sofort ist alles bald.

Meine Eltern sind gestorben. Ich war das einzige Kind

betagter Eltern, ich habe keine Geschwister und auch keine sonstigen nahestehenden Angehörigen. Ich habe keine Freundschaften aus der Kindheit bewahrt. Ich bin in keinem Verein, in keiner Mannschaft. Ich gehe die Leute aus meinem Leben einzeln durch, halte sie mir vor Augen. Gesichter, Stimmen, Gestik. Einer nach dem anderen steht auf, um irgendetwas zu sagen. Berührung. Einander in die Augen sehen. Jemand ist neben mir, kommt zu mir. Nein, keiner kommt. Einer nach dem anderen steht auf und geht, entfernt sich. Keiner möchte hören, was ich zu sagen habe. Ich bin dabei, die Hoffnung zu verlieren.

Das Eis hebt meine Stimmung. Es fühlt sich an wie ein Aufputschmittel, wie eine Injektion, die direkt durch meine Venen fließt. Also, so stelle ich es mir vor, ich habe keine Erfahrung damit. Sollte sich keine Gelegenheit ergeben, mir in diesem Leben noch Drogen intravenös zu verabreichen, wird es eine Vermutung bleiben. Aber ist es so nicht mit allen Dingen? Was ist unser Leben letztlich anderes als eine Ansammlung von Gedanken, Vorstellungen, Erwartungen, Hoffnungen, Vermutungen und Schlussfolgerungen, die wir alle aus demselben Hut ziehen?

Gedanken dieser Art habe ich mir noch nie gemacht, ich weiß nicht recht, ob das eher gut oder schlecht ist.

Die Eiscreme fühlt sich gut an, wie ein Sieg fühlt sie sich an.

Ich lasse noch einmal die Menschen, die ich kenne, vor meinen geschlossenen Augen auf und ab laufen, und immerhin der Gedanke an einen von ihnen bleibt haften.

Dann fahre ich zur Firma, ruhig, anders als zuvor. Ich halte mit der rechten Hand das Lenkrad und lasse die linke aus dem Fenster baumeln, lasse den Sommer mein Gesicht bescheinen.

Die Stadt ist still und warm. Ich fahre die Mannerheimstraße entlang. Zum ersten Mal betrachte ich den Park, rechts und links von der Straße, mit wachem Blick. Nach links fällt das Gelände etwas ab, ich sehe den kleinen Teich, der von Bäumen umsäumt ist. Rechts ist der Park hügelig und grün.

Ich biege in die Industriestraße ab, halte aber nicht auf Höhe der Firma an, sondern rolle vorbei. Ich höre aus der Ferne Tainas Stimme. Sie spricht in diesem Ton, in dem sie mir auch sagte, dass ich unfähig sei, Dinge zu Ende zu bringen, dass ich zu schnell aufgeben würde. Diese Stimme und dazu der Gedanke an den Anblick, den sie mir geboten hat. Ich spüre die Wut.

Ich fahre noch einige hundert Meter. Bis zu der Stelle, an der die Industriestraße abzweigt und ihren Namen wechselt. Ich passiere ein dunkelblaues Gebäude.

Pilz GmbH Hamina.

Drei Männer, die vor etwa einem halben Jahr auf der Bildfläche erschienen sind, wie aus dem Nichts.

Sie haben Kontakt zu unseren japanischen Kunden aufgenommen, haben bessere Qualität und günstigere Konditionen geboten. Was natürlich unmöglich ist, leere Versprechungen. Aber Musik in den Ohren der Kunden. Ich habe keine Ahnung, wie sie Mitarbeiter anwerben und die Rahmenbedingungen schaffen wollen. Mit Geld werden sie kaum locken können, denn die Großkunden haben nach wie vor wir.

Der Hof der *Pilz GmbH* ist leer. Eigentlich steht hier immer ein dekorativ mit Klebeband geflickter Kleintransporter. Manchmal steht auch eine der breiten Hebetüren offen, dann dudelt mir finnischer Pop oder Schlager entgegen, und mindestens einer der Firmeneigentümer lümmelt, Zigarette paffend, auf einem ramponierten Sofa herum. Jetzt ist alles still, das Gebäude wirkt verlassen.

Ich fahre vorbei und wende. Während ich mich wieder dem blauen Gebäude nähere, schärfe ich meinen Blick. Niemand da. Ich halte kurz am Straßenrand, bevor ich kurzentschlossen auf den Hof fahre.

Mittag. Hier bin ich. Was am Morgen passiert ist, liegt in weiter Ferne. Ich hebe meinen Fuß von der Kupplung, fahre noch ein paar Meter, bis zum Haus, und steige aus.

Neben dem breiten Tor befindet sich auch eine ganz normale Tür, mit einem Klingelknopf. Ich klingle. Einmal, zweimal. Niemand kommt, ich höre auch keine Schritte im Haus. Ich drücke die Türklinke hinunter. Die Tür lässt sich öffnen. Ich trete ein und rufe. «Hallo, jemand da?» Keine Antwort.

Ich stehe in einem Büro. Ein merkwürdiges Büro, die Tische sind kahl, die Regale leer. Auf einem der Tische steht einsam ein Laptop, und ein mir zugewandter Drehstuhl lässt erahnen, dass irgendwer da mal gesessen und gearbeitet haben könnte. An der Wand hängt ein großes, dominantes Porträt des ehemaligen Präsidenten, Kekkonen. Kekkonens starrer Blick prägt sich ein, setzt sich fest hinter meiner Stirn, obwohl ich mich schon abgewendet habe. Ich laufe, öffne eine Tür, betrete den nächsten Raum.

Die Küche, in die ohne Zweifel einiges investiert wurde. Eine Einrichtung, wie nur Männer sie planen können. Eine hohe Theke und ein gläserner Schrank für Bier und Hochprozentiges. Das Bier stammt vorwiegend aus Estland, jede Menge davon.

Die Küche ist sehr sauber und mündet in einen großen Aufenthaltsraum mit Sofa, einem fetten Fernseher und riesigen Lautsprechern. Ich stöbere ein wenig im bestens sortierten Platten- und DVD-Regal. Schlager und Action. Arttu Wiskari und Vin Diesel. In der Mitte des Raums baumelt einer dieser Sandsäcke, an dem Boxer trainieren. Rote Boxhandschuhe hängen an der Wand. Darunter eine beträchtliche Auswahl an Hanteln. An der gegenüberliegenden Wand entdecke ich etwas ganz anderes.

Ich trete näher und denke unwillkürlich an einen Samurai-Film, den ich irgendwann mal gesehen habe. Die ernsten Helden dieses Films haben mit diesen Dingern ihre Kämpfe ausgetragen. Ich hebe eines der Schwerter vorsichtig aus der Halterung, ziehe es aus der Scheide. Die Klinge ist lang und schmal, sie glänzt. Ihre Schärfe verursacht mir Schüttelfrost, als ich meine Finger daran entlangstreichen lasse. Kühl und unangenehm. Ich schiebe das Schwert zurück in seine Hülle, hänge es wieder an die Wand.

Ich habe noch nichts gesehen, was auch nur das Geringste mit Pilzen zu tun hat. Wenn ich raten sollte, was das hier sein soll, würde ich an einen Klub von Schwertkämpfern denken, der mit dem ehemaligen Präsidenten Kekkonen sympathisiert. Das Büro, die Küche und der Aufenthaltsraum sind aber natürlich nicht alles. Ich öffne eine weitere Tür und laufe durch eine Halle zu den Produktionsräumen.

Nach etwa dreißig Sekunden bin ich ziemlich neidisch und überrascht wie lange nicht.

Nun ja, sicher, alles ist relativ, ich bin heute schon einige Male überrascht worden. Die Gerätschaften und Maschinen sind nagelneu und unseren überlegen. Sie leuchten, glänzen. Sie wirken noch unbenutzt, ich kann nicht einen Kratzer entdecken, keine einzige Schmutzstelle. Ich schlendere durch den Raum, schlucke schwer, denke nach.

Es sieht danach aus, dass ...

a) unser Konkurrent die Sache ernst meint.

b) alles ganz anders ist, als ich dachte.

c) ich heute schon zum dritten Mal, sozusagen, mit heruntergelassenen Hosen erwischt wurde.

Nein, Unsinn, ich ziehe die Metapher zurück. Ich bin kein einziges Mal mit heruntergelassenen Hosen erwischt worden. Ich nicht. Aber vielleicht ist dennoch alles mein Fehler.

Wir haben in jedem Fall einen ernstzunehmenden Konkurrenten.

Bemerkenswert, dass ich immer noch von *wir* spreche, an *unsere* Firma denke. Aber letztlich doch kein Wunder. Taina und ich haben dieses Unternehmen gemeinsam gegründet, aufgebaut, zu einem kleinen, feinen Erfolg gemacht. Das fühlt sich immer noch richtig an, richtig und wichtig. Vielleicht bleibt diese Firma das Wichtigste in meinem Leben, jetzt erst recht. Sie ist es zumindest in diesem Moment, sie ist es den ganzen Vormittag schon, was unter den gegebenen Umständen einigermaßen merkwürdig erscheint.

Sonnenlicht flutet die Halle, es fällt durch ein Fenster hinein. Hier drinnen ist es kühl. Vermutlich habe ich alles gesehen. Ich bleibe noch für eine Weile stehen, dann gehe ich auf demselben Weg zurück, auf dem ich gekommen bin. Präsident Kekkonen gibt die Richtung vor.

Ich laufe zügig, steige in den Wagen und fahre forsch an, biege vom Hof auf die Industriestraße ab.

Das ist auch gut so. Der Kleintransporter der *Pilz GmbH Hamina* kommt mir entgegen. Die drei Eigentümer sitzen, Seite an Seite, in der Fahrerkabine. Sie sehen mich an, während ich an ihnen vorüberfahre.

4

«Eine Woche», sagt Olli und bestreicht sein Roggenbrot mit Pilzpastete. Ein Zentimeter Pastete auf einem Brot, das etwa die Länge eines Langlaufskis hat. «Dann ist die erste Marge bereit für den Versand. Also, meiner Einschätzung nach.»

Olli ist ein echter Pilz-Profi, er ist schon lange im Geschäft. Ein Profi darin, gute von schlechten Pilzen zu unterscheiden, ein Profi beim Verpacken, Trocknen, Einlegen, Einfrieren, ein Profi auch in Sachen Logistik. Er ist 51 Jahre alt und Großvater und derjenige, an den ich gedacht habe, als ich mein Eis gegessen habe. Er ist derjenige, mit dem ich zumindest über einen Teil meiner Probleme sprechen könnte.

«Also, dann avisiere ich den Japanern eine Lieferung Ende der Woche?», frage ich.

«Mach das», sagt Olli. «Aber das letzte Wort hat natürlich der Wald, wie immer.»

«Selbstverständlich», sage ich. Man muss das, was Olli sagt, immer ein wenig interpretieren, im übertragenen Sinn betrachten, manchmal muss ich mir seine Aussagen auch erst mal in eine Sprache übersetzen, die ich verstehe.

«Man weiß es nicht, bis man es weiß.»

Wir sitzen im Maschinenraum. Olli isst mit gutem Appetit eine Portion Fleisch-Kartoffel-Auflauf mit Brot. Kaffee der Marke *Goldkatriina* tröpfelt zischend durch die Maschine. Ich bin noch gut gesättigt von dem Eis. Kein Hunger. Oder vielleicht doch. Auf Kekse. Ich nehme einen aus einer Schale, breche ein Stück ab, schiebe es in meinen Mund.

«Olli», sage ich. «Darf ich dich etwas fragen?»

«Klar. Du zahlst ja mein Gehalt.»

«Es hat nichts mit dem Job zu tun. Es ist persönlich und ziemlich aktuell. Sozusagen akut. Ab sofort ist alles akut. Ich möchte, dass du das weißt.»

Olli sieht mich mit seinen braunen Augen an. Sein dichtes, dunkles Haar hat er mit Gel nach hinten gekämmt, er hat ein kantiges, aber angenehmes Gesicht. Er sieht aus, wie George Clooney aussehen würde, wenn er in Hamina geboren wäre, zu viele Kohlenhydrate essen und in der Pilzbranche arbeiten würde.

«Also, diese Frage», sage ich, «hat mit dem anderen Geschlecht zu tun. Mit Frauen.»

Ausgezeichnet, dass ich das so treffend präzisiert habe, denke ich. Nur für den Fall, dass Olli noch nicht wusste, dass ich ein Mann bin. Olli verzieht keine Miene. Er nickt. Ich lasse meinen Blick zur Seite gleiten, zum Nachbargrundstück. Das graue Gebäude, die Industriehalle gegenüber, steht irgendwie schief.

«Du hast ja sicher ein wenig Erfahrung auf diesem Gebiet», sage ich.

«Reiche Erfahrung aus fünf Jahrzehnten.»

Mir liegt eine Entgegnung auf der Zunge, ich betrachte Olli, suche seine Augen. «Du müsstest doch, in all diesen Jahren, auch das eine oder andere Mal enttäuscht worden sein.»

Olli atmet tief ein und aus.

«Reiche Erfahrung aus fünf Jahrzehnten. Allesamt enttäuschend.»

Ich versuche erst gar nicht, mein Erstaunen zu verbergen.

«Aha. Ich verstehe.»

«Ja», sagt Olli. Er stützt sich mit sonnengebräunten Ellenbogen auf der Tischplatte ab. Auch er betrachtet jetzt das graue Gebäude auf der anderen Straßenseite, das im Sonnenlicht fast weiß zu sein scheint.

«Ja, ich habe Erfahrung. Mit Frauen. Ich habe mit neunzehn zum ersten Mal geheiratet. Fünf Jahre später hat sie mich verlassen. Die zweite ging nach drei Jahren. Die danach hat es nur ein Jahr mit mir ausgehalten.»

«Das tut mir leid», sage ich.

«Kein Problem», sagt Olli. Sein Blick zielt melancholisch ins Leere.

Dieses Gespräch verläuft in keiner Weise wie erwartet. Ich hatte gehofft, von meiner eigenen Enttäuschung berichten zu dürfen, natürlich ohne allzu sehr ins Detail zu gehen. Tainas Pobacken und Petris Körperhaltung hätte ich ausgespart. Und jetzt habe ich das Gefühl, Olli trösten zu müssen. Olli wendet sich wieder mir zu.

«Du wolltest mir etwas erzählen, oder?»

«Ja. Richtig. Also, ich vermute, befürchte, dass meine Frau einen anderen hat.»

Olli atmet wieder ein. Möglicherweise bin ich sogar Zeuge des längsten Einatmens aller Zeiten.

«Nein!», sagt er.

«Doch», sage ich.

«Bist du sicher?»

Ich denke an schweißtriefendes, hart aneinanderreibendes Fleisch, spüre Brechreiz, könnte mich auf der Stelle übergeben. Ich nicke.

«Verdammte Frauen», sagt Olli.

«Ja», sage ich.

Wir schweigen.

«Was wirst du tun?»

Die Frage überrascht mich. Ich hatte eigentlich gehofft, von Olli Antworten zu erhalten. Das ist doch wohl die Idee, wenn man sich jemandem anvertraut.

«Ich weiß es nicht», sage ich. «Ich habe so etwas noch nie erlebt. Ich weiß nicht.»

«Schwierige Situation. Jemand hält sein Ruder in den Teich, aus dem eigentlich du trinken solltest.»

«Ja, ich habe ...»

«Jemand schlägt Wurzeln auf deinem Grund und Boden. Läuft Bahnen in deiner Loipe.»

«Ja. Ganz genau», sage ich.

«Weißt du, das mache ich manchmal, wenn es schlimm wird. Ich erfinde einfach Worte, die das Schlimme beschreiben.»

Ich schweige.

«Und ich hänge die Latte ein paar Zentimeter niedriger.»

«Was?»

«Ich senke meine Erwartungen. Ich erwarte von der nächsten Lebenspartnerin nicht so viel wie von der Verflossenen. Falls die letzte noch einigermaßen sauber und ordentlich gewesen ist, nehme ich danach halt was Schlechteres.»

«Aha. Aber du hast doch gerade gesagt, dass jede weitere deiner Ehen noch kürzer als die vorherige angedauert hat. Ich weiß nicht, ob du mit deiner Methode wirklich so gut fährst.»

Olli starrt mich an, als hätte ich nichts von dem verstanden, was er gesagt hat. Er sieht mich an wie jemanden, der keinen Schimmer hat, von gar nichts.

«Kein Plan ist perfekt», sagt er.

Ich spüre plötzlich krampfartige Schmerzen im Magen, beuge mich nach vorn. Da ist auch wieder der stechende Schmerz in den Schläfen. Als würde eine Zange am Schädel ziehen. Nach einigen Sekunden ist es vorbei. Die Sonne scheint hell und klar. Ich betrachte Olli, und Olli betrachtet mich, mit sorgenvoller Miene.

«Alles okay bei dir?»

«Absolut. Bestens.»

Ich setze mich aufrecht, kerzengerade.

«Und was wird aus der Firma?», fragt Olli.

Das ist eine Frage, die deutlich einfacher zu beantworten ist als andere. Wenngleich natürlich das eine oder andere unklar ist, angesichts meines bevorstehenden Ablebens. Damit behellige ich Olli natürlich nicht. Eine weitere seiner Metaphern würde ich nicht ertragen.

«Auf die Firma hat das alles keine Auswirkung», sage ich und meine das auch so. «Das Geschäft läuft weiter. Das ist sowieso das Wichtigste.»

Olli nickt, das scheint ihn zu beruhigen.

«Sag mal, unser neue Konkurrent, die *Pilz GmbH*. Kennst du die Leute eigentlich?»

«Nur flüchtig», sagt er.

«Haben die denn Ahnung von dem, was sie tun? Also, sind die vom Fach?»

«Vom Fach?»

Offenbar hat Olli irgendetwas anderes erwartet, eine andere Frage.

«Ja, in Sachen Pilze», sage ich. «Ob sie Ahnung vom Pilzhandel haben.»

«Ach so. Nein, gar nicht.»

Ich nicke und denke nach. Ich habe nicht die Absicht, Olli auf die Nase zu binden, dass ich den Firmenräumen der geschätzten Kollegen einen kleinen Besuch abgestattet habe.

Besuch? Wäre es womöglich aufrichtiger, von einem Einbruch zu sprechen? Ich weiß nicht recht. Vorhin, als ich vor dem Polizeigebäude stand, hatte ich das Gefühl, plötzlich ganz klar zu sehen. Ich will nicht behaupten, ich sei zur Vernunft gekommen, das erscheint unangemessen angesichts der Tatsache, dass ich gleich anschließend widerrechtlich in die Firma der Konkurrenz eingedrungen bin. Und jetzt frage ich einen Mann um Rat, der in Beziehungskrisen an die Kraft von Metaphern glaubt und empfiehlt, die Erwartungen zu senken.

Ich denke an die neu glänzenden Gerätschaften, die penibel sauberen Räume.

«Was weißt du denn über die Leute?», frage ich.

Olli zögert. Es ist, als hätte er die Kassette gewechselt, als würde er sich selbst neu stimmen, wie ein Instrument, das in neuer Tonlage funktionieren muss.

«Sind Männer hier aus der Gegend», murmelt er.

Olli deutet mein Schweigen als Aufforderung fortzufahren.

«Asko, der Blonde, ist der Älteste. Der fährt auch immer den Kleintransporter. Die anderen heißen Juhana und Juhani. Asko hat dies und das gemacht. In der Papierfabrik gearbeitet, am Hafen und auch in der Fischkonservenherstellung. Juhana spielt Pesäball, also dieses finnische Baseball. Juhani ist vor einer Weile aus dem Knast entlassen worden. Er hatte seine Mutter umgebracht. Juhana war übrigens mal bester Werfer beim Pesäballclub Hamina, er war ein Meister, hat dreizehn Spielzeiten auf Base 2 gespielt.»

Ich sehe Olli an, suche seinen Blick. Er scheint sich über meine Verwunderung zu wundern.

«Pesäball ist hier bei uns sehr beliebt, das ist ein ganz großes Ding hier in der Gegend.»

«Er hat seine Mutter umgebracht?», frage ich.

Olli nickt.

«Ja. Es ging um Heringe. Juhani wohnte bei seiner Mutter. Die Mutter briet Heringe. Da entsteht ja immer dieser Gestank, wenn man die brät. Das Fett klebt überall, in den Kleidern, in den Vorhängen. Abends, wenn man sich schlafen legt, müffelt das Kissen nach Hering. Aber na ja, die Frau mochte Heringe.»

«Aha. Warum zum Teufel sind die jetzt plötzlich Pilzhändler?»

Olli sieht mich an. Die Antwort scheint auf der Hand zu liegen.

«Na ja, ich denke, die haben gesehen, wie gut es uns geht», sagt er.

5

Ich sitze alleine in meinem Büro, meinem Geschäftsführerbüro, vor dem Computer und vor verstreut liegenden Unterlagen. Rechts neben dem Computer steht ein Foto, von mir und meiner Frau. Wir sind sonnengebräunt und sehen glücklich aus. Strandurlaub in Phuket, Thailand. Auf diesem Bild sehe ich noch ziemlich fit aus, auch wenn ich deutlich erkennen kann, dass ich meinen Bauch einziehe. Trotzdem, es sieht fast nach *Honeymoon* aus. Das blaugrüne Wasser in der Malaka-Meerenge streicht an unseren Füßen entlang, wir stehen eng umschlungen. Sie trägt einen roten Badeanzug, ich eine rote Badehose. Ich weiß noch, dass Taina sich an *Baywatch* erinnert fühlte, aber ich kann mich nicht daran erinnern, ob sie das gut oder schlecht fand.

Der Moment, in dem dieses Foto gemacht wurde, scheint weit weg zu sein. Zeitlich wie räumlich, in Jahren wie in Kilometern. Die Taina von heute ist nicht dieselbe wie die, die sich so fest an mich schmiegt, fast kleben wir aneinander, der Klebstoff ist Sonnencreme.

Ehebruch.

Tainas Verbrechen.

Oder zumindest eines ihrer Verbrechen. Ich weiß gar nicht, wie ich es geschafft habe, einfach zurück ins Haus zu gehen, die Tür hinter mir zu schließen. Ich weiß aber, dass ich richtig gehandelt habe. Es ist gut, dass ich mich nicht zum Trottel gemacht habe, in den Garten stürzend, kraftlos mit einer Eisenstange wedelnd. Ich fahre den Computer hoch.

Das Surren und Summen beruhigt mich, es ist auf eigenartige Weise tröstlich. Vielleicht weil es das Geräusch der neuen Welt ist, ihr Soundtrack gewissermaßen.

Ich suche nach Informationen über die *Pilz GmbH Hamina*. Es gibt keine. Natürlich ist da ein Eintrag im Handelsregister, aber weil die Firma eine Neugründung ist, gibt es noch keine weiteren Angaben. Als Geschäftsführer firmiert Asko Mäkitupa, Grundkapital sind die vorgeschriebenen 2000 Euro. Während ich das lese und gleichzeitig an die Ausstattung der Firmenräume denke, verstehe ich immer weniger, wie ein Hafenarbeiter, ein Baseballspieler und ein Muttermörder so unvermittelt als Unternehmer in Sachen Pilzen durchstarten konnten.

Ich spüre ein Pochen in meiner Brust, für einen Moment sehe ich alles doppelt. Kalter Schweiß in meinem Nacken, ein Kribbeln am Hals. Nach einigen Sekunden ist es vorbei.

Ich gebe das Suchwort *Vergiftung* ein. Die Suchergebnisse decken sich mit dem, was mir der Arzt bereits erzählt hat. Eine schleichende Vergiftung wie in meinem Fall führt zu einer trügerischen Gewöhnung und irgendwann zum Kollaps, zum ultimativen Zusammenbruch. Der kommt, früher oder später.

Olli läuft vorüber, an der Tür zu meinem Büro, die offen steht. Er wirkt nachdenklich. Wir alle haben unsere Probleme. Ich selbst habe wohl gleich auf zwei Ebenen welche. Die einen haben mit meinem Leben zu tun, die anderen mit meinem Tod. Erst jetzt wird mir bewusst, wie eng beides miteinander verknüpft ist. Der Tod stellt am Ende wieder die

Frage nach dem Leben. Danach, wie man dieses Leben leben sollte. Oder besser: wie man es hätte leben sollen.

Wenn wir nur noch einen Tag hätten, was würden wir tun? Oder eine Woche? Einen Monat?

Ich kann nicht behaupten, mich mit derartigen Fragen früher sonderlich beschäftigt zu haben. Ich habe überhaupt nie nachgedacht.

Es fühlt sich an, als sei ich erweckt worden.

Das ist gut, vor allem auch im Zusammenhang mit den Ereignissen, die offenbar jetzt gleich auf mich zukommen.

Der Kleintransporter der Firma *Pilz GmbH Hamina* brettert auf unseren Hof. Ich kann ihn sehen, durchs Fenster meines Büros, er kommt ruckartig in der Einfahrt zum Stillstand. Die drei großen Männer sitzen dicht zusammengedrängt in der kleinen Fahrerkabine.

Olli kommt herbeigelaufen, gibt mir Bescheid. Ich sage, dass ich die Angelegenheit regeln werde. Olli betrachtet mich, dann wendet er sich ab und geht.

Die Männer steigen gerade aus, als ich die Tür öffne und ins Freie hinaustrete. Der Tag ist hell, ich blinzle. Ein wenig von dem Staub, den der Transporter aufgewirbelt hat, fliegt mir ins Gesicht, der Staub schmeckt bitter, nach Erde und Benzin.

Ich erinnere mich an das, was Olli über die drei erzählt hat, und erkenne Asko. Er ist der deutlich Älteste der drei, sicher über fünfzig, aber durchtrainiert, top in Form. Er trägt seine spärlichen blonden Haare nach hinten gekämmt, hat blaue Augen, die mich scharf mustern, hohle Wangen, gebräunte sehnige Arme. Seine Sneakers leuchten in Neonfarben, auch seine nackten Beine sind unnatürlich sonnengebräunt. Ein

Prolet, aber sicher gebildet, hart. Gerissen. Ein alter, erfahrener Jäger.

Die beiden anderen, Juhani und Juhana, flankieren ihn, einer rechts, einer links.

Ich nehme an, dass der Baseballspieler, also Juhana, der Einzige ist, der keine Hanteln stemmt. Er ist schmächtig und sehr blass. Sogar ich, Bürohengst und sterbender Mann, habe mehr Sonnenbräune abbekommen als Juhana. Es ist eine Blässe, die er sich vermutlich hart hat erarbeiten müssen, genauso wie Asko einiges hat tun müssen für seine in Bronze glänzenden Beine.

Der zweite von Askos Handlangern – ich kann sie beim Anblick von Asko nur als solche bezeichnen – ist der Typ *Breit-wie-ein-Scheunentor*. Das muss Juhani sein. Auch er ist austrainiert, keine Frage. In jeder Hinsicht. Sein Kopf hat die Größe von dreien. Ich weiß nicht genau, ob man so trainieren kann, dass der Kopf an Volumen zunimmt, aber irgendwie muss es Juhani gelungen sein. Juhanis Gesicht verdeckt den Sommertag. Sein Gesichtsausdruck verdunkelt die Sonne.

«Wir sind gekommen, um dich zu warnen», sagt Asko, ohne sich vorzustellen und ohne Gruß. «Wir haben uns gerade ein nettes Video angesehen. Von dir, während du bei uns einbrichst.»

Natürlich hätte ich wissen müssen, dass das Gelände videoüberwacht ist. Ich kann es nicht ungeschehen machen. Asko spricht mit einer Stimme, die ich als angenehm empfinde, sie ist zugleich tief und sanft. Ich hebe die Hände.

«Entschuldigung», sage ich. «Solltet ihr diesen Eindruck gewonnen haben, möchte ich beteuern, dass er täuscht. Ich wollte mich vorstellen. Die Tür stand offen, deshalb dachte ich, dass ihr da seid. Als ich festgestellt habe, dass niemand da ist, bin ich gegangen.»

«Du bist gegangen, nachdem du ein wenig Industriespionage betrieben hast.»

Ich erwidere ihren Blick, einen nach dem anderen. Lächle so freundlich, wie ich nur kann.

«Wie gesagt, die Sache erscheint in einem ganz falschen Licht. In einer falschen Perspektive.»

«Schlagen wir den Fettsack zusammen oder nicht?», fragt Juhani.

«Ja, auch das ist natürlich möglich, aber das würde ich doch lieber nicht empfehlen», sage ich. «Wenn ich kurz etwas dazu sagen darf ...»

«Wir sind gekommen, um dich zu warnen», sagt Asko.

«Frag ihn, warum er eingebrochen ist», sagt Juhana.

«Aber danach habt ihr ja schon gefragt», sage ich. «Wir wollen doch nicht von vorne anfangen. Das ist ganz unnötig. Ich habe einen Fehler gemacht, ich entschuldige mich. Jetzt bereits zum zweiten Mal.»

«Frag ihn wegen den Japanern», sagt Juhana.

Seine Stimme klingt so, wie er aussieht. Blass, brüchig. Ich verstehe nicht, wie er mit diesem Körperbau überhaupt jemals einen Ball schlagen konnte.

«Was wollt ihr denn wissen, wegen der Japaner?», frage ich. Dann wende ich mich Juhana zu. «Und warum bittest du einen anderen, Fragen zu stellen, die du selbst stellen könntest?»

«Du schuldest uns etwas», sagt Asko. «Eine Wiedergutmachung.»

«Eine Wiedergutmachung?»

«Wann kommen die Japaner?», fragt Asko.

Falls die Japaner vor Ort wären, würde ich das wissen. Glaube ich zumindest. Ich habe allerdings auch noch heute Morgen daran geglaubt, ewig zu leben und mit einer treuen Frau verheiratet zu sein. Dann geht mir durch den Kopf, dass Juhanas Frage auch gewisse Möglichkeiten birgt.

«In zehn Tagen», sage ich. «Wenn ich das richtig verstehe, seid ihr kurz davor zu pflücken?»

«Fick dich, wir pflücken gar nichts», sagt Juhani. «Dieser Fettsack geht mir auf die Nerven.»

Fettsack. Dieser Begriff fällt bereits zum zweiten Mal.

«Juhani möchte damit sagen, dass wir nicht selbst pflücken», sagt Asko. Er ist offensichtlich mit dem Umgangston seiner Kumpanen bestens vertraut und dementsprechend daran gewöhnt, sie zuweilen korrigieren zu müssen.

«Wir leiten das Unternehmen, andere pflücken.»

«Ihr habt also bereits Mitarbeiter eingestellt?», frage ich.

«Sag nichts», zischt Juhana.

Asko atmet tief ein. Er weiß, dass ich meine Antwort schon bekommen habe, er scheint auch meine nächsten Fragen schon zu kennen.

«Sind es Leute aus der Umgebung? Und wenn ihr an die Japaner denkt, dann habt ihr vielleicht schon Personal für die Logistik, die Lagerung, die Konservierung?»

Asko mustert mich, geduldig, aufmerksam. «Wir sind gekommen, um dich zu warnen.»

Ich schweige. Asko wendet sich schon ab, aber Juhani sagt noch: «Wenn du in deinem Bett einen in Stücke geschnittenen Steinpilz finden solltest, dann weißt du, was das zu bedeuten hat.»

Asko wendet sich Juhani zu, dann mir. In voller Größe und Breite.

«Einen in Stücke geschnittenen Steinpilz?», frage ich.

Juhani nickt. Mit diesem irrsinnig großen Kopf.

«Ich, äh, muss gestehen, dass ich nicht weiß, was es bedeutet», sage ich. «Aber ich verspreche, an dich zu denken, wenn ich etwas Derartiges, also, einen zerbrochenen Pilz vorfinde.»

Jetzt schüttelt Juhani den Kopf. «Nicht zerbrochen», sagt er. «Zerschnitten.»

Asko hebt eine Hand.

Juhani und Juhana starren mich noch einen Moment lang an. Dann gehen sie, steigen in ihren Kleintransporter, der in Schieflage gerät, während sie sich hineinhieven.

«Wir gehen», sagt Asko. «Aber du bist gewarnt worden.»

Der Kleintransporter fährt ruckartig an, rückwärts, Staub und Sand wirbeln auf, während sich die drei in ihrem Gefährt entfernen. Ich drehe mich um und gehe über den Hof zur Tür. Ich glaube, Olli am Fenster stehen zu sehen, aber vielleicht bilde ich mir das ein. Als ich noch einmal hinsehe, reflektiert die Scheibe nur den blauen Himmel.

6

Ich schließe die Tür zu meinem Büro und lege mir Papier und Stift zurecht. Auf dem Schreibtisch surrt der Computer, umgeben von Stapeln Papier, verstreuten Unterlagen. Ich setze mich an den Tisch, an dem wir unsere Besprechungen abhalten.

Ich bin ein großer Fan von Listen. Ich mag es, mein Leben auf weißem Papier in DIN A4 anzuordnen.

Ich schreibe immer erst die Überschriften und lasse dann Platz, den ich später ausfüllen kann. Ich teile gerne in drei Kategorien ein.

1. LAUFENDE PROJEKTE
2. GEPLANTE PROJEKTE
3. HEUTE ZU ERLEDIGEN

Ich habe mal von einer Methode gehört, laut der zu unterscheiden sei zwischen wichtigen Dingen und dringlichen. Demzufolge muss man erstaunlicherweise die wichtigen Dinge zuerst erledigen. Das führt, wenn ich es richtig erinnere, zur Verbesserung der Arbeitseffizienz. Ich schreibe weitere Überschriften:

1. WICHTIGE DINGE
2. DRINGENDE DINGE

Ich beginne zu schreiben. Einiges ist alt, das habe ich schon mal gedacht, anderes ist so neu, dass ich es erst im Kopf sortieren muss.

1. LAUFENDE PROJEKTE
   - mein Tod. Ursache: Vergiftung
   - Ermittlung. Wer hat mich vergiftet?
   - Taina? (& Petri?)
   - Beginn der Erntezeit. Besprechung mit den Pflückern und der Belegschaft.
   - Recherche: Welche Pläne hat die Konkurrenz?
   - Anstehende Verhandlungen mit den Japanern

2. GEPLANTE PROJEKTE
   - Am Leben bleiben (so lange wie möglich)

3. HEUTE ZU ERLEDIGEN
   -

Ich überfliege die Notizen. Dann, wie so oft, wenn ich Auflistungen wie diese mache, beginne ich, Zusammenhänge zu erkennen. Ich bin gerade dabei, infolge einer schleichenden Vergiftung zu sterben. Bei Lichte besehen, mit Vernunft, kann die Vergiftung nur an zwei Orten stattgefunden haben. Bei der Arbeit oder zu Hause. Und keine Vergiftung ohne denjenigen, der mich vergiftet hat.

Ich verfasse eine neue Liste, von den Menschen in meinem Leben.

1. ARBEITSPLATZ
- NORDIC FOREST DELICATESSE EXPORT OY
- Taina (unsere Managerin, zuständig für Qualität und Geschmack, ~~Schlampe~~)
- Petri (Leiter Technik und Logistik, ~~Schwanzschleuder, allzeit bereit~~)
- Olli (Verpackung, Konservierung)
- Sanni (Koordinatorin Sammeln)
- Raimo (Leiter Verkauf und Einkauf, Bürobedarf und sonstige Anschaffungen)
- Suvi (Büroassistentin in Teilzeit)
- Ich (Geschäftsführer)

2. ZU HAUSE – PAPPILANSAARI
- Taina (Ehefrau)
- Veikko (Igel im Garten)

Mir ging bereits durch den Kopf, dass ich mich möglicherweise auf Veikko, unseren Igel, erbrochen haben könnte. Es ist durchaus denkbar, das dichte Gebüsch im Garten, an der Treppe, zählt zu seinen Lieblingsplätzen. Das würde mir natürlich leidtun. Ich denke, dass ich es schnellstmöglich nachprüfen sollte, wenn ich (es kommt mir nicht leicht über die Lippen) *nach Hause komme*. Zu Hause soll ja ein Ort der Geborgenheit sein, zu Hause sollte man sich sicher fühlen vor dem Bösen in der Welt, zu Hause sollte man nicht mit ansehen müssen, wie die Gattin sich mit dem Logistikchef vergnügt. Nun ja, wie auch immer, in jedem Fall muss ich sicherstellen, dass Veikko wohlauf ist.

Die Liste kommt mir ziemlich kurz vor. Und dann plötzlich

doch eher lang. Vielleicht weil ich in zwei Zeiten lebe – in der alten, vergangenen, in der ich alles verschieben und vertagen konnte, weil die Zukunft ein weiter Raum war, etwa so groß wie eine Ewigkeit. Und in der neuen, in der kaum noch Zeit ist für irgendetwas und in der die wichtigsten Dinge unerledigt bleiben könnten.

Ein beängstigender Gedanke. Er führt mich zurück zum Abschnitt:

3. HEUTE ZU ERLEDIGEN
- Mordermittlung (ich bin das Mordopfer)
- Ermittlungen zum Thema Ehebruch (~~Taina vögelt Petri in unserem Sonnenstuhl der Firma *Masku*~~)
- als Folge des oben Genannten => meinen Gesundheitszustand sowie meine Befindlichkeit verheimlichen. Vor allen.

Der Schmerz kommt wieder überraschend. Es fühlt sich wie ein Stromschlag an, ich zittere, jede Zelle meines Körpers scheint betroffen zu sein. Ich sitze am Fenster, mit Blick auf den Tag, aber es ist dunkel. Ich habe das Gefühl zu schwanken, den Halt zu verlieren.

Aber ich sterbe nicht.

Wie auch nach früheren Anfällen habe ich direkt danach den Eindruck, alles klarer zu sehen. Die Liste liegt vor mir, auf dem Tisch. Ich hebe den Blick und bin sicher, dass jemand vorübergeht, am Fenster meines Büros.

Mein Telefon klingelt.

Ich nehme das Gespräch an, brauche einen Moment, um die Stimme zuzuordnen. Der Arzt kommt direkt zur Sache, und ich bin auch gleich drin im Thema. Ich werde *up to date* sein, bis ich nicht mehr bin. Ein vager Schauer läuft mir über den Rücken.

Wieder sehe ich draußen die Silhouette eines Menschen. Und dann ist da wieder nur die graue Betonwand im Sonnenlicht.

«Sie sagten, dass Sie mit Ihrer Frau sprechen wollen», sagt der Arzt. «Hatten Sie dazu schon Gelegenheit?»

«Ich habe noch nicht den passenden Moment gefunden», entgegne ich aufrichtig.

«Das verstehe ich», sagt der Arzt. «Situationen wie diese sind auch für die Angehörigen, nun ja, sehr vertrackt.»

«Vertrackt. Ja, das trifft es wohl ganz gut.»

«Entschuldigung?»

Von irgendwoher kommt plötzlich der Gedanke, dass der Arzt mich anruft, um mir zu sagen, dass er sich geirrt hat. Eine Fehldiagnose. Oder eine Verwechslung. Meine Unterlagen wurden mit denen eines anderen vertauscht, alles ein großes Missverständnis.

«Ja, gibt es Neuigkeiten? Bezüglich meines Zustandes?», frage ich.

«Das weiß ich nicht. Haben Sie etwas Neues zu berichten?», fragt der Arzt.

Meine Hoffnung erlischt ebenso schnell, wie sie aufgeflackert ist. Ich befinde mich auf einer Achterbahnfahrt, ganz sicher, aber irgendwie scheint der Schock dafür zu sorgen, dass ich alles abgedämpft wahrnehme, die wilden Abfahrten ebenso wie die steilen Auffahrten.

«Nein», sage ich.

Der Arzt schweigt. Dann fährt er fort.

«Ich melde mich wegen der neuen Befunde der toxikologischen Untersuchungen. Das Labor ist noch dran, aber eine gute Neuigkeit ist schon mal, dass es nichts Ansteckendes ist.»

Wenn das die guten Neuigkeiten sind, wage ich kaum zu fragen, worin die schlechten bestehen. Ich schweige, sitze zurückgelehnt auf meinem Bürostuhl.

«Wie gesagt, die Untersuchung dauert noch an. Wir haben auch die aktuelle Urinprobe bereits nach Helsinki gesendet, danke noch mal dafür. Wir hoffen, morgen, spätestens übermorgen Näheres über die Zusammensetzung der Toxine zu wissen. Wie ich heute Morgen schon sagte, handelt es sich vermutlich um diverse Substanzen, pflanzliche, ich denke eben auch an Pilze.»

«Ich möchte darüber schnellstmöglich informiert werden. Können Sie mir zusichern, dass Sie mich umgehend anrufen, sobald Sie etwas erfahren?»

Der Arzt räuspert sich, hüstelt.

«Nun, wie der Zufall es will, beginnt morgen mein Sommerurlaub, aber mein Kollege ...»

«Nein.»

«Mein Kollege ist ...»

«Nein», sage ich. Ich bin selbst überrascht, wie klar und unaufgeregt ich spreche. Ich betrachte meine Liste. Die Überschrift – HEUTE ZU ERLEDIGEN. Mordermittlung. Darum geht es jetzt. «Niemand außer Ihnen. Wir sind in einer kleinen Stadt. Ich möchte, dass niemand auch nur das Geringste erfährt. Nirgends. Sie sind doch an die Schweigepflicht gebunden, richtig?»

«Ja. Selbstverständlich, aber es ist doch wichtig, darüber

nachzudenken, wie Sie nun betreut werden. Wie Sie die kommende Zeit ...»

«Genau davon spreche ich. Ich möchte, dass niemand etwas erfährt, solange ich über diese Dinge nicht mit meiner Frau gesprochen habe.»

Das ist die Wahrheit, und es fühlt sich gut an, dass ich dem Arzt zumindest einen Teil der Wahrheit erzählen kann.

«Und eines ist mir wirklich wichtig», fahre ich fort, bevor der Arzt Gelegenheit hat, mich zu unterbrechen. «Ich muss Sie jederzeit erreichen können. Ich benötige Ihre Telefonnummer. Für den Fall, dass ich plötzlich Schmerzmittel benötige oder Sonstiges.»

Der Arzt hält inne. Still fluchend vermutlich, wegen des Ruhestörers, der seinen Urlaub vermiest. Aber ich sterbe nur ein Mal. Werde nur ein Mal ermordet.

«Gut», sagt er schließlich. «Aber, wenn irgendwie möglich, nur tagsüber.» Er nennt mir seine Handynummer. Etwas widerwillig, aber er tut es. Ich beende das Gespräch und betrachte meine Liste. Besonders den Abschnitt über *Menschen in meinem Leben*. Dann stehe ich auf und gehe zur Tür.

7

Ich parke den Wagen in der Kipparinkujagasse. Der Kies knirscht unter meinen Füßen, als ich aussteige. Die Weißdornhecke ist auf Augenhöhe angewachsen, dicht wie eine Wand, sie erschwert den Blick auf den schönen grünen Garten, in dem alte Apfelbäume und Beerensträucher wachsen und gedeihen. Im Zentrum des blühenden Gartens steht das Haus.

Ein dunkelblaues Holzhaus, im Stil der Häuser, die einst in großer Zahl für Kriegsveteranen erbaut wurden. Es ist etwas kleiner als diese Nachkriegshäuser, der Wohnraum ist letztlich kaum größer als der einer modernen Zweizimmerwohnung. Alles ist sauber, penibel gepflegt, das Haus, der Garten, die Pflanzen, der Rasen, die Beete.

Sanni sitzt auf der Treppe, über ihre Laufschuhe gebeugt. Ihre langen, roten Haare glänzen in der Sonne, sie umrahmen ihr Gesicht wie ein Dach aus Kupfer. Ihre Finger, mit denen sie gerade ihre Schuhe bindet, bewegen sich schnell und geschmeidig. Sanni ist in meinem Alter, sie ist eine Expertin im Gelände, auf Wald und Wiesen. Sie pflückt selbst ungeheuer effizient und trägt die Verantwortung dafür, dass das auch die anderen tun. Sanni lebt in Scheidung und ist damit vollkommen zufrieden, wenn ich das richtig verstanden habe.

Sie trägt weiße Läufershorts, ein kleines rotes Gürteltäschchen und ein schwarzes, ärmelloses, eng anliegendes Oberteil, das nur einen Teil ihrer hellen, weichen Haut bedeckt.

Ich nehme sie zum ersten Mal ganz bewusst in Augenschein. Sie bindet mit Akribie ihre Schnürsenkel, macht doppelte Knoten, gelb die Schnürsenkel, rot die Laufschuhe. Sie streckt sich, bemerkt mich und zuckt zusammen. Sie hat mich nicht kommen hören.

«Du hast mich erschreckt», sagt sie.

«Ich?»

Sannis Augen sind blau und grün.

«Ja. Du stehst plötzlich da, wie aus dem Nichts.»

«Ich wollte kurz mit dir sprechen», sage ich. «Ich weiß, dass du immer sehr sorgfältig und zuverlässig arbeitest, aber die Erntezeit steht vor der Tür, und ich wollte noch ein paar Sachen durchgehen.»

Sanni ist klein und zierlich, sie misst etwa einen Meter und sechzig. Während ich sie ansehe, muss ich an das denken, was Juhani sagte. Wie er mich genannt hat: Fettsack. Intuitiv ziehe ich den Bauch ein und strecke die Brust raus und fühle mich einigermaßen lächerlich. Hier bin ich, ein sterbender Mann mittleren Alters, und bemühe mich, einer Frau zu imponieren.

«Okay», sagt Sanni.

Ich atme aus, die Brust senkt sich, der Bauch tritt wieder hervor, ich versuche, das unauffällig geschehen zu lassen.

«Wollen wir uns kurz setzen?», sage ich und deute auf die weiß und grün gepolsterten Stühle, die in der Sonne stehen. Bevor ich mich setze, vergewissere ich mich, dass die Polster nicht feucht sind und keine Flecken hervortreten. Das ist sicher unnötig. Offenbar ist mein Vertrauen in Gartenmöbel erschüttert, seitdem ich Zeuge von Tainas und Petris intimem Moment sein durfte.

Die Sonne klebt fest am Himmel. So sieht es zumindest aus, ein weißes Glühen liegt in der Luft, unbeweglich, unerreichbar. Der blaue Himmel sieht aus wie frisch gesäubert, frisch gewischt, leer und makellos. Die Luft steht, irgendwo klopft jemand Teppiche.

«Ich habe heute mit den Leuten von der *Pilz GmbH Hamina* gesprochen», sage ich. «Ich habe auf meine Fragen keine Antworten bekommen, aber nach allem, was ich gesehen habe, sind das Konkurrenten, die wir ernst nehmen sollten.»

Sanni schweigt.

«Aus, nun ja, gegebenem Anlass weiß ich, dass ihre Gerätschaften moderner sind als unsere. Ich habe versucht, sie ein wenig auszufragen, auch bezüglich ihrer Mitarbeiter, aber natürlich haben sie nichts gesagt. Da ist etwas an dieser *Pilz GmbH*, was mich wirklich beunruhigt. Wirklich beunruhigt, verdammt.»

Sanni sieht mich an. Ich wedele mit der Hand, vielleicht um meinen letzten Satz zu vertreiben.

«Hast du irgendwas gehört?», frage ich.

Sanni zögert. Es ist ein kurzes Zögern, nur ein Augenblinzeln lang, aber ich bemerke es. Dann ist das Zögern verschwunden, sie sieht mich an. Aber sie schweigt.

«Sanni, hast du irgendwas gehört?», frage ich.

Sie sieht mich an. «Sie haben mir einen Job angeboten. Als leitende Angestellte.»

Leitende Angestellte? Bei uns gilt Sanni «nur» als Koordinatorin.

«Wann?»

Sanni lässt ihren Blick abgleiten, betrachtet die Beerensträucher. Dichtes Grün. Wie ein kleiner Dschungel.

«Nicht lange her», sagt sie.

«Was hast du ihnen gesagt?»

Sanni wendet sich mir wieder zu. Sie sieht plötzlich anders aus, in ihren blauen, grünen Augen spiegelt sich die weiße Sonne.

«Dass ich mit dir rede.»

Ich atme tief.

«Was weißt du über sie? Über ihre Firma?»

«Ich weiß, dass ich eine erhebliche Gehaltserhöhung bekommen würde.»

Irgendjemand klopft Teppiche. Ein wiederkehrendes Klopfen, es hallt vom Strand herüber.

«Du hast mal gesagt, dass Pilze für dich eine Passion sind.»

«Das sind sie», sagt Sanni. Sie nickt. «Ich mag Pilze mehr als Menschen. Aber eine Gehaltserhöhung ist auch nicht zu verachten.»

Sie zögert wieder. Sucht meine Augen.

«Haben die noch was anderes angeboten? Außer der Gehaltserhöhung?»

Sie schweigt. Dann sagt sie: «Sie denken, dass wir, also, dass deine Firma keine Zukunft hat.»

Ich spüre ein Stechen hinter der Stirn. Vor meinen Augen ist ein Flirren, ein Flimmern, es fühlt sich an, als würde gleich ein elektrisch aufgeladener Aal ins Bild schwappen.

«Wie denn das?», frage ich. «Also, warum denn nicht?»

Sanni zögert.

«Weil es uns an Mut fehlt. An Courage», sagt sie. «Weil wir nicht aggressiv genug sind.»

«Ist das ihre Meinung oder deine?»

Sie presst die Lippen zusammen. Betrachtet ihre Schnürsenkel. Vielleicht will sie sichergehen, dass sie noch fest zugebunden sind. Das sind sie.

«Sanni, ich muss eine Sache sagen, in aller Deutlichkeit. Diese *Pilz GmbH* ist nicht seriös. Im Gegenteil. Diese Leute sind ...»

«Ich weiß», sagt Sanni. «Aber wir alle haben unsere zwei Seiten, oder? Das ist wie mit den Pilzen. Ein wunderschöner Steinpilz kann voller Würmer sein. Ein Milchling sieht zwar hässlich aus, schmeckt aber hervorragend. Mit Juhana bin ich früher ab und zu ausgegangen.»

«Mit dem Baseballspieler?»

«Das war er mal, ja. Als er aufgehört hat zu spielen, haben wir uns aus den Augen verloren.»

Ich starre Sanni an. Mein Blick ist wohl ein wenig zu intensiv.

«Warum starrst du mich so an?»

«Du bist doch ...» Ich suche nach Worten. «Du bist doch völlig anders als er, also er ist doch, das passt doch gar nicht.»

«Du meinst, er wirkt, als hätte er sich jedes Mal, wenn er den Ball schlagen wollte, auf den Kopf geschlagen? Ja, das stimmt schon irgendwie», sagt sie. «Juhanas letztes Spiel. Er hat sich aufgewärmt, bereit gemacht für die heiße Schlussphase. Die Stimmung war hitzig. Sie spielten gegen das Team aus Seinäjoki. Lagen einen Run zurück. Die Einwechselspieler machten ihre Schlagübungen am Spielfeldrand. Nur Juhana war ganz vertieft ins Spiel, er starrte aufs Feld. Er machte diese Dehnübungen, für die er bekannt war, ging da immer ganz tief in die Knie. Im Spiel entstand eine unübersichtliche Situation. Juhana stand wie ein Panther, zum Sprung bereit, und als er dann tatsächlich plötzlich aufsprang, traf ihn ganz unglücklich, mit voller Wucht, der Schläger von Halonen. Halonen war der Joker unter den Schlägern, er konnte wirklich heftig zuschlagen.»

Wir schweigen. Der Teppichklopfer ist auch nicht mehr zu hören. Der Garten ist angefüllt von einem süßen Duft.

«Was wirst du machen?», frage ich.

«Ich gehe laufen. Zehn Kilometer», sagt Sanni. «Auf jeden Fall unter 50 Minuten.»

«Das meine ich nicht.»

«Ich weiß.»

Sanni fährt sich mit der Hand durchs Haar, nimmt ein Haargummi und bindet sich einen Zopf, der wie eine kupferfarbene Fahne aussieht, sie wird im Wind flattern, wenn sie rennt. Ihrer Gürteltasche entnimmt sie einen Proteinriegel. Sie entfernt die Verpackung und beginnt zu essen.

«Sanni, was willst du?»

Sie schluckt einen Bissen ihres Riegels hinunter. Mampft vor sich hin.

«Vielleicht eine Gehaltserhöhung», sagt sie, mit vollem Mund.

«Im Leben. Grundsätzlich.»

Da sind Stärke und Klarheit und ein Leuchten in ihren blaugrünen Augen. Und etwas anderes, etwas, das ich noch nie zuvor wahrgenommen habe.

«Das ist eine ziemlich große Frage an einem Dienstagnachmittag.»

Ich sehe sie an, schweige. Sanni fährt mit der Zunge an ihrer Oberlippe entlang.

«Ich will im Morgenwald spazieren gehen. Ich will einen

Geländewagen, der weder koreanisch noch japanisch, noch chinesisch ist. Ich will Frühstück ans Bett, an allen Tagen, aber nicht an meinem Geburtstag. Ich will die Abflussrohre in meinem Haus sanieren lassen. Ich will wenigstens einmal Unterwäsche von *Victoria's Secret* tragen. Ich will eine neue Schrotflinte. Ich will den Tokio-Marathon in weniger als dreieinhalb Stunden laufen. Ich will alles wissen, sogar das wenige, was ich noch nicht über Pilze weiß.»

Sanni schweigt, schiebt sich das letzte Stück ihres Riegels in den Mund. Ich denke unwillkürlich an meine Liste. An die Dinge, die zu tun sind. Meine Nachforschungen. Meine Vergiftung. Noch bin ich ein Mensch unter Menschen. Ich weiß jetzt, was Sanni will, auch wenn ich nicht weiß, wer sie ist.

«Welche Lohnerhöhung schwebt dir denn vor?»

«Fünfzig Prozent», sagt sie.

Ich habe für einen Moment das Gefühl zu ersticken. Obwohl mein Mund leer ist.

«Die anderen haben mir mehr versprochen», sagt sie.

«Daran zweifle ich nicht eine Sekunde.»

Ich brauche Sanni. Aus vielen Gründen. Vor allem habe ich das ausgeprägte Gefühl, sie unbedingt in meiner Nähe haben zu wollen. Außerdem weiß ich schon, woher ich das Geld nehme, das Sanni verlangt. Petri braucht keinen neuen Lieferwagen. Er kommt bestens aus mit dem Equipment, das er hat.

«Gut. Abgemacht. Aber ich muss dich um einen Gefallen bitten.»

Sanni wartet.

«Ich will, dass du sie ein wenig hinhältst», sage ich. «Sag diesen Kerlen von der *Pilz GmbH*, dass du darüber nachdenken musst. Dass du Pro und Kontra abwägen musst. Dass du erst wissen möchtest, wie sie ihre Firma aufbauen wollen, mit wem sie Geschäfte machen wollen.»

Sanni lächelt. Es ist nur ein Moment, ihre Lippen beben kurz, dann ist sie wieder ganz ruhig.

«Du willst, dass ich sie ausspioniere», sagt sie.

Ich lasse den Satz im Raum stehen.

«Vielleicht habe ich mich in dir vollkommen getäuscht», sagt sie. Es gelingt ihr, enttäuscht und zugleich hocherfreut zu klingen.

8

Der Kies knirscht unter den Rädern, die Sonne ergießt sich auf die Motorhaube. Anstatt die Klimaanlage einzuschalten, lasse ich die Fensterscheibe herunter. Ich rolle gemächlich den Sandweg entlang, biege in die Kalastajankatu ab. Ich werfe einen Blick in den Rückspiegel, um sicherzugehen, dass ich niemanden aufhalte. Ich sehe einen dunkelblauen Ford Mondeo, in einiger Entfernung hinter mir. Ich gebe ein wenig Gas und blicke nach rechts.

Im Garten eines Einfamilienhauses arbeitet ein Mann. Das macht er eigentlich immer, morgens, nachmittags, abends. Er hat immer was zu tun, jetzt hackt er Brennholz, obwohl jede Menge davon schon stapelweise bereitsteht. Der Mann ist klein gewachsen, drahtig und sieht irgendwie aus als sei er aus der Zeit gefallen. Er könnte Gitarrist der Rolling Stones sein, mit diesen Furchen im Gesicht und keinem Gramm Fett am Körper. Er hat die Aura eines Mannes, der gerne schnell zur Sache kommt. Ein Macher. Auf unprätentiöse Art und Weise skrupellos, geradlinig. Einer, der die Dinge zu Ende bringt, ohne lange um den heißen Brei herumzureden. Wenn ich einen Krieg gewinnen müsste, würde ich diesen Mann mit seiner Motorsäge an die Front schicken. Heute kann ich mir alles Mögliche vorstellen.

Als der Kiesweg die asphaltierte Straße kreuzt, fahre ich an die Seite, um einen Lastwagen vorbeizulassen.

Ein Blick in den Rückspiegel verrät mir, dass auch der Ford

Mondeo an den Straßenrand gefahren ist. Nach Lage der Dinge habe ich den Fahrer des Fords also keineswegs ausgebremst. Er möchte hinter mir bleiben. Ich setze den Blinker, der leise knacksend einrastet. Während ich Richtung Innenstadt fahre, habe ich das Geräusch von Sannis Laufschuhen in den Ohren. Ich spüre die Wärme ihrer Hand noch in meiner. Den Händedruck, mit dem wir unseren kleinen heimlichen Deal besiegelt haben. Ich denke an ihre roten Haare, an die weißen Shorts, daran, wie sie ein Bein vor das andere wirft, wenn sie rennt. Meine geheime Pilzagentin.

Der dunkelblaue Mondeo.

Erst als ich ihn sehe, bemerke ich, dass ich den Blick zum Rückspiegel gehoben habe. Ich starre den Mondeo an. Entscheide mich für eine kleine Stadtrundfahrt. Am Marktplatz ist wenig los. Ich fahre einfach so herum, von Straße zu Straße, durchs Zentrum, und mir fällt etwas ein.

Das 300 Jahre alte kreisrunde Straßengeflecht ist ein Geschenk für Menschen, die verfolgt werden. Oder für solche, die herausfinden wollen, ob sie tatsächlich verfolgt werden. Die größte der Ringstraßen zeichnet nur einen Dreiviertelkreis, das letzte Viertel fehlt. Sie heißt Isoympyräkatu, Großkreisstraße. Irgendwann sehe ich den Mondeo nicht mehr.

Ich fahre die Großkreisstraße entlang, so weit es geht, bis zur Bastion. Im 19. Jahrhundert erbaut, ursprünglich eine Festung. Heute ein schmuckes Gelände mit roten Ziegelsteinhäusern, in denen ab und an unterhaltsame Events stattfinden.

Mit Taina habe ich hier mal das große Militärmusikfestival besucht, Hamina Tattoo. Sommer, Taina, Schweiß an ihren Schenkeln. Ich schüttele die Erinnerung ab. Ich fahre die Friedensstraße entlang, ich sehe schon das Rathaus und hinter mir den blauen Ford Mondeo. Für einen Moment denke ich, dass ich mir diesen blauen Ford nur einbilde, aber nein. Er ist wirklich da.

Okay. Na gut.

Die kürzeste Straße ist nur etwa zweihundert Meter lang. Sie führt über Pflastersteine in einem eng anliegenden Radius um das Rathaus herum. Das Rathaus ist etwa zwanzig Meter höher als die umgebenden Gebäude, es sieht aus wie eine Insel, ein Fixpunkt, umgeben von nicht weniger als acht Ringstraßen. Mit anderen Worten: Alle Wege führen nicht nach Rom, sondern zum Rathaus von Hamina. Ich verlangsame das Tempo. Beginne die erste Runde.

Mit dem Rückspiegel kann ich nicht mehr viel anfangen, da ich begonnen habe, im Kreis zu fahren, gewissermaßen in einer andauernden Kurve. Ich drehe mich um und sehe den Ford Mondeo, in einiger Entfernung, durch das geöffnete Fahrerfenster. Er folgt mir. Ich fahre gemächlich.

Die erste volle Runde dauert etwa zwanzig Sekunden. Ich biege in die zweite ein. Der Mondeo folgt mir. Etwa nach der Hälfte von Runde zwei versuche ich, einen Blick ins Innere des Fords zu erhaschen.

Der Fahrer ist groß und hat einen massigen Oberkörper. Die zweite Runde ist vollendet.

In Runde drei bekommen wir Gesellschaft. Ein roter Golf. Aber er verschwindet auch bald wieder aus dem Karussell, wuchtig biegt er ab, vermutlich war der Fahrer erbost, weil ich so langsam fahre. Wir fahren weiter, der Ford und ich – mit dem Unterschied, dass ich beschleunige.

Die vierte Runde ist eine Wiederholung der dritten, nur

schneller. Schneller und schneller. Sollte hoch oben am Himmel ein Sommervogel dem Treiben zusehen, wird er sich vielleicht fragen, was das für ein Spiel ist, das wir spielen.

In Runde fünf wird der Fahrer des Mondeo nervös. Plötzlich höre ich seine Stimme. Weiß, wer es ist. Ich drehe mich um, ein großer Kopf streckt sich meinem entgegen.

«Fettsack!», ruft Juhani. «Fettsack des Teufels!»

Ich habe die Sache natürlich nicht zu Ende gedacht. Bis hierher, nicht weiter. Im Fernsehen oder im Kino endet eine Beschattung ja meistens damit, dass der Beschatter entdeckt wird. Aber Juhani hat vermutlich andere Filme gesehen als ich. Er schreit. Ist gewaltig in Rage. Ich beginne zu ahnen, dass er es beim Beschatten nicht belassen möchte. Seine Mutter hat er wegen Heringen getötet. Was macht er wohl mit einem Mann, der sich einen Spaß aus seiner Drohung mit den zerschnittenen Steinpilzen gemacht hat?

«Fetter Arsch, bleib stehen!»

Er hupt und brüllt, Schimpftiraden, er fordert mich immer wieder auf anzuhalten.

Eigentlich sind fünfzig Stundenkilometer ja eine anständige Geschwindigkeit. Aber wenn man im Kreis fährt, es muss wohl die siebte oder achte Runde sein, fühlt es sich irgendwann sehr langsam an. Langsam und drehend. Mir wird übel. Opfer einer Vergiftung sollten nicht Karussell fahren.

Ich beschleunige auf sechzig Stundenkilometer.

Das ist immerhin schnell genug, um Juhani das Maul zu stopfen. Als die Übelkeit größtmögliche Intensität erreicht, reiße ich das Lenkrad herum und steuere scharf nach rechts.

Auf der Militärakademiestraße fahre ich wieder geradeaus und beschleunige weiter. Juhani folgt. Ich biege nach links ab.

Ich kenne die Stadt nicht wirklich gut. Aber ich habe gelernt, dass man sich ziemlich schnell vom Stadtzentrum entfernt, so ist es auch dieses Mal.

Das einzige Problem ist, abgesehen von dem durchgeknallten Bodybuilder, der mir im Nacken sitzt, dass ich Brechreiz spüre.

Zu viel im verdammten Kreis gefahren. Zu viel Stress. Alles zu viel.

Rechts von mir stehen vereinzelte Häuser, links ist nur Brachland, ab und zu ein Laubbaum. Die linke Seite ist abschüssig. Die asphaltierte Straße wird von einem Kiesweg abgelöst. Ich weiß, dass unten ein schmaler Fluss fließt, eher ein Bach, der irgendwann in den Kirchensee mündet. Links ist ein Parkplatz, voller Reifenspuren, hier haben schon viele gewendet. Ich steuere auf den Platz zu, öffne noch im Ausrollen den Gurt, werfe mich aus dem Wagen und übergebe mich.

Ich habe den Motor abgewürgt. Der Mondeo kommt näher, lärmend, laut aufheulend. Ich habe alles erbrochen, fühle mich erleichtert, als sei das Schlimmste vorüber.

Der Mondeo kommt zum Stillstand, Juhani stürzt aus dem Wagen, auf mich zu, er hat einen länglichen, glänzenden Gegenstand in der Hand. Ich versuche, zurück in mein Auto zu gelangen, aber der Zündschlüssel ist weg. Ich sehe ihn nicht. Nicht am Boden, nicht in der Zündung.

Juhani ist zehn Meter entfernt.

Ich erkenne jetzt, was er, fest umschlossen, in der Hand hält.

Ich möchte um Hilfe rufen, aber ich sehe kein einziges Haus und keinen Menschen, und ich bekomme keine Luft. Mein Rachen schmerzt. Ich konzentriere meinen Blick auf

Juhanis Hand. Ein Schwert. Ein Samuraischwert. Vielleicht einige Zentimeter kürzer als das Modell, das ich in der Hand hielt, aber Schärfe und Glanz sind die gleiche. O. k., genug. Ich laufe in die andere Richtung.

Abwärts. Der Boden ist sandig, grasig, uneben. Ich möchte Juhani etwas zurufen, fragen, was zum Teufel er von mir will, aber ich kann nicht. Er folgt mir. Wir rennen an Bäumen vorbei. Ich krame in meiner Tasche nach dem Smartphone, es ist im Wagen. Wir erreichen den schmalen Fluss. Ich lasse mich fallen, sehe keine andere Möglichkeit. Ich gleite ab, stehe bis zu den Knien im Schlamm. Für einige Sekunden sehe ich Juhani nicht, dann taucht er plötzlich wieder auf, er macht einen gewaltigen Sprung.

Ein großer Mann, er fliegt durch die Luft, mit einem Schwert in der Hand. Eine Szene wie aus einem Comic. Ich taumele durch den Schlamm, schleppe mich voran, drehe mich wieder um, sehe Juhani, immer noch im Sprung.

Da ist eine ungeheure Kraft in diesem Sprung. Er fällt fast vornüber, balanciert sich aus, es sieht aus, als wolle er tanzen, steppen. Dann landet er, auf beiden Füßen, mitten im Schlamm. Seine Beine knicken ein, seine rechte Hand schlägt gegen einen trockenen, harten Ast, das Schwert steht senkrecht in der Luft, es scheint zu warten, darauf zu warten, dass Juhanis Kopf sich weiter absenkt, und dann schiebt sich die Klinge des Schwertes in Juhanis Kinn und tritt am oberen Ende des Kopfes wieder aus. Seine Hand hält noch das Schwert, unter dem Kinn, mit einer geschlossenen Faust.

Juhani sieht aus, als würde er meditieren. Mit einem Schwert im Hirn.

Ich lasse mich zurücksinken. Habe das Gefühl, zum ersten

Mal seit sehr langer Zeit Luft zu holen. Dann stehe ich auf. Als ich sicher bin, dass meine Füße mich tragen können, laufe ich durchs Wasser und den Schlamm, laufe einen Pfad entlang, stolpere zu meinem Wagen, öffne die Tür, falle hinein. Der Zündschlüssel liegt unter dem Fahrersitz. Ich ziehe die Schuhe und die Socken aus, kremple meine Hose hoch. Ich wische den Schlamm von den Schuhen, so gut es eben geht, und ziehe sie über meine nackten Füße. Ich laufe zum Mondeo, ziehe den Schlüssel aus der Zündung, schließe die Türen ab, werfe den Schlüssel in hohem Bogen ins Gras.

Dann gehe ich zurück zu meinem Wagen. Starte den Motor, schnalle mich an, fahre los. Ich sehe im Rückspiegel den Mondeo, der auf dem Parkplatz steht, als sei er dort einfach abgestellt worden. Vielleicht wird Juhani sogar noch für eine Weile unbehelligt am Bach sitzen dürfen, in seine Meditation versunken.

Es sind, am heutigen Tage, schon merkwürdigere Dinge passiert.

II
DAS LEBEN

1

Taina schüttet das Kartoffelwasser ins Spülbecken, ihr Kopf ist eingehüllt von Dampf. Dann sehe ich sie wieder, die Sehnen und Muskeln ihrer Arme treten hervor, während sie den Topf abstellt. Die Kartoffeln duften süß und erdig. Taina hebt den Blick, sieht mich aber nicht an, während ich mich an den Tisch setze.

«Hallo», sagt sie. «Ich dachte, dass du einen Mittagsschlaf machst. Es gibt Hackbraten mit Frühlingskartoffeln, Pfifferlingen und Zwiebelsahnesoße. Roggenbrot, gesalzene Butter. Zum Nachtisch Crêpes mit Erdbeermus. Selbst gemacht. Und Schlagsahne natürlich.»

«Klingt gut», sage ich. «Um nicht zu sagen: köstlich. Ganz hervorragend.»

Taina sieht mich an. Ich lächle.

Meine Frau. Ein Vollblutweib. Einhundertsechsundsechzig Zentimeter groß. Volles, halblanges braunes Haar, graublaue Knopfaugen, eine schmale, kleine Nase, ein breiter Mund, der strahlend weiße Zähne freilegt, wenn sie lacht.

Wir essen immer um sechs Uhr zu Abend. Ich bin frisch geduscht, habe meine schlammig-schmutzigen Kleider in die Waschmaschine gestopft, meine Schuhe in einen nahegelegenen Müllcontainer geworfen. Ich war auch auf dem Heimweg noch schnell in der Apotheke und habe für eine Weile im Schlafzimmer auf dem Bett gelegen und an die Zimmerdecke gestarrt.

Ich habe gehört, dass Taina nach Hause gekommen ist. Sie hat «Hallo» gerufen und begonnen, das Abendessen zuzubereiten. Wo sie vorher gewesen ist, weiß ich nicht. Ich hoffe, in der Firma.

«Du siehst aus, als hättest du geschlafen», sagt sie lächelnd. Sie bringt den Topf mit den Kartoffeln.

Wir sitzen am Tisch. Ich weiß nicht, wie ich auch nur einen einzigen Bissen herunterschlucken soll. Wir reichen uns gegenseitig die Teller an, kurz darauf hat jeder eine appetitliche Portion vor sich stehen. Ich hebe mein Glas.

«Auf dich.»

Taina hebt ihr Glas, mustert mich fragend. Wir prosten uns zu, trinken.

«Das Hemd hast du lange nicht getragen», sagt sie.

Taina hat dieses T-Shirt, das ich vor Jahren gratis zu einem Maxi-Menü bekommen habe, noch nie gemocht. Es ist tatsächlich nicht sehr geschmackvoll und ungeeignet für einen übergewichtigen Mann, aber irgendwie hatte ich Lust, es heute Abend anzuziehen. Es ist weiß und hauteng, und vorne prangt ein knallbuntes Bild irgendeiner Blondine. Sie trägt einen gelben Bikini und beißt genussvoll in einen mit Hackfleisch und Ketchup gefüllten Burger.

«Mir war danach, es heute mal anzuziehen», sage ich. Betrachte meinen Teller. Ich wusste, dass der Braten auf meinen Lippen schmelzen würde, die Soße würde ich unter anderen Umständen aus Gläsern trinken wollen. Eine komische Situation. «Wie war dein Tag?»

Taina isst bereits. Mit gutem Appetit. Wie immer.

«Normal», sagt sie kauend.

Ich sehe sie an. Ihre Antwort klingt in ein und demselben

Moment sowohl nachvollziehbar als auch vollkommen unerträglich. Sie schluckt einen Bissen herunter.

«Aber sag mal, ich habe gehört, dass die Typen von der *Pilz GmbH* da gewesen sind. Was wollten die?»

«Keine Ahnung», sage ich.

«Worum ging es denn?»

«Sie wollten vermutlich nur mitteilen, dass sie jetzt in unserer Branche tätig sind.»

«Sie sind bei uns vorgefahren, um uns das zu sagen?»

«Das war der Inhalt ihrer Mitteilung. Ja. In groben Zügen.»

«In groben Zügen», wiederholt Taina. Sie betrachtet meinen Teller. «Ist alles in Ordnung mit dir?»

«Bestens.» Ich schneide ein Stück vom Braten ab, schiebe eine Kartoffelscheibe darauf.

«Ja, der Wettbewerb könnte ein wenig zunehmen. So wie ich sie verstanden habe, verfügen sie über neueste Gerätschaften, sie sind gut vorbereitet und tatendurstig. Sie waren daran interessiert zu erfahren, wann die Japaner kommen.»

Taina weicht meinem Blick aus, widmet sich wieder ihrem eigenen Teller.

«Soweit ich weiß, werden die Japaner in diesem Sommer überhaupt nicht kommen», sage ich, ohne Taina aus den Augen zu lassen. «Zumindest ist mir von einem Besuch der Japaner nichts bekannt. Und warum auch, es ist ja alles in bester Ordnung, alle Vereinbarungen stehen, von den Lieferzeiten bis zu den Preisen. Aber das habe ich den dreien natürlich nicht gesagt.»

Taina lässt ihren Blick über den Garten schweifen, dann wendet sie sich an mich: «Und was hast du gesagt?»

«Dass die Japaner in zehn Tagen kommen.»

«Warum?»

«Warum ich das gesagt habe? Oder warum die Japaner kommen werden?»

«Warum hast du es behauptet?», sagt Taina, im Ansatz genervt.

«Ich wollte auf Zeit spielen», sage ich. «Diese Leute sind nicht, was sie vorgeben zu sein.»

«Was geben sie denn vor zu sein?»

«Die Eigner der *Pilz GmbH Hamina*.»

Taina isst schweigend. Ich habe den ganzen Tag nur ein Eis gegessen, bin aber nicht hungrig. Das Essen, das vor mir auf dem Teller liegt, ist kalt geworden. Taina isst mit Hingabe, sie nimmt sich vom Roggenbrot, während sie sich mit der Gabel ein großes Stück Braten in den Mund schiebt. Dann konzentriert sie sich, nachvollziehbarerweise, aufs Kauen.

Ein guter Fick im Freien ist offenbar sehr appetitanregend.

«Und da wir gerade von der *Pilz GmbH* sprechen, ich habe Sanni eine Gehaltserhöhung in Aussicht gestellt.»

Taina beginnt zu zittern, kaum merklich, aber doch. Ihr fällt fast die Gabel aus der Hand. «Du hast was?»

«Sanni ist unsere beste Sammlerin. Auf sie ist hundertprozentig Verlass. Sie kennt die besten Leute und schart sie um sich. Sie ist ein heller Kopf und weiß, worum es in unserem Geschäft geht. Ihr Gehalt zu erhöhen, ist eine Investition in die Zukunft. Und eine Absicherung. Wir wollen doch, dass sie bei uns bleibt und nicht etwa für die drei von der GmbH arbeitet, oder?»

Taina legt ihre Gabel neben dem Teller ab. Lehnt sich zurück.

«Du hast dir das Ganze offensichtlich gut überlegt», sagt sie. «Und weißt du auch schon, woher du das Geld nehmen willst?»

Auch ich lege meine Gabel ab. Taina hat ja wohl, wenn ich das richtig verstehe, ihre Erlaubnis gegeben. Wobei, im Unterschied zu ihrem Teller, meiner noch unberührt ist.

«Ja, darüber habe ich nachgedacht», sage ich. «Ich habe es durchgerechnet und bin zu dem Schluss gekommen, dass wir für Petri keinen neuen Lieferwagen anschaffen werden. Und wir müssen ihn auch in diesem Sommer nicht mit einer Lohnerhöhung beglücken. Er ist noch so jung, in mancherlei Hinsicht unerfahren, eine Lohnerhöhung könnte in dieser Phase das falsche Signal sein. Ich finde, dass er noch deutlicher zeigen sollte, warum er für uns wichtig ist und was er so alles zu bieten hat. Ich denke, dass er, wie soll ich das sagen, gewissermaßen noch in die Rolle eines Mannes hineinwachsen muss. Er ist irgendwie recht unreif, ein Küken mit strammen Muskeln, aber mir fehlt die Eigeninitiative.»

Taina steigt die Röte ins Gesicht. Vom Hals aufwärts zu den Wangen.

«Wir haben ihm das schon zugesichert. Den Lkw, die Gehaltserhöhung.»

Ich schüttele den Kopf, bemühe mich darum, nachdenklich auszusehen.

«Ich habe zugesichert, darüber nachzudenken. Das ist etwas ganz anderes.»

Inzwischen ist Tainas ganzes Gesicht rot. Bis zum Haaransatz.

«Er braucht den Lkw», sagt Taina. Sie sieht mir nicht in die

Augen, sondern links an mir vorbei. «Er ist so hilfsbereit, tatkräftig und, anders als du behauptest, sehr selbständig.»

«Ich habe meine Entscheidung bereits getroffen», sage ich. «Sanni ist es, in die wir jetzt investieren werden.»

Taina rutscht auf ihrem Stuhl hin und her. Unauffällig, aber merklich. Ich denke, dass es Zeit ist, zur Sache zu kommen.

«Und bei der Gelegenheit, ich denke, dass es gut wäre, auf leichtere Kost umzusteigen.»

Taina sitzt augenblicklich wieder still. Den Ausdruck in ihrem Gesicht habe ich noch nie gesehen. Schwer und dunkel, was die Röte umso mehr hervortreten lässt. «Wie bitte?»

Wir wissen nicht, um welche Art Gift es sich handelt. Es scheint eine Kombination verschiedener pflanzlicher Substanzen zu sein, auch Pilze könnten ...

Ich höre die Stimme des Arztes, stütze mich mit den Ellenbogen auf dem Tisch ab, fahre fort, Taina zugewandt:

«Wir essen zu schwer. Ich habe einige Kilo zugelegt, seitdem wir uns kennen. Genauer gesagt: vierundzwanzig. Exakt so viel habe ich als Erstklässler gewogen. Manchmal habe ich das Gefühl, diesen kleinen Jungen immer mit mir rumzuschleppen. Ich würde vorschlagen, dass wir mit den Soßen, Braten, Ragouts, Aufläufen, Eintöpfen einfach Schluss machen, auch wenn sie natürlich köstlich sind. Lass uns doch einfach eine Diät machen, mit Zutaten, die, ja, wie will ich das sagen, mit Zutaten, die immer zu sehen sind. In ihrer reinen Form, unverarbeitet, ungekocht.»

Taina starrt mich an. Die Farbe ihrer Augen scheint sich verändert zu haben. Vielleicht hat es mit der untergehenden Sonne zu tun oder mit der Energiesparlampe, die über uns hängt oder mit etwas ganz anderem.

«Was?»

Wir sehen einander in die Augen. Die Stille ist angefüllt von Rauschen. Wellen, die kein Radio dieser Welt erzeugen könnte. Ich lehne mich zurück, hebe meine Hände, tätschele meinen Bauch.

«Ich will einfach abspecken. Ich will wieder in Form kommen, so sein, wie ich war, als wir uns kennenlernten.»

Taina zögert. Eine kurze Pause tritt ein, ich kann den Schatten sehen, hinter ihren Augen.

«Aha. Tatsächlich», sagt sie. Sie setzt sich aufrecht, der Schatten ist weg. «Das ist ja ein ehrgeiziges Ziel.»

«Mit der Diät und einem schönen Fitnessprogramm leicht umzusetzen», sage ich. «Wir könnten auch wieder beginnen, gemeinsam zu joggen. Bis Weihnachten ist das Wohlstandsbäuchlein weg. Was hältst du davon?»

Taina scheint etwas entgegnen zu wollen, aber dann schweigt sie. Sie nimmt ihren Teller, nimmt meinen Teller, wendet sich ab und geht in die Küche. Sie steht schon an der Spüle, als ich den Mund öffne.

«Eine Sache noch.» Taina hält inne, mit den Tellern in den Händen.

«Hast du Veikko gesehen? Du weißt schon, unseren Igel.»

2

Der Morgen schimmert golden, der Geruch von Meersalz hängt in der Luft. Das Wasser spiegelt sich am Gestänge des Stegs. Ich gehe morgens eigentlich nie schwimmen, aber heute ist mir danach. Ich schwimme, tauche ab. An der Oberfläche ist das Wasser warm, doch bereits einen halben Meter tiefer ist es eiskalt. Es ist, als ob eine kalte Faust mich umschließt. Ich kehre an die Oberfläche zurück, atme, blinzle.

Ich schwimme, entspannt, sehe hinüber zum Strand. Die Welt erscheint in neuem Licht.

Ich habe die Nacht überlebt. Habe das Gefühl gehabt, neue Kraft zu finden. Ich habe wach gelegen, neben Taina, der ich noch nicht mitgeteilt habe, dass ich sie des Mordes anklage (ich brauche Beweise). Ich habe Joghurt mit süßem Honig gegessen, in der stillen Zeit zwischen Mitternacht und sechs Uhr früh. Ich habe nachgedacht. Über meine Situation. Über meine nächsten Schritte.

Man kann über den Tod sagen, was man will, aber dass er ein Schlankmacher ist, sollte man unbedingt würdigen. Meine Badehose, die an der Hüfte rote Striemen hinterließ und mich erheblich einengte, als der Sommer begann, passt wie angegossen.

Das mag nur eine Momentaufnahme sein, aber das gilt ja – wie ich jetzt weiß – für alles im Leben. Es ist seltsam. Wie lange ich in dem Glauben gelebt habe, unsterblich zu sein, als würde Sommer auf Sommer folgen, als würde der nächste besser werden als der vergangene. Wahr ist, dass wir nur einen Augenblick haben: einen Moment lang Sonne, einen hellen Schein, den wir nicht verstehen, einen Raum aus Zeit, der schwindet.

Nachtgedanken sind wie Skelette der Gedanken, die den Tag begleiten, wie Körper, die verdreht und verzerrt werden im Licht unserer Träume. Das habe ich begriffen, als ich gegen vier erwachte, ich hatte noch den flüchtigen Rest eines Traums vor Augen.

Ich erwachte in der Angst, falsch gelebt zu haben. Mein Leben verschwendet zu haben, unwiderruflich, als wäre ich über eine Klippe hinweggerannt und würde jetzt in der Schwebe hängen, mit den Füßen zappelnd.

Aber die Sonne, das Meer und der neue Morgen sind heilsam.

Ich weiß nicht, ob das der Schock ist oder ob die Symptome der schleichenden Vergiftung damit zu tun haben oder ob ich einfach erkenne, was ich im Leben hatte und was nicht. Aber das, was der gestrige Tag mir beschert hat, könnte das Beste sein, was mir je passiert ist. Ich habe das Gefühl, mitten ins Leben zu stürzen.

Ich bin eins mit dem Wasser, mit dem Licht, so unmittelbar im Hier und Jetzt, dass ich den Mann zunächst gar nicht bemerke. Ich sehe ihn erst, als ich mich ans Ufer treiben lasse und die ersten Schritte zum Strand mache, ich stehe noch kniehoch im Wasser.

Ich sehe ein Paar schlabberiger dunkelblauer Jeanshosen, ein T-Shirt, auf dem eine Erdbeere prangt, schwarz-weiße Sneakers von Puma. Der Mann steht im hohen Gras, das den Strand säumt. Er ist etwa in meinem Alter, aber deutlich schlanker. Warum denke ich eigentlich andauernd an mein Gewicht? Warum jetzt, wo es gar keine Bedeutung mehr hat? Oder doch? Ich habe Juhanis Rufe im Ohr. Fettsack! Ich weiß, warum der Mann gekommen ist.

«Jaakko Kaunismaa?», fragt der Mann.

Ich nicke und zwinkere einen Rest des salzigen Wassers aus meinen Augen. Der Mann deutet auf einen Ausweis, der um seinen Hals baumelt. Mit Lichtbild. Ein Polizeiausweis. «Mikko Tikkanen», sagt er. «Kriminalpolizei Hamina. Ich hätte ein paar Fragen.»

«Natürlich», sage ich.

Ich watschele ein wenig unbeholfen zum Steg, nehme mein Handtuch und trockne intuitiv zunächst mein Gesicht. Irgendwie habe ich das Gefühl, dass mein Gesicht trocken sein muss, damit es macht, was ich will, damit meine Mimik so aussieht, wie sie aussehen soll.

Mikko Tikkanen steht im Sonnenschein auf der glitzernden Wiese. Dann läuft er einige Meter, tritt an den Steg heran. Der Steg ist etwa acht Meter lang, wir nähern uns an, stehen uns schließlich, etwa in der Mitte des Stegs, gegenüber. Mikko Tikkanen trägt einen akribisch gestutzten Bart, ein feines, dunkles Rechteck, das seinen Mund umspielt. Seine Augen sind freundlich und wachsam. Er nimmt einen Zettel zur Hand und betrachtet ihn. Ich vermute, dass dieser Zettel nur eine Art Requisit ist, er weiß genau, was er sagen möchte.

«Wir bearbeiten eine Anzeige, bezüglich eines entwendeten Samuraischwertes. Der Eigentümer teilte uns mit, dass möglicherweise Sie es gestohlen haben könnten. Seinen Angaben zufolge haben Sie sich unbefugt Zutritt zu den

Betriebsräumen der Firma *Pilz GmbH Hamina* verschafft, Industriestraße 27. Es existiert die Aufnahme einer Überwachungskamera, die Ihren Aufenthalt in der Zeit von 12.41 bis 12.46 dokumentiert. Es wurden darüber hinaus Fußspuren gesichert.»

Tikkanen mustert mich. Mir ist kalt. Frühsommerlich kalt. Lügen scheint keine Option zu sein.

«Ich habe kein Schwert gestohlen», sage ich.

Tikkanen mustert mich. Unerbittlich. Ich trockne mit dem Handtuch meinen Rücken. Verrenke mich fast dabei. Der Wind streicht über meine Haut, wie der leichte Atem eines kleinen Tieres, angenehm, sanft.

«Aber Sie sind in den Räumen der *Pilz GmbH Hamina* gewesen, gestern in der Zeit von ...»

«Da es davon ein Video gibt, kann ich das wohl kaum bestreiten.»

Tikkanen schweigt. Und ich begreife etwas.

«Wenn es dieses Video gibt, dann ist ja eigentlich alles klar.»

«Was meinen Sie?»

«Dann ist doch auf dem Video zu sehen, dass ich das Schwert nicht nehme. Und auch sonst nichts.»

Das stimmt. Ich sage die reine Wahrheit.

«Es gibt nur eine Kamera. Sie zeigt, wie Sie das Gebäude betreten. Es gibt keine Kamera, die zeigt, wie Sie es verlassen.»

«Ich bin nicht eingebrochen. Ich bin einfach reingegangen, die Tür stand offen.»

«Haben Sie geklingelt?»

«Ja.»

«Kam jemand, um zu öffnen?»

«Nein.»

«Was bedeutet das, Ihrer Meinung nach?»

Wir sehen uns in die Augen. An meinen Oberschenkeln läuft in kleinen Rinnsalen das Wasser hinab, aber ich finde den Impuls nicht, das Handtuch zu nehmen und die Beine zu trocknen.

«Nicht viel», sage ich. «Die Leute hätten ja beschäftigt sein können. Der Lärm der Maschinen hätte das Klingeln übertönen können.»

Tikkanen schweigt.

«Gut, ich gebe zu, dass ich im Eingangsbereich hätte stehen bleiben können. Ich bin weitergegangen.»

«Warum?»

Tikkanens Stimme hat einen anderen Klang, die Frage scheint aus einer anderen Richtung zu kommen als die vorherigen. Es ist eher die Frage eines ganz normalen Mannes, Mikko Tikkanen, der ein T-Shirt mit dem Emblem des Erdbeerpflücker-Festivals von Seinäjoki trägt.

«Ich war neugierig», sage ich. Das ist die Wahrheit.

«Neugierig? Worauf?»

Wieder der ganz normale Herr Tikkanen. Ohne den Unterton des ermittelnden Polizisten.

«Ich bin Unternehmer. Ich vertreibe Pilze. Wir, meine Frau und ich, haben unsere Firma gut drei Jahre lang aufgebaut. Mit Geduld, mit langfristigen Verträgen. Dann kommen plötzlich diese Leute und gründen eine *Pilz GmbH*. Ich wollte mal guten Tag sagen. Und ein paar Fragen stellen, von Unternehmer zu Unternehmer.»

«Warum ausgerechnet gestern?»

Weil ich gestern gestorben bin. Weil ich gestern zum Leben erweckt worden bin.

«Vielleicht weil die Erntezeit bevorsteht. Wir beginnen mit dem Sammeln, Ende der Woche soll es gewittern, und sobald das passiert, hätten wir ein ernstes ...»

Tikkanen lässt seinen Blick von mir abgleiten, betrachtet die nahegelegene kleine Insel, Tervasaari.

«Warum Pilze?»

«Entschuldigung?»

«Warum Pilze? Wie kamen Sie auf die Idee, ausgerechnet Pilze zu sammeln?»

«Also, wir sammeln die Pilze nicht selbst», entgegne ich. «Wir haben unsere Pflücker. Und damit hat es ja auch nicht angefangen, es hat damit angefangen, dass wir unsere Jobs verloren hatten. Meine Frau hat irgendwo einen Artikel über Japaner gelesen, die nach Finnland reisen, um nach Pilzen zu suchen. Kieferritterlinge. Matsutake. Unsere Idee war einfach. Wenn die Japaner hierherkommen, um sich die Pilze zu holen, können wir sie ja ebenso gut zu ihnen bringen.»

«Genau das hat auch Ihre Frau gesagt.»

«Meine Frau?»

Tikkanen wendet sich wieder mir zu.

«Taina Kanunismaa», sagt er langsam. «Ich habe mit ihr gesprochen. Sie sagte mir, wo ich Sie finde.»

«Ah. Ja.» Ich nicke.

Inzwischen bin ich fast trocken. Das Handtuch liegt weich in meiner Hand. Ich fühle mich nackt, was ich ja auch fast bin. Schutzlos.

«Ihre Frau sagt, dass sie kein Schwert gesehen hat.»

«Natürlich nicht.»

«Sie haben also kein Schwert aus den Räumen der *Pilz GmbH* entwendet? Es befindet sich nicht in Ihrem Besitz?»

Ich sehe Juhani. Er sitzt aufrecht, am Bach. Das Schwert, das seinen Kopf durchbohrt hat, sieht aus wie eine Antenne, mit der auch weit entfernte Sender empfangen werden könnten.

«Ich habe kein Schwert. Ich habe in meinem Leben keines in der Hand gehalten.»

Tikkanen mustert mich. Ich kann seinen Blick nicht deuten. Ernst, aber irgendwie auch angeregt. Neugierig.

«Hätten Sie denn gerne mal eines in der Hand gehalten?»

Ich möchte gehen. Über den Steg zum Haus.

«Ich muss los», sage ich. «Zur Arbeit. Die Erntezeit steht bevor, wir haben wirklich jede Menge zu tun.»

Tikkanen lässt mich nicht aus den Augen. Nichts an dem Mann bewegt sich, er steht vollkommen regungslos da. Mir schießt der Gedanke durch den Kopf, dass vielleicht auch sein Herz bereits aufgehört hat zu schlagen.

«Natürlich», sagt er schließlich.

Tikkanen wendet sich vom Wasser ab, wir laufen den Steg entlang und über die Wiese. Die Erde unter meinen Füßen fühlt sich wie gelobtes Land an, als sei ich etwas Furchtbarem entronnen, im letzten Moment. Ich überhole Tikkanen, durchschreite mit langen Schritten den Garten. Unser Haus glitzert unter der Sonne, zwischen Blättern. Tikkanen folgt mir wie eine Klette. Mit einem Mal fühle ich großes Unwohlsein in mir aufsteigen.

«Ich kenne Sie beide, Sie und Ihre Frau», sagt er hinter meinem Rücken. «Auch wenn wir uns noch nie begegnet sind. Die Stadt ist klein, Dinge sprechen sich rum. Es passiert kaum etwas, von dem man nicht früher oder später erfährt. Es gibt keine Geheimnisse. Was wir vertraulich erzählen, können wir eigentlich ebenso gut auf dem Marktplatz herausposaunen, auf einem kleinen Podest stehend.»

Wir stehen im Garten. Tikkanen sagt: «Ihre Frau scheint ein liebenswerter Mensch zu sein.»

An der Straße parkt ein Wagen, den ich nicht kenne. Tikkanens Wagen. Ich präge mir die Marke und die Farbe ein.

«Ich muss jetzt wirklich ...», sage ich.

«Erntezeit», sagt Tikkanen. «Verstehe.»

Ich bin an der Treppe.

«Dann ist also alles geklärt?», frage ich.

«Von meiner Seite aus. Ja», sagt Tikkanen.

«Ich stehe nicht im Verdacht, ein Schwert gestohlen zu haben?»

Tikkanen zögert.

«Nein», sagt er dann.

Tikkanen wendet sich ab, läuft. Ich sehe ihm nach, sehe, wie er die Fahrertür seines Wagens öffnet. Vorbei, denke ich, und Tikkanen stellt noch eine letzte Frage. «Ist mit Ihnen alles in Ordnung?»

Ich verstehe die Frage nicht. Dann fühle ich etwas Feuchtes, unter meiner Nase. Ich wische mir über die Lippe, schmecke Blut.

«Das habe ich manchmal. Nach dem Schwimmen.»

«Ah. Okay», ruft Tikkanen.

Taina steht am Fenster. Sie füllt den Rahmen fast aus und wendet mir den Rücken zu, als ich den Raum betrete. Um sie herum beginnt ein neuer Tag. Wenn man mit einem Menschen Jahre verbracht hat, kann man schon an der Körper- und an der Kopfhaltung ablesen, welche Laune der andere hat. Taina dreht sich nicht zu mir um, sie blickt starr geradeaus, vermutlich auf Tikkanens Wagen, der anfährt und sich entfernt.

Ich verharre auf der Schwelle zwischen Küche und Wohnzimmer. Es zieht. Inzwischen sind meine Beine ganz trocken. Das wohlige Gefühl, das ich während des Schwimmens hatte, im silbrigen Wasser, ist wie eine ferne Erinnerung. Ich spüre Wut, mir ist kalt.

«Ein Polizist», sagt Taina.

«Ja.»

«Das verstehe ich nicht. Was wollte der hier?»

«Er hatte Fragen. Zu einem Samuraischwert.»

«Das weiß ich bereits. Er hat auch mich danach gefragt. Aber warum? Warum sucht er ein Samuraischwert? Hier, bei uns?»

Taina steht immer noch dem Fenster zugewandt.

Seitdem ich mich für das gestrige Abendessen bedankt und Veikko eine kleine Schüssel mit Milch in den Garten gebracht habe, habe ich ihr nicht mehr in die Augen gesehen. Sie scheint mir auszuweichen. Was ich verstehen kann. Es ist etwas anderes, einer Ehefrau in die Augen zu sehen, die den morgendlichen Kaffee kocht. Oder einer Ehefrau, die im Garten des gemeinsamen Hauses mit einem Angestellten unserer Firma vögelt. Das liegt nicht lange zurück. Gestern. Vor 24 Stunden war alles anders.

«Ein Missverständnis», sage ich. «Irgendjemand hat Unsinn erzählt, und jetzt verwechseln sie mich mit einem anderen. Ich habe kein Schwert gestohlen, ich bin ja kein Dieb.»

«Was hast du ihm gesagt?»

«Was meinst du?»

«Was hast du diesem Polizisten erzählt?»

«Genau das. Was sonst?»

Taina antwortet nicht sofort. Sie schwankt ein wenig hin und her. Obwohl sie nicht groß ist, ist sie eine beeindruckende Erscheinung. Sie trägt ein rosa T-Shirt, ihre Brüste treten stattlich hervor. Ich muss unwillkürlich wieder an *Baywatch* denken. Sogar jetzt, nach all den Jahren.

«Nichts», sagt Taina. «Ich bin einfach verwirrt und erschrocken, denke ich. Die Stadt ist klein. Es ist nicht unbedingt förderlich, mit der Polizei zu tun zu haben. Für die Firma vor allem. Für unseren guten Ruf.»

Während sie spricht, dreht sich Taina um. Sie steht im Licht, ihr Gesicht liegt im Schatten.

«Aber wenn alles ein Missverständnis ist», sagt sie, «dann wird sich die Sache bald klären, und wir werden diesen Tikkanen nicht wiedersehen.»

«Ich werde ihn sicher nicht einladen.»

«Wozu es ja auch keine Veranlassung gibt.»

«Sehr richtig», sage ich.

Taina macht einen Schritt auf mich zu, ich ziehe intuitiv meinen Bauch ein. Immer wenn jemand näher tritt, versuche ich, besser auszusehen, versuche, die Wahrheit zu kaschieren. Ein höchst menschliches Phänomen vermutlich, aber irgendwie strengt es mich in dieser Phase meines Lebens – oder meines Todes – doch sehr an.

«Ich habe nachgedacht, über deinen Vorschlag», sagt Taina.

«Ich habe Verschiedenes vorgeschlagen.»

«Dass wir leichter essen sollten. Du hast recht. Wir haben unnötig viel Fett konsumiert.»

Ich versuche zu lächeln, aber mein Gesicht hat eine Prise zu viel Meersalz abbekommen.

«Du wirst aber weiterhin für uns kochen, oder?»

«Ja, sicher», sagt Taina. «Das ist für mich sogar spannend, eine Herausforderung. Ich habe das schon vermisst, ich liebe Abwechslung. Niemand fährt immer wieder dieselbe Loipe, nicht wahr?»

Taina steigt wieder die Röte ins Gesicht. Ich ahne den Grund dafür. Mir liegt eine Bemerkung über den Austausch von Langlaufstöcken auf der Zunge, aber ich schlucke sie hinunter, das wäre eine Spur zu viel. Ich habe noch ein paar Dinge vor, es gibt einige Untersuchungen, die ich anstellen möchte. Ich habe sogar das Gefühl, dass es meine Pflicht ist, diese Ermittlungen anzustellen.

«Was möchtest du denn heute essen?», fragt sie.

Einen Becher Joghurt, möchte ich sagen, aber das geht nicht. Ich muss bleiben, wie ich bin. Wie ich gewesen bin.

«Egal», sage ich. Dann erinnere ich mich an einen Satz, ich habe ihn gelesen, als ich in einer Frauenzeitschrift blätterte. «In jedem Fall etwas mit viel Protein.»

3

Die Motorhaube des roten Kleintransporters ist hochgeklappt, Petri arbeitet mit freiem Oberkörper und roten Shorts. Die Sonne geht erst auf, aber schon jetzt spüre ich ein Glühen auf der Haut. Petri ist sonnengebräunt, muskulös, enervierend jung. Alles, was ich nicht bin.

Irgendwo heult der Motor eines Mopeds auf, es klingt nach einem Rasenmäher im Stimmbruch. Der Waldrand ist etwa fünfzig Meter weit entfernt, die Tannen stehen allein unter der Sonne, in einer falschen Welt. Ich stehe auf dem Hinterhof meiner Firma.

Ich verstehe nichts von Autos. Wenn mein Wagen kaputt ist, bringe ich ihn in die Werkstatt. Ich habe nicht den Hauch eines Interesses dafür, was unter der Motorhaube ist. Es muss eine Menge sein, denn Petri arbeitet so konzentriert, dass er mich gar nicht kommen hört. Ich bleibe an der Seite stehen, betrachte seine Arme und Hände, die am Motor herumschrauben. Starke, geschmeidige Hände. Schnelle Finger, der Bizeps würde jeder Sportübertragung zur Ehre gereichen. Ich sehe ihm eine Weile zu. Dann bemerkt er mich, zuckt zusammen, hebt den Blick.

«Lass dich nicht stören», sage ich.

Für einen Augenblick treffen sich unsere Augen. Dann fallen ihm wieder die dunklen Haare ins Gesicht.

«Hier ist irgendwas nicht in Ordnung», sagt er.

«Komisch», sage ich. «Ist doch ein guter Wagen.»

Petri hält inne.

«Gut, aber alt. Wir bräuchten einen neuen.»

Ich schweige. Petri werkelt weiter, schraubt eine Mutter fest, die Muskeln an den Oberarmen treten ein wenig hervor.

«Habe ich auf dem Schirm», sage ich. «Sobald unsere finanzielle Situation es erlaubt.»

«Ist schon okay, aber ich verschwende jeden Tag Zeit, um die Kiste zum Laufen zu bringen. Ein bis zwei Stunden.»

Vielleicht ganz gut so, denke ich. Sonst würden meine Gattin und du sich nicht mehr von den hiesigen Wildkaninchen unterscheiden.

«Ein wenig Geduld», sage ich. «Alles zu seiner Zeit.»

«Okay.»

«Bist du ansonsten guter Dinge?», frage ich.

Petri legt seine Handflächen auf die Kühlerhaube und richtet sich auf. Auf diese Unterstützung seiner Hände wäre er eigentlich gar nicht angewiesen. Mit dem Waschbrettbauch und dem Leistungsschwimmerrücken könnte er aufstehen, wo immer er will, zum Beispiel auf einem Sonnenstuhl liegend, unter einer nackten Frau. Er sieht mich fragend an.

«Ist alles gut bei dir?», frage ich. «Bei der Arbeit. Bist du zufrieden?»

Petri starrt mich an.

«Was meinst du?»

«Bist du zufrieden mit deinen Aufgaben? Füllen sie dich aus? Du hast vielleicht mitbekommen, dass sich die Zeiten ändern.»

Petri lässt seinen Blick schweifen, vom Motor in den Himmel, vom Himmel zur Putzwolle, die er in der Hand hält.

«Was soll das heißen? Die Zeiten ändern sich?»

«Wir haben einen Konkurrenten. Drei Männer, am Ende der Straße.»

Petri lässt seinen Blick zur Seite abgleiten, als würde er erwarten, dort die Männer von der *Pilz GmbH* zu sehen. Aber da sind nur die helle Wand aus Ziegelsteinen und ein Streifen gelbes, trockenes Gras. Petri vertieft sich wieder in den Anblick des defekten Motors.

«Ja. Ach so», sagt er. «Die meinst du.»

«Haben sie dich gefragt, ob du für sie arbeiten möchtest?»

Petri zögert, ich sehe es an seinen Händen, er weiß nicht, was er mit ihnen machen soll.

«Du kannst ehrlich sein», sage ich. «Es ist nicht verwerflich, wenn jemand dir Arbeit anbietet. Ich biete dir ja auch Arbeit an. Einem jungen Mann wie dir. Voller Elan, begabt, fleißig, einer, der mehr macht, als im Vertrag steht.»

Petri lächelt verlegen. Er scheint sich, trotz des großen Lobs, nicht ganz wohlzufühlen. Ich weiß aus eigener Erfahrung, dass es schwerfällt, Lob zu hören, wenn man gleichzeitig etwas verschweigt.

«Also», sagt er. «Na ja. Ja.»

«Sie sind an dich herangetreten?»

Petri nickt.

«Haben sie mehr Geld geboten?»

Petri weicht meinem Blick aus. Schüttelt den Kopf.

«Ein neues Auto.»

«Das hättest du mir sagen können. Wir hätten offen darüber reden können.»

Petri sieht mich an.

«Aber ...»

«Wir hätten uns was einfallen lassen können. Hätten eine Lösung gefunden. Um die Sache mit dem Auto kümmern wir uns, wenn die Zeit dafür gekommen ist. Es gibt immer einen Weg, sich zu einigen. Wir können einander helfen.»

Petri hat den Blick gesenkt, betrachtet wieder das Innenleben des Kleintransporters.

«Ich schlage vor, dass wir die Sache einfach in Ordnung bringen», fahre ich fort. «Wir beide machen gewissermaßen eine Denkfabrik auf. Einen *Think Tank*, wie man so schön sagt.»

«Ich weiß nicht.»

«Petri, lass mich ganz offen sprechen, unter uns.» Petris Hände zittern, kaum merklich, aber ich sehe es. Ich lege eine lange Pause ein und beuge mich hinunter, sodass die Motorhaube fast wie ein Zelt ist, das uns schützend umhüllt.

«Du bist ehrgeizig, mehr als alle anderen in der Firma. Ich habe das Gefühl, dass du zu allem bereit bist. Das ist gut. Ehrgeiz, das ist eine gute Eigenschaft. Du willst vorankommen. So soll das sein. Du tust gut daran, deine Optionen zu prüfen. Ich möchte dir einen freundschaftlichen Rat geben. Wir sind doch Freunde?»

Petri sagt etwas, aber so leise, dass vermutlich nur die Putzwolle in seiner Hand es hören kann.

«Einen Rat, von Freund zu Freund», sage ich. «Ich denke, dass du einen guten Freund durchaus gebrauchen kannst. Jemanden, mit dem du über alles reden kannst. Es geht ja nicht nur um einen neuen Transporter. Du willst mehr. Habe ich recht?»

Petri richtet sich auf, den Blick auf seine Turnschuhe gesenkt.

«Ich bin ein wenig in Eile ...»

«Natürlich», sage ich. «Aber wir kommen auf das Thema zurück, mein Freund.»

«Ich weiß nicht, ob ...»

«Bei nächster Gelegenheit», sage ich. Ich drehe mich um und entferne mich und kann hören, dass Petri still und regungslos stehen bleibt.

4

Mein Problem ist, dass ich nicht weiß, wann genau ich sterbe. In einer Minute? In einer Woche? Andererseits, ist das nicht ein Problem, das wir alle haben? Der Tod, der alles enden lässt, der alles ad absurdum führt. Die Pläne, die Erwartungen.

Niemand ist frei davon. Ich sterbe, du stirbst, er, sie, es stirbt, wir sterben, ihr sterbt, sie sterben. Alle sterben. Eine schnelle Internetrecherche ergibt, dass in den vergangenen 100 000 Jahren etwa 50 Milliarden Menschen gelebt haben. Jeder einzelne von ihnen ist gestorben.

Auch wir alle, die wir in diesem Moment den Erdenball bevölkern – wir sieben Milliarden –, werden sterben. Recht bald sogar, wenn man die Sache ein wenig perspektivischer betrachtet. Jeder, dessen Hand ich geschüttelt habe, jeder, den mein Blick gestreift hat, morgens im Berufsverkehr, jeder, den ich kenne, gekannt oder flüchtig gegrüßt habe im Vorbeigehen. Alle gehen, entfernen sich, werden genommen.

Du kannst ein neugeborenes Kind im Arm halten, und doch ist der Weg vorgezeichnet. Der Tod kommt, so sicher und warm und wohlig wie die Nuckelflasche. Der Tod ist das Einzige, was wirklich bleibt. Bedauernswerterweise auch das Einzige, worauf man sich wirklich verlassen kann.

Ich lehne mich zurück, atme tief ein und aus. Denke darüber nach, ob ich jetzt, zu allem Überfluss, auch noch verrückt werde.

Der Arzt hat mal am Rande erwähnt, dass Hirnschäden möglich seien. Erleide ich gerade einen Hirnschaden? Kann ein Mensch überhaupt erkennen, dass er den Verstand verliert?

Wenn man den Verstand verliert, kann man ja nicht zugleich den Verstand aufbringen, das zu erkennen. Oder? Ich atme wieder, tief ein und tief aus, und dann kämme ich meine Haare. Sie sind noch ganz wirr vom morgendlichen Schwimmen.

In jedem Fall ist der Tod das nächste Zimmer, das ich betreten werde. Gleich hinter meiner Bürotür. Der Tod ist da, er ist konkret, ich habe eine Verabredung mit ihm, die ich nicht werde absagen können. Und der Tod wird mir auch nicht gestatten, diese Verabredung zu vergessen.

Heute Morgen: Nasenbluten, Kopfschmerzen, Magen- und Nierenschmerzen sowie ein Flimmern und Blitzen am Rand meines Sichtfeldes. Es fühlt sich an wie Stromschläge. Schwer zu sagen, ob sie in regelmäßigen Abständen wiederkehren oder zunehmen.

Der Tod kann jeden Augenblick da sein. Ich könnte meine Augen schließen, ohne sie jemals wieder zu öffnen. Durchs Fenster sehen, nach draußen ohne etwas zu sehen. Ich binde meine Schnürsenkel. Bleibe stehen.

Ein Klopfen an der Tür. Das heißt: Ich lebe.

Ich lege meine Handflächen auf der Tischplatte ab, drehe meinen Kopf zur Tür. Ich weiß nicht, wie lange ich hier gestanden und gegrübelt habe – oder an einer psychischen Störung gelitten habe, was weiß ich –, aber der Raum ist hell, ich lebe immer noch, an demselben beginnenden Tag.

Der Klopfer an der Tür muss Raimo sein. Ich erkenne ihn am unrhythmisch gehetzten Klopfen, und wenn er Räume betritt, hebt er immer fast die Türen aus den Angeln.

Raimo ist unser Leiter für Ein- und Verkauf. Ein Mann mittleren Alters mit einem dunklen Schnauzbart. Mit niemandem habe ich in meinem Leben so viel gestritten wie mit Raimo. Er trägt Jeans, ein hellblaues Hemd und ein weinrotes Jackett. Das Thermometer zeigt 25 Grad an, so warm war es schon, als ich am Morgen zum Schwimmen ging.

«Hast du eine Minute?», fragt er.

Ich nicke. Raimo tritt ein. Er glaubt nicht daran, dass Türklinken ihren Dienst tun könnten, er muss nachhelfen, die Tür fällt krachend ins Schloss. Raimo setzt sich an den Tisch, ich setze mich ihm gegenüber.

«Es geht um diese robusteren Plastikboxen, mit den Löchern an den Seiten. Die Ware atmet sozusagen, bleibt frisch. Wir sollten uns davon dringend welche zulegen.»

«Warum?»

«Weil diese Typen schon 20 000 Stück geordert haben.»

«Die Typen von der *Pilz GmbH*?»

Raimo nickt. Er mustert mich, scheint irgendetwas an mir wahrzunehmen. Schweigt.

«Woher weißt du, dass sie 20 000 Stück bestellt haben?»

Raimo räuspert sich, obwohl seine Stimme eben noch ganz klar war. «Weiß ich einfach.»

Das ist durchaus einer von Raimos Vorzügen. Er findet so ziemlich alles heraus. Wenn wir in der Firma angeregt über Zulieferer oder Anschaffungen diskutieren, ist es Raimo, der uns am Ende die besten Preise und günstigsten Konditionen nennen kann.

«Du sprichst von diesen biologisch abbaubaren Kisten?», frage ich.

Raimo nickt.

«Das würde bedeuten, dass sie vorhaben, in ihrem ersten Erntejahr dreimal so viel zu ernten wie wir in unserem dritten, und das dritte war unser bestes.»

Raimo nickt erneut. Seinen Gesichtsausdruck zu deuten, ist schwierig, da er selten einen hat. Ähnlich wie ich, ist er ein wenig aus dem Leim gegangen, vom guten Essen und Fettzunahme im mittleren Alter überrascht worden. Allerdings ist bei ihm die Masse gleichmäßiger verteilt. Ich trage so eine Art Beachball aus Sand um meine Taille, bei ihm fließt alles am Körper hinab, gleichmäßig wie Butter auf Brot.

«Diese Kisten sehen auch besser aus», sagt er. «Die Leute mögen sie. Wenn man die neuen Kisten neben die alten legt, wählt jeder die neuen. In welcher die besseren Pilze sind, ist ganz egal.»

Klingt wie die Geschichte meines Lebens, denke ich vage. Raimo streicht mit der Hand über seinen Schnäuzer, der sich allerdings keinen Millimeter bewegt.

«Ich sehe da einige kleine und einige nicht ganz so kleine Probleme», sage ich. «Erstens, wir haben die alten Kisten noch vorrätig. Zweitens, die neuen sind besser, keine Frage, aber auch teurer.»

Raimo strafft sein Jackett, möchte etwas sagen, hält aber inne.

«Und es kann ja hier nicht ernstlich um Behältnisse gehen. Wir haben immer noch das beste Produkt und, das garantiere ich dir, die besten Erntehelfer.»

«In die wir einiges investieren», sagt Raimo leise. Er sieht an mir vorbei aus dem Fenster oder auf den Computer, der hinter mir surrt. Da dürfte nichts Interessantes zu sehen sein.

«Ich verspreche dir, dass wir uns diese Behältnisse zulegen, wenn die Zeit reif ist, aber gerade jetzt ...»

«Gerade jetzt sollten wir auf Attacke schalten. Angreifen», sagt Raimo. Jetzt sieht er mir wieder in die Augen.

«Angreifen?»

«Denen zeigen, wo der Hammer hängt. Dass wir in dieser Stadt die Besten sind in Sachen Pilze.»

«Ich dachte, wir sind die Besten im ganzen Land.»

«Das ist doch ein und dasselbe.»

Ich vergesse ab und an, dass Raimo ein alteingesessener Haminaer ist, mit Leib und Seele. Für ihn ist das dreißig Kilometer entfernte Kouvula ebenso fremd und exotisch wie Venezuela. Das nahe gelegene Kotka befindet sich auf einem fremden Planeten, einem unwirtlichen übrigens. Ich kann ihm schlecht sagen, dass ich den Erfolg der *Pilz GmbH* ohnehin gefährdet sehe, da einer der drei mit einem Schwert im Kopf am Bach sitzt.

«Was schlägst du vor?», frage ich.

«Schnell zu handeln», sagt er. «Wir bestellen 30 000 Stück. Befüllen und verkaufen sie.»

Ich bin nicht sicher, ob ich richtig gehört habe.

«Entschuldige, was ist, wenn wir keine Pilze finden? Dann haben wir zigtausend Behältnisse, die wir nicht mehr nutzen können.»

«Das Risiko gehen wir ein», sagt Raimo. «Müssen wir. Es geht hier nicht um Kisten. Es geht um Pilze. Nur einer wird es schaffen, die Kisten zu befüllen. Hier ist kein Platz für zwei.»

«Ich bin ganz deiner Meinung.» Mir liegt wieder auf der Zunge, dass einer von den anderen sowieso hinüber ist und dass wir darauf hoffen könnten, dass sich die anderen beiden gegenseitig umbringen. Klingt aber nach einem eher billigen Scherz, und ich glaube nicht wirklich daran. «Aber wenn wir die Konkurrenz bekämpfen, indem wir sinnlose Anschaffungen machen, werden am Ende doch ...», ich nicke vage in Richtung *Pilz GmbH*, «die anderen gewinnen.»

Raimo schweigt. Zunächst vermute ich, dass er über seinen nächsten Satz nachsinnt, aber dann spüre ich, dass er mich aufmerksam betrachtet. Forschend, prüfend. Er scheint es selbst zu bemerken, wendet sich ab.

«Das wäre gar nicht schön, wenn das unser letzter Sommer werden würde.»

«Wie meinst du das?»

«Wenn der Krankenwagen zu langsam fährt, stirbt der Patient auf dem Weg ins Krankenhaus.»

Ich atme, ein und aus. «Wenn der Krankenwagen zu schnell fährt, werden der Patient, der Fahrer, der Arzt und die Sanitäter bei einem Unfall ums Leben kommen.»

«Du weißt, was ich meine.» Wir schweigen. Durch das geöffnete Fenster höre ich das Dröhnen eines Motors. Petri hat den Transporter offenbar wieder in Schwung gebracht. Vielleicht ist es mir ja gelungen, ihn ein wenig anzutreiben, ihn in einen Anflug von Panik zu versetzen. Das ist mein gutes Recht.

Ich muss an Petri dranbleiben, stehe auf. Raimo sieht mich fragend an. Petri wendet den Kleintransporter auf dem Hof.

«Bleib ruhig sitzen», sage ich. «Ich muss los.»

«Und was machen wir?», fragt Raimo.

«Was?»

«Wegen der Kisten», schreit er fast.

«Wir machen gar nichts», sage ich im Laufen. «Vorerst.»

Raimo schüttelt den Kopf. «Würde mich nicht wundern, wenn hier demnächst noch größere Veränderungen anstehen.»

Ich habe nicht die Muße, ihn zu fragen, was er damit meint. Ich renne, ins Freie, zu meinem Wagen. Petris Transporter ist schon auf der Straße Richtung Innenstadt. Während ich den Wagen starte und mit quietschenden Reifen anfahre, denke ich, dass Raimo recht hat.

Manchmal muss man auf Attacke schalten.

5

Ich hatte von Pilzen keine Ahnung bis zu dem Tag, an dem ich beschloss, Pilzverkäufer zu werden. Natürlich hatte ich Pilze gegessen, wie man das eben macht: Champignons auf der Pizza, Pfifferlinge in der Suppe, Steinpilze im Risotto und so weiter. Aber ich hatte nie einen Pilz eigenhändig gepflückt.

Dann verloren wir unsere Jobs, und Taina entdeckte *Matsutake.*

Plötzlich standen uns die Pilze bis zu den Ohren, im übertragenen wie im Wortsinn. Ich habe so viel über Pilze gelesen, dass ich begann, von ihnen zu träumen. Manchmal verirrte ich mich im Traum in einem riesigen Steinpilz, ich war in der Dunkelheit, es roch wie in einem Keller, nach Exkrementen von Wildtieren. Oder ich kämpfte mich durch eine blaugraue Pilzpampe, hart wie Zement, ich drohte, darin zu ertrinken. Zuweilen sehr unangenehm, diese Träume.

Die anfängliche Euphorie schwand natürlich, wie immer, wenn es um Berufliches geht.

Ich las mich intensiv ein, belegte gewissermaßen einen autodidaktischen Crashkurs, denn wir wollten möglichst schnell Unternehmensförderung beantragen. Wir luden die kommunalen Geldgeber zu einem Mittagessen ein, mit fünf verschiedenen Pilzsorten. Die Bewilligung für unser Start-up kam am nächsten Tag. Sogar die *Finnisch-japanische Handelskammer* unterstützte unser Vorhaben. Wir flogen nach

Tokio, knüpften Kontakte, machten erste Angebote. Das Interesse war riesig, unseren ersten Vertrag schlossen wir schon am Flughafen, als wir am Gate auf unseren Nachtflug nach Helsinki warteten.

Nichts übertrifft das Gefühl, das ich hatte, als ich zum ersten Mal Pilze erntete. Kieferritterlinge – oder japanisch *Matsutake*, wie wir sie schon früh nannten – können schon im Sommer gepflückt werden, manchmal Mitte Juli.

Im Sommer erscheint mir der Wald wie eine lange Reihe angrenzender, unendlich hoher Räume. Einer schöner, erhebender als der andere, angefüllt mit Sinneseindrücken. In der ersten Zeit habe ich den Wald als beängstigend und beklemmend empfunden, aber dann erkannte ich, dass er niemals wirklich still ist, dass immer Geräusche da sind, das Rascheln der Blätter und der Nadeln an den Bäumen, das Rauschen in den Baumkronen, das Heulen des Windes an den Ästen.

Der Wald lebt, und immer ist da jemand, der in ihm wandert oder fliegt, große und kleine Bewohner. Im Wald ist immer etwas los, man muss sich nur darauf konzentrieren, zuhören, zusehen. Ich bin Hunderten von kleinen Vögeln begegnet, Tausenden von Insekten, Schlangen, Füchsen, Mardern, Elchen. In den Augenwinkeln habe ich einen Wolf vorbeihuschen sehen, habe Fußspuren von Bären und Luchsen entdeckt.

Mit der Zeit wurde ich immer empfänglicher für diese Eindrücke. Eine Folge ist, dass ich heute die Anwesenheit eines Menschen schon aus großer Entfernung wahrnehmen kann.

Eine Begegnung mit einem anderen Menschen in einem Wald fühlt sich an wie eine Szene aus der Steinzeit. Man beäugt sich, fragend, misstrauisch, vielleicht sogar die Nase leicht anhebend, schnüffelnd. Dann entfernt man sich voneinander, geht sich aus dem Weg. Nachdem man schmallippig, mit einem kurzen Nicken, einen Gruß ausgetauscht hat. Man wendet dem anderen nicht den Rücken zu, sondern bleibt ein wenig zur Seite geneigt, den anderen Sammler noch im Blickfeld behalten. Sollte sich der andere noch dazu entschließen, in mein Revier, meine *Matsutake*-Welt einzudringen, wäre ich bereit zu kämpfen. Ich würde den Eimer als Waffe benutzen, wenn nötig.

Unsere Firma florierte, wir stellten Mitarbeiter ein, steigerten die Effizienz, sicherten die Qualität. Mit anderen Worten: Ich war plötzlich Geschäftsführer eines expandierenden Unternehmens. Ich hatte keine Zeit mehr, in den Wald zu gehen, ich war kein Pilzsammler mehr, sondern Unternehmer.

Vielleicht war das ein Wendepunkt.

Habe auch ich mich verändert, als ich die Gummistiefel gegen die Lederschuhe eingetauscht habe?

Darüber denke ich nach, während ich hinter Petris Kleintransporter herfahre. Es ist Mittag. Die Sonne steht so hoch, wie sie in Finnland stehen kann. Ich habe diese Stadt noch nie so hell gesehen. Hier werde ich sterben, in dieser Todesstadt. In diesem Wort liegt nicht das wohlige Echo verborgen, das mitschwingt, wenn Menschen von ihrem Geburtsort sprechen. Nicht allzu überraschend natürlich. Über den Ort des Todes ist wenig zu sagen. Und wenige, die zu Lebzeiten etwas darüber zu sagen hätten.

Petri fährt langsam. Sehr langsam. Es muss entweder an Petri oder an dem Kleintransporter liegen. Vielleicht hat es auch mit beiden zu tun, Petri fährt mit Bedacht, weil er in sein Gefährt gewissermaßen hineinhorchen kann, weil er es schonen möchte. Für den Bruchteil einer Sekunde tut er mir leid. Er bekommt keinen neuen Transporter, obwohl er eigentlich einen braucht. Dann erinnere ich mich. Oder besser: Ich sehe es, mein Gedächtnis geleitet mich in einen Kinosaal, der keinen Ausgang hat. Ich sehe Petri und Taina, im Garten.

Wenn ich am Steuer sitze, klaren meine Gedanken auf. Früher dachte ich, dass das Hirn besser funktioniert, weil die Hände etwas zu tun haben. Inzwischen weiß ich, dass es die Straße ist, die die Klarheit bringt, die Straße, auf der ich mich fortbewege, immer voran, immer gefühlt geradeaus, selbst wenn ich in Kurven drifte.

Die Straße ist nicht geschwätzig, erzählt nicht weitschweifig, spinnt nicht rum. Sie bewegt sich auch nicht in falsche Richtungen, macht keine sinnlosen, fehlerhaften Gedankensprünge, aus dem Jahr 2016 ins Jahr 1989. Sie irrt nie. Ist zuverlässig, chronologisch, logisch. Folgerichtig, von Punkt A nach B. Egal, wie schmerzlich die Reise sein mag.

Das langsame Tempo, das Petri anschlägt, gefällt mir. Es gibt mir Zeit, den Ereignissen Menschen zuzuordnen. Ich gehe alles durch, jede Entwicklung, jede Veränderung. Verfasse Listen im Geiste:

MENSCHEN, DIE MICH ERMORDET HABEN
(GEORDNET NACH WAHRSCHEINLICHKEIT)
1. TAINA*
2. PETRI*

(* DIE REIHENFOLGE KANN SICH ÄNDERN, AUCH WENN DIE NAMEN DIE GLEICHEN BLEIBEN)

Ich öffne das Fenster an der Fahrerseite, lege meinen Ellenbogen ab, spüre den Sommer, der sich einen Weg ins Wageninnere bahnt, der Wind trocknet meine linke Achselhöhle.

Wir erreichen das Rathaus. Fahren im Halbkreis. Petri fährt so langsam, fast kriecht der Transporter voran. Dann gelingt es ihm, mich zu überraschen. Er parkt. Auf dem Parkplatz des Polizeigebäudes. Mir bleibt keine andere Wahl, als vorbeizufahren und meine Runde fortzusetzen. Ich fahre im Kreis. Halte abrupt an, als ich das Rathaus so weit umfahren habe, dass ich Petris Transporter wieder sehen kann.

Petri ist ausgestiegen, streift sich ein weißes T-Shirt über. Er spannt seinen Bizeps an, präsentiert seine Armmuskeln, zieht den flachen Bauch ein. Vermutlich ist ihm das gar nicht bewusst.

Das ist nicht das Einzige, was ich nur mit einiger Anstrengung ansehen kann. Ich traue meinen Augen nicht. Er zupft sich das T-Shirt gerade, strafft sich und geht schwungvoll auf die Tür der Polizeistation zu. Öffnet sie. Verschwindet im Gebäude. Ich verstehe gar nichts mehr.

Meine Frau vögelt den Fahrer des Kleintransporters.

Der Fahrer und meine Frau haben mich ermordet.

Der Fahrer geht zur Polizei.

In diesem Moment erklingt *Surfin' Safari* von den Beach Boys. Ich betrachte das Display meines Smartphones. Es ist Taina. Ich melde mich mit meinem vollen Namen. Taina schweigt.

«Wo bist du?», fragt sie nach einigen Sekunden.

«In der Stadt.»

«Warum?»

Ich sehe hinüber zur Polizeistation.

«Ich esse ein Eis.»

Taina schweigt. Dann sagt sie:

«Während du Eis isst und dich auch ansonsten merkwürdig verhältst, habe ich mit Raimo gesprochen.»

«Merkwürdig?»

«Ja. Seit gestern. Auch heute Morgen. Und jetzt isst du Eis. Behauptest du wenigstens.»

«Nehmen wir an, dass ich tatsächlich Eis essen würde. Was würdest du dann sagen?»

«Wir brauchen die neuen Schachteln», sagt Taina.

«Nein.»

«Was heißt das, nein?»

«Nein heißt nein. Wir brauchen sie nicht. Wir werden sie nicht ordern.»

«Was machen wir stattdessen?»

«Wir bleiben uns treu. Folgen unserem Plan.»

«Bitte?»

«Ich glaube an uns. An unsere Firma. Wir treffen keine vorschnellen Entscheidungen, wir machen nicht, was uns gerade mal in den Sinn kommt. Wir handeln vorausschauend. Wir nutzen die vorhandenen Schachteln für die anstehende Ernte und sparen Kosten ein. Unsere Strategie ist die richtige, nur menschliches Versagen könnte uns stoppen.»

«Hast du einen Sonnenstich?»

«Hast du es eilig, Taina?»

Stille.

«Raimo sagt ...»

«Raimo sagt, was Einkäufer eben sagen. Seine Aufgabe ist es einzukaufen. Ich wäre enttäuscht von ihm, wenn er nicht andauernd irgendetwas einkaufen wollen würde.»

Ich höre ein Geräusch. Das Klingeln meines Handys. Vor langer Zeit. Strand, Sonne, Surfen.

«Taina?»

«Ja?»

«Erinnerst du dich an Thailand?»

«Was?»

«Erinnerst du dich an unsere Flitterwochen? Der Strand in Thailand, der kleine Bungalow?»

Für eine Weile höre ich nur den lauen Sommerwind, der durch das geöffnete Fahrerfenster weht.

«Natürlich erinnere ich mich», sagt Taina. «Warum fragst du das jetzt? Diese Schachteln ...»

«Vergiss die Schachteln», sage ich. Ich spüre die Wut. Beherrsche mich, fahre sanft fort: «Wir verschieben die Schachteln auf später. Jetzt denke ich an unsere Reise. An den schönen Ort, an die liebenswerten Menschen. Du hast gesagt, dass wir eines Tages dorthin zurückkehren sollten. Dass wir noch einmal an diesen Ort reisen werden. Gemeinsam.»

«Wirklich?»

Taina hat ihre Stimme gesenkt. Sie flüstert fast. Als wäre sie abgelenkt, als sei es gerade unpassend, über Persönliches zu sprechen. Ich frage mich, wer gerade bei ihr ist. Ihr Liebhaber ist bei der Polizei, ihr Ehemann sitzt im parkenden Wagen vor dem Rathaus.

«Mir kam die Idee, dass wir einfach buchen könnten. Für den Herbst oder den Winter. Ich stelle mir das schön vor, im schneematschigen November am Sonnenstrand ...»

«Du willst im November verreisen?»

«Warum nicht?» Ich betrachte den Rathausplatz. «Oder Dezember. Oder Januar.»

«Was ich sagen wollte», murmelt Taina hastig. «Das ist noch so weit weg.»

«Aber Taina, Reisen sollte man zeitig buchen. Was hältst du davon, wenn ich das einfach heute mache?»

«Ich bin nicht ganz ...»

«Oder nein, ich habe eine bessere Idee.»

Taina wartet.

«Lass uns die Reise gemeinsam buchen», sage ich. «Das ist doch das Beste. Hotel, Flüge. Dann sind wir beide mit allem einverstanden. Wir können Preise vergleichen, die Lage der Hotels und so weiter. Obwohl es natürlich richtig schön wäre, wenn wir unseren Bungalow bekommen. Du weißt schon, denselben, den wir in den Flitterwochen hatten.»

Ein heißer Tag, der Wind ist ohne Kraft, Taina schweigt.

«Thailand», sagt sie schließlich.

«Ja.»

«Im November?»

«Zum Beispiel.»

Wieder tritt eine Pause ein.

«Gut. Machen wir.»

«Wie schön», sage ich. «Lass uns am Abend buchen. Wir setzen uns mit einem guten Wein auf die Terrasse und schauen nach Flügen und Unterkunft. Machen uns einen schönen Abend.»

Taina schweigt.

Und beendet das Gespräch.

Eine Touristengruppe ist eilig auf dem Weg zum Rathaus. Was folgt, ist wie eine Szene aus einem Schauspiel. Sie stellen sich in einer Reihe auf, einer zückt seine Digitalkamera. Die in der

Reihe lachen. Der Fotoapparat funktioniert nicht. Der Fotograf drückt hektisch sämtliche Knöpfe. Das Lächeln der in der Reihe Stehenden friert langsam ein. Einer verliert die Geduld, dann der Nächste, die Reihe löst sich auf. Der verhinderte Fotograf trottet betrübt hinter den anderen her.

Die Gruppe verdeckt meinen Blick auf den Eingang des Polizeigebäudes. Aber ich habe nichts verpasst, der Kleintransporter steht noch auf dem Parkplatz. Ich warte.

Ich muss wissen, warum.

Nicht nur, warum Petri hier ist, sondern ganz grundsätzlich. Warum alles ist, wie es ist. Warum alle tun, was sie tun. Sobald ich das begreife, werde ich wissen, was ich zu tun habe. Und wie ich es tun werde. Ich bin keineswegs verrückt, ich muss nur am Leben bleiben. Bis ich sterbe. Ich darf nicht vor der Zeit sterben.

Ich darf nicht sterben, solange ich nicht weiß …

Petri verlässt das Gebäude, läuft, auf dem Gehweg, der von Sonnenlicht geflutet wird. Neben ihm läuft ein Mann, dem ich heute bereits begegnet bin.

Die große Erdbeere auf dem T-Shirt von Mikko Tikkanen sieht aus der Entfernung aus wie ein Kussmund. Die beiden bleiben stehen, als sie den Kleintransporter erreichen. Sie sprechen miteinander, geben sich die Hand. Tikkanen kehrt zum Polizeigebäude zurück, Petri springt in seinen Transporter, fährt los.

Ich habe keine Zeit zu verlieren.

6

Früher Nachmittag. Ich sitze in meinem Büro. Der Computer signalisiert die Ankunft einer E-Mail. Auf dem Tisch liegen Unterlagen, ungeordnet, verstreut. Durch die geöffnete Tür höre ich, dass alle fleißig am Arbeiten sind. Für 14.30 Uhr habe ich eine Besprechung im Konferenzraum angesetzt.

Durchs Fenster schiebt sich strahlend helles Licht ins Zimmer, ich kann die feine Staubschicht sehen, die jeden Gegenstand kaum merklich bedeckt. Millionen mikroskopisch kleiner, sternenklarer Strahlen fallen auf Staubpartikel, die Bruchteile von Millimetern klein sind. Irgendwo ist immer Energie. Vielleicht bilde ich mir alles ein. Ein sterbender Mann sollte das gute Recht haben, sich vorzustellen, was immer er will.

Erst jetzt begreife ich wirklich, wie wichtig mir diese Firma ist, wie viel sie mir bedeutet. Mein Werk, wie man so schön sagt. Ich schreibe schnell eine Liste über Themen, die ich ansprechen werde. Ansprechen muss.

Minuten vergehen. Wenn ich an die bevorstehende Besprechung denke, vergehen sie langsam. Wenn ich an den Tod denke, beginnen sie vorüberzufliegen.

Niemand kommt in mein Büro. Niemand hat eine Frage an mich. Das ist nicht weiter verwunderlich. Ich habe Olli mitgeteilt, dass meine Frau einen anderen hat. Ich habe Raimo strengstens untersagt, biologisch abbaubare Behältnisse zu erwerben, die er vermutlich bereits vorauseilend geordert hatte. Ich habe Petri, der meine Frau fickt, überrascht, indem ich ihm meine Freundschaft angeboten habe. Ich habe Sanni zur Industriespionage angestiftet. Ich habe meine untreue Ehefrau mehrfach aus dem Konzept gebracht, mit Samuraischwertern oder spontanen Reiseträumen. Es ist verständlich, dass alle Abstand halten zu einem Mann, der andauernd für Überraschungen sorgt.

Suvi, unsere Büroassistentin in Teilzeit, huscht über den Flur. Sie ist die Einzige, mit der ich in jüngster Zeit kein merkwürdiges Gespräch geführt habe. Ich habe sie auch nicht zu kriminellen Aktivitäten aufgefordert oder mit meinem Auto verfolgt.

Suvi ist großgewachsen, arbeitet sehr selbständig, ist wortkarg und zuverlässig. Ihre Sorgfalt hat uns einige Male vor dummen Situationen bewahrt. Sie ist 27 Jahre alt, Mutter zweier Kinder und hat eine kaufmännische Lehre absolviert, nachdem ihr Mann infolge seines Rauschmittelkonsums verstorben war. Raimo, der Schnauzbart, hat es mir erzählt. Im selben Gespräch hat er Suvi als heißen Feger bezeichnet. Ich möchte gar nicht wissen, an was Raimo denkt, wenn er Suvi anstarrt. Vermutlich nicht an abbaubare Schachteln zur Aufbewahrung von Pilzen.

Es ist eine Minute vor halb drei. Ich stehe auf und laufe, den Gang entlang, zum Konferenzraum. Ich sehe mich nicht um. Weder nach links zu den Gerätschaften noch nach rechts, in die anderen Büroräume.

Ich setze mich an den Kopf des langen Tisches. Dann kommen die anderen. Sie suchen ihre Sitzplätze, es dauert länger als sonst. Niemand setzt sich neben mich.

Taina geht auf die andere Seite, setzt sich ans andere Ende, fummelt an ihrem Telefon herum und an einem Ordner, den sie vor sich gelegt hat. Sie meidet meinen Blick.

Es ist wie in einem Klassenzimmer vor dem Unterricht, vor der ersten Stunde. Alle setzen sich weit nach hinten.

In meiner Nähe landen schließlich Petri und Suvi, die als Letzte reinkommen. Ich zwinkere Petri zu. Er blickt aus dem Fenster. Ich sehe die Anwesenden an, der Reihe nach, und begrüße sie lächelnd.

Ich weiß aus zwanzig Jahren Berufserfahrung, wie unangenehm, zuweilen verstörend diese spontan einberufenen Sitzungen sein können. Eigentlich geht es in diesen Fällen ja immer um schlechte Neuigkeiten. Betriebsbedingte Kündigungen (will sagen: Entlassungen); Fusionen (will sagen: Entlassungen); betriebsinterne Ermittlungen (will sagen: Entlassungen); Neubewertung strategischer Leitlinien (will sagen: endgültige Zahlungsunfähigkeit).

Ich komme zur Sache. «Wunderbar, dass ihr alle gekommen seid. Ich weiß, der Termin kam kurzfristig. Aber wir sind ja alle von der schnellen Truppe, nicht wahr?»

Ich erwarte keine Antwort auf meine rhetorische Frage.

«Wie alle bereits wissen, haben wir einen neuen Konkurrenten. Wir haben darüber diverse Gespräche geführt, auch ihr untereinander, wie ich vermute. Die Frage lautet: Was tun wir?»

Ich sehe jeden an, einen nach dem anderen. Die Herausforderung besteht darin, sie in ein und demselben Moment misstrauisch zu beäugen und gleichzeitig auf meine Seite zu ziehen.

«Möchtest du, dass ich protokolliere?»

Das ist eine gute Frage, sie kommt von Suvi. Ich nicke. Sie hat schon den Stift gezückt, hält ihn kreisend in ihren feingliedrigen Fingern. Dann dreht sie ihn elegant in die richtige Position und macht schon ihre ersten Notizen.

«Lasst mich die Antwort selbst geben. Wir machen, was wir immer gemacht haben. Mit einem Unterschied: Wir machen es noch besser. Wir haben nach wie vor die beste Belegschaft, die besten Sammler, das beste Produkt. Darüber hinaus haben wir etwas, das der Konkurrenz fehlt: Erfahrung. Mir ist bekannt, dass einige von euch – vielleicht sogar alle – abgeworben werden sollten. Das ist nachvollziehbar. Ich gebe euch, hier und jetzt, ein Versprechen. Egal was sie euch anbieten, ich biete etwas Besseres. Auf welche Weise auch immer. Sollte also jemand mit euch Kontakt aufnehmen, dann kommt zu mir. Sprecht mit mir.»

Ich lege eine Pause ein. Eine kurze, aber wirkungsvolle. Ich möchte die Aufmerksamkeit schärfen für das Folgende. «Ein wichtiges Thema», sage ich. «Wir werden unsere Produktion ankurbeln, die Personalkosten und die Belegschaft aber stabil halten.»

Ich sehe Taina an. Ihr Gesicht ist knallrot angelaufen. Sie trägt einen innerlichen Gewichtheberinnenwettkampf aus. Sie ist so angespannt, so angestrengt, auf ihrem Rücken scheinen hundert Kilo zu lasten. Raimo, der ihr gegenübersitzt, streicht mit der Hand über seinen Schnäuzer.

Ich weiß nicht, ob ich jemals zuvor so unmittelbar im Fokus der allgemeinen Aufmerksamkeit gestanden habe. Sogar Petri, der die ganze Zeit ausgewichen ist, hat seinen Blick ein wenig angehoben, er betrachtet meinen Bauch. Ich ziehe ihn nicht ein. Ich bin, was ich bin.

«Ab sofort wird jeder auch sammeln. Zumindest in der ersten Phase der Saison.»

Taina starrt mich an, so wie gestern beim Abendessen. Raimo hüstelt, beugt sich ein wenig vor.

«Sammeln», murmelt er.

«Ja», sage ich. «Ich selbst bin auch dabei.»

«Im Wald?», fragt Raimo.

«Überall dort, wohin Sanni uns führt.»

Alle wenden sich Sanni zu. Ihr Pferdeschwanz bewegt sich nicht, sie sitzt kerzengerade aufrecht.

«Davon höre ich zum ersten Mal», sagt sie.

Alle Köpfe drehen sich wieder in meine Richtung. Wie in einer Mannschaftsbesprechung vor dem Spiel, denke ich vage. Mit der Besonderheit, dass der Trainer demnächst sterben wird.

«Und wann machen wir unsere eigentliche Arbeit?», fragt Raimo.

«Die macht ihr danach», sage ich.

«Das werden aber ziemlich lange Tage», sagt Olli. «Ich will hier jetzt nicht auf Tarifverträge pochen, aber ...»

Mir liegt auf der Zunge, Olli zu fragen, was er denn in seiner Freizeit vorhabe. Seiner nächsten Ex-Frau begegnen? Ich erkläre ihm auch nicht, dass er dank meiner Zukunftsplanung eine Menge Geld sparen wird, da sich seine nächste Gütertrennung ein wenig hinauszögern sollte.

«Ja, es sind ungewöhnliche Zeiten.» Ich beuge mich vor, stütze mich mit den Ellenbogen auf der Tischplatte ab, komme auf diese Weise allen ein wenig näher. Ich spüre, wie Petri zurückweicht. Er ist wirklich ein bisschen eingeschüchtert, seitdem ich ihm meine Freundschaft angeboten habe.

«Ich weiß, ich verlange einiges. Die anstehenden Aufgaben werden uns allen etwas abverlangen.»

«Ich kann nicht in den Wald», sagt Raimo.

Ich sehe ihn an. Was zum Teufel meint er?

«Warum nicht?»

Raimo zögert.

«Ich mag den Wald nicht.»

«Ich verstehe nicht ganz. Du arbeitest in einem Unternehmen, das seine Existenz den Schätzen des Waldes verdankt ...»

«Gilt die Neuregelung auch für Teilzeitkräfte?», fragt Suvi.

Darüber habe ich noch nicht nachgedacht.

«Ja», sage ich intuitiv.

«Ah. Okay», sagt Suvi und schreibt etwas auf ihren Zettel.

«Es wäre wunderbar, wenn alle so unkompliziert, engagiert und kooperativ wären wie Suvi», sage ich. Ich wende mich wieder an Raimo: «Niemand muss den Wald mögen. Niemand muss ihn lieben, niemand muss Bäume umarmen. Wir sammeln Pilze. Das ist alles.»

«Das kommt ziemlich plötzlich», sagt Taina.

Das sind ihre ersten Worte. Alle wenden sich ihr zu. Ich bin für einen Moment allein, im Schatten. Das ist gut. An den Rändern meines Blickfeldes ist wieder dieses Flimmern. Übelkeit schleicht sich an.

«Laut Wetterbericht soll es spätestens am Wochenende regnen», sagt Taina. «Das heißt, dass wir vielleicht schon am Montag werden sammeln können. Heute ist Mittwoch. Uns bleiben also nur morgen und Freitag für unsere eigentlichen Aufgaben. Das ist wenig.»

Sie hält inne. Während ihres kurzen Monologs hat sie alle angesehen, nur mich nicht.

«Du vergisst den Samstag. Und den Sonntag», sage ich. «Ich denke, dass wir am Wochenende fleißig sein sollten.»

Raimo läuft innerhalb von Sekunden rot an. Petri weicht meinem Blick noch intensiver aus als zuvor. Olli sieht aus, als hätte er den Bus verpasst, mit dem Fahrplan in der Hand. Sanni ist ganz ruhig, neutral. Suvi macht sich Notizen. Taina starrt mich an, so wie am Morgen, nachdem Tikkanen seine Fragen zu dem Samuraischwert gestellt hatte und gegangen war.

«Also, ich weiß nicht», sagt Raimo. «Ich habe fürs Wochenende Opernkarten, für mich und meine Frau. Die Sommerbühne in Savonlinna.»

«Und wir überschreiten dann natürlich die Arbeitszeit, die tariflich ...», sagt Olli.

«Ich bin dabei», sagt Sanni. «Ich denke, dass wir für die Überstunden eine Vergütungsregelung finden werden.»

Sanni gelingt es, alle zu verblüffen. Mich allerdings auch. Ich habe ihr gestern eine beachtliche Lohnerhöhung zugesichert, und jetzt redet sie schon wieder vom Geld. Sie sagt, dass sie Pilze über alles liebt, aber ich erlaube mir langsam, daran zu zweifeln. Alle Blicke sind inzwischen wieder auf mich gerichtet.

«Ich gehe natürlich nicht davon aus, dass ihr unentgeltlich arbeitet. Lasst mich zum eigentlichen Kern der Sache kommen. Es geht ja um die Frage, wie wir als Sieger aus diesem neuen Wettbewerb hervorgehen können. Wir sind jetzt gefordert. Für uns alle steht einiges auf dem Spiel. Es ist nur recht und billig, wenn dann auch jeder mehr zu gewinnen hat.»

Ich kann spüren, wie plötzlich Spannung im Raum ist. Ich habe ihre ungeteilte Aufmerksamkeit. Nichts interessiert Menschen mehr als die Aussicht auf schnelle Gewinne.

«Wir werden noch einige Details klären und einige Gespräche führen müssen, aber im Prinzip ist die Sache ganz klar. Falls wir gewinnen, falls wir die Konkurrenz in die Schranken weisen, ist das unser gemeinsamer Erfolg. Mit anderen Worten, ich möchte dann jedem die Möglichkeit geben, Anteilseigner zu werden. Teilhaber an unserem Unternehmen, einem erfolgreichen Unternehmen. Das ist wie ein Lottogewinn.»

Stille. Taina sieht intuitiv zu Petri hinüber, Petri zu ihr. Beide sind angemessen entsetzt. Ich sehe es in den Augenwinkeln, an deren Rändern immer noch das Flimmern ist. Wie stille Blitze. Die beiden bemerken, dass sie einander allzu auffällig anstarren, und wenden sich voneinander ab. Taina scheint die Luft anzuhalten, Petri lässt seinen Blick durchs Fenster nach draußen gleiten. Raimo streicht mit einer Hand an seinem Schnurrbart entlang.

«Die können natürlich in Savonlinna auch ohne mich singen», sagt er. «Man soll ja die Dinge nehmen, wie sie sind, nicht wahr? Business first.»

Raimo ist also auf meiner Seite. Die anderen überlegen noch. Mein Vorschlag kommt überraschend und ist zweifellos radikal. Er ist das Beste, was mir in der Kürze der Zeit – und mit der kurzen Zeit, die mir bleibt – eingefallen ist. Es ist ja durchaus machbar. Ich selbst halte 75 Prozent der Anteile an dieser Firma. Ich bin Geschäftsführer. Bald besitze ich aber gar nichts mehr, nur noch das Recht, mich zu entscheiden, ob ich eingeäschert oder begraben werden möchte. Das Beste an meinem Vorschlag ist, was er in Taina auslöst. Und in Petri. Ich sehe Verwirrung. Und jetzt auch Wut, zumindest in Tainas Gesicht.

«Mir gefällt die Idee», sagt Sanni. Sie sucht meinen Blick. «Ich vermute, dass alles, was zuvor vereinbart wurde, ebenso seine Gültigkeit behält.»

«Natürlich», erwidere ich.

Taina mustert Sanni. In ihrem Blick ringen Neid und Neugier um die Vorherrschaft. Und noch etwas, das ich nicht direkt greifen kann.

«Olli», sage ich.

Olli richtet sich auf, greift nach der Tischplatte, als hätte er Angst zu fallen. «Ja. Also, wenn die anderen ...»

«Danke», sage ich. «Petri?»

Petri sieht noch immer aus dem Fenster, scheint nicht zu wissen, was er mit seinen Händen machen soll. Vor ihm ist nur Luft und dann die Tischplatte, vielleicht fehlt ihm die Nähe zu seinem Kleintransporter. Oder zur Gattin des Geschäftsführers. Taina mustert Petri skeptisch. Als seien sie gemeinsam in einem Verhör und sie im Zweifel über seine Zuverlässigkeit. Was ja der Wahrheit auch recht nah kommt.

«Ich weiß nicht», sagt Petri.

«Hast du was Besseres zu tun, als hier Mitgesellschafter zu werden?», fragt Raimo.

«Davon spreche ich nicht», murmelt Petri. Es würde mich nicht wirklich wundern, wenn er gleich in Ohnmacht fällt.

«Petri», sage ich und beuge mich vor. «Wir stehen am Beginn einer neuen, spannenden Entwicklung. Da stimmst du mir doch zu?»

Petri nickt. Er hält den Atem an.

«Es betrifft uns alle», fahre ich fort. «Jeder von uns ist vielleicht ein wenig in Sorge. Aber dessen ungeachtet wollen wir den nächsten Schritt machen. Raimo will es, Sanni will es, Olli will es.»

«Und ich», sagt Suvi, in einem Ton, in dem sie auch um eine zweite Tasse Kaffee bitten könnte.

Petri wendet sich vom Fenster ab. Er meidet jetzt Tainas Blick. Betrachtet die Tischplatte. Ich beuge mich noch ein wenig weiter vor.

«Petri», sage ich. «Manchmal muss man Risiken eingehen, oder? Manchmal muss man raus aus der Komfortzone und nachsehen, wie hoch das Gras auf der anderen Seite des Zauns gewachsen ist.»

Petri betrachtet die Tischplatte. Er bewegt seine Lippen. Niemand kann hören, was er sagt. Er scheint das selbst zu bemerken, räuspert sich, hustet.

«Einen Kleintransporter», sagt er.

«Genau», sage ich. Ich nicke. Ich erahne, am Rand meines Sichtfeldes, Taina, die sich ungeheuer anstrengen muss, Ruhe zu bewahren. Sie möchte losschreien, so laut, wie sie kann. Beleidigungen möchte sie ausstoßen, die nicht druckreif wären. Ihre Finger umfassen die Tischkante wie einen Hals, den sie würgen möchte.

«Neu», murmelt Petri. «Einen Neuwagen.»

«Ich mache folgenden Vorschlag», improvisiere ich. «Die Teilhaber entscheiden über diese Frage gemeinsam. Wenn unser gemeinsames Projekt erfolgreich ist, wenn es gelingt, wenn die Umsätze steigen, dann sind sinnvollen Anschaffungen keine Grenzen gesetzt.»

Ich halte inne, schenke jedem einen Blick und ein Lächeln.

«Biologisch abbaubare Schächtelchen, ein paar Sammler mehr oder weniger, neue Packmaschinen, neue Kühlräume. Und ein Kleintransporter. Alles machbar, alles kein Ding.»

Ich fokussiere Petri. Seine Augen suchen meine. Ich habe noch nie in meinem Leben einen Blick gesehen, der so hoffnungslos hin- und hergerissen war.

«Bist du dabei, Petri?», frage ich, mit der weichsten, freundlichsten Stimme, zu der ich fähig bin.

Drei Sekunden vergehen. Drei Sekunden, in denen Petri seinen inneren Konflikt austrägt.

«Okay. Ja», sagt er.

Jetzt Taina. Ich suche ihre Augen, finde sie. Die anderen wenden sich ihr zu. Ich glaube, meine Frau zu kennen. Sie beherrscht sich, obwohl sie eine Bratpfanne nehmen, damit den Tisch zerschlagen und *Fuck, fuck, fuck, zum Teufel!*, schreien möchte. Sie lächelt, nickt.

«Die Mehrheit hat meistens recht. Warum auch nicht, ich bin dabei.»

Wie sie das sagt. Und wie sie ihre echten Empfindungen verbirgt. Mir laufen kalte Schauer über den Rücken. Ich muss mich von ihr abwenden. «Bestens», sage ich. «Wir schreiten voran. Morgen früh werde ich mit jedem ein Einzelgespräch führen. Bezüglich der Teilhaberfrage. Dann kommen wir wieder hier zu einem Meeting zusammen, um eine erste Zwischenbilanz zu ziehen. Ich schätze euch sehr. Ihr seid mir wie eine zweite Familie.»

Niemand sagt etwas. Ich laufe, durch den Flur, in mein Büro. Ich schließe die Tür, beuge mich hinunter, lege meine

Hände auf den Knien ab. Atme. Ich fühle mich wie nach einem Marathonlauf, an dessen Ende mich zu allem Überfluss noch direkt hinter der Ziellinie irgendjemand verprügelt hat.

Es liegt auf der Hand, dass mir wenig Zeit bleibt.

7

Das Angebot an die Mitarbeiter ist übrigens ganz ernst gemeint. Ich kann mit Anteilen nicht mehr allzu viel anfangen. Alles Irdische bleibt hier, andere dürfen es verschwenden und verprassen. Das ist ohnehin alles egal. Wichtig ist, was Taina und Petri vorhaben.

Ich verbringe einige Zeit in meinem Büro, um mich zu erholen. Zur Ruhe zu kommen. Als ich wieder frei atmen kann und keine stromschlagartigen Zuckungen mehr durch meinen Körper wandern und als mir auch nicht mehr schwarz vor Augen ist, sehe ich plötzlich ganz klar. Ich sehe nur das, was wirklich da ist. Ich stehe auf ebener Erde, auf demselben Boden, auf dem ich eben noch gelegen habe. Ich hatte mich einfach niedergelegt, unter meinen Schreibtisch. Aber jetzt konzentriere ich mich darauf, die Tür zu öffnen und zu laufen, geradeaus, als sei es ein ganz normaler Tag. Raimo und Taina sind noch da. Ich rufe ihnen einen Gruß zu, höre gemurmelte Erwiderungen, trete ins Freie.

Die Luft brennt. Der Himmel ist wolkenlos, aber das hat nichts zu sagen. Die Luft ist schon kaum merklich feucht, die Hitze schwüler als am Morgen. Es wird regnen am Wochenende.

Ich laufe zu meinem Wagen, steige ein, starte den Motor. Ich öffne das Fenster auf der Fahrerseite, lege den Rückwärtsgang ein und lege meinen Fuß auf das Gaspedal. Ich kann den Zusammenprall gerade noch verhindern, dank eines schnellen Blicks in den Rückspiegel und indem ich die Bremse mit aller Kraft durchtrete. Ich habe den Motor abgewürgt, blicke wieder durch den Rückspiegel.

Die Kühlerhaube des kleinen Lastwagens füllt das Bild komplett aus. Es fühlt sich an, als würde sie mich berühren. Ich höre, dass eine Tür geöffnet wird. Ich taste nach dem Zündschlüssel, möchte den Motor starten und losfahren. Ich höre Askos Stimme und sehe im selben Moment seine muskulösen, kupferbraunen Arme, die sich durchs Fenster ins Wageninnere schieben. Er beugt sich zu mir hinunter. Er lächelt freundlich, mit kalten Augen, und sagt:

«Lass uns ein Bierchen trinken.»

Tervasaari ist einer meiner liebsten Orte in Hamina. Ein alter Hafen, früher standen hier ein Sägewerk und kleinere Industrieanlagen. Die Bahngleise enden direkt am Wasser, der letzte Zug dürfte hier vor etwa sechzig Jahren gefahren sein. Heute ist Tervasaari ein Erholungsgebiet mit einer netten Parkanlage, im ehemaligen Hafengebäude befindet sich ein Restaurant. Am Kai liegt auch noch ein Restaurantschiff vor Anker.

Wir sitzen auf dem Oberdeck des Restaurantschiffs, vor uns stehen hohe Bierkrüge aus Kunststoff. Die Sonne geht langsam unter, aber sie glüht immer noch beharrlich vor sich hin. Wie eine Lampe, die zu hell und zu heiß erstrahlt und keinen Knopf hat, an dem man sie ausschalten könnte. Wir sitzen auf Plastikstühlen, ich schwitze.

Ich bin hinter Asko hergefahren und habe währenddessen meine Optionen abgewogen. Gestern habe ich versucht, einem von ihnen durch Flucht zu entkommen. Aber das hätte gründlich schiefgehen können. Letztlich kam ich nur mit dem Leben davon, weil der andere Opfer dieses höchst merkwürdigen unfreiwilligen Suizids wurde. Ich vermute, dass Asko mich nicht zu einem Bier einladen würde, wenn Juhanis Leiche bereits gefunden worden wäre. Dann hätte er eher ein Samuraischwert mitgebracht, um Gleiches mit Gleichem zu vergelten. Ich komme also zu dem Schluss, dass ich gut daran tue, höflich zu sein, auch wenn es bedeutet, dass ich einen Krug Bier mit der Konkurrenz trinken muss.

Das Bier schmeckt bitter und dünn, die Sonne hat innerhalb kürzester Zeit die Kohlensäure rausgesaugt und es lauwarm temperiert. Ich habe noch nie begriffen, warum die Finnen im Sommer Alkohol immer im Freien trinken müssen. Das ist wie ein Zwang. Meistens ist es dafür viel zu kalt. Dann sitzt man da, legt zitternde Finger um sein Glas, nippt mit klappernden Zähnen an seinem Getränk und fühlt sich wie beim Eislochschwimmen. An anderen Tagen, wie heute, fackelt dir die Sonne fast den Hinterkopf ab, das Bier schmeckt nach Urin, und du hast das Gefühl, dass dein Hirn aufweicht.

Asko hebt seinen Krug an. Hinter ihm breitet sich in einer weiten Fläche das Meer aus. Hinter mir ist die Stadt, die alte Brücke, das ist also, was Asko sieht. Ich betrachte das weite Wasser und denke, dass es überall hinführen kann.

«Als ich ein kleiner Junge war», sagt Asko, «da war ein Sprung von der alten Brücke eine richtige Heldentat. Man konnte sich da einen gewissen Ruf erarbeiten, allein durch diesen einen Sprung. Wenn man dann sogar noch einen Kopfsprung wagte, durfte man sicher sein, dass niemand mehr kommen würde, um einen zu hänseln und zu ärgern.

Man war dann einer von den Starken. Ein richtiger Kerl. Natürlich war das Ganze nicht ohne Risiko. Im Wasser konnte Zeug liegen, Gegenstände oder große Steine, man konnte das von der Brücke aus nicht sehen. Es sind gute zehn oder zwölf Meter von der Brücke ins Wasser. Man sieht gar nichts. Gesprungen wurde meistens nachts. Auch ich bin gesprungen. Wir tranken erst am Markt oder am Ententeich Schnaps, danach haben wir die Mädchen abgeholt und sind mit den Rädern losgefahren. Natürlich, um den Mädchen zu gefallen. Um ihnen zu imponieren. In einer dieser Nächte kamen wir also an, hielten auf der Mitte der Brücke an. Die Nacht war schwül, die Mädchen heiß.»

Asko winkt einem Paar zu, das auf Fahrrädern am Kai entlangradelt, mit einem Golden Retriever in seiner Mitte, der sich die Zunge aus dem Leib hechelt. Es sieht aus wie eine Zirkusnummer. Asko sieht mich fragend an.

«Wo war ich stehengeblieben?»

«Auf der Brücke», entgegne ich. «In der Nacht.»

«Wir waren so besoffen, dass uns die Brücke nicht hoch genug war. Wir sind auf den Brückenträger geklettert, siehst du den? Der ist noch mal vier Meter höher. Insgesamt fünfzehn Meter, das ist verdammt hoch, egal wie heiß die Nacht ist und wie viel du getrunken hast. Aber in diesem Moment ist natürlich keine Zeit für Reue. Wenn du da oben hängst, in Unterhosen, und unten schauen die Mädchen zu. Und genau das war die Situation.»

Asko sieht hinüber zur Brücke.

«Die Brüder Similä und ich. Wir waren ganz still geworden, nach der ganzen Prahlerei. Haben uns Blicke zugeworfen. Niemand hat von unten gerufen, dass wir verdammt noch mal Kopfsprünge zeigen müssten. Aber das war schon früher gesagt worden. Und weil es gesagt worden war, war es versprochen. Ich sah hinunter auf die Brücke, zu den Mädchen. Klein sahen sie aus, und das Wasser war so weit weg wie die Oberfläche des Mondes. Dann sprang Ville. Kopfüber. Er fiel eine gefühlte Ewigkeit. Und dann hörten wir das Geräusch.»

Asko nimmt einen Schluck von seinem Bier.

«Als würde jemand eine Zange in ein Blechfass fallen lassen, in dem am Boden nur ein schmaler Zentimeter Wasser steht. Oder als würde jemand mit einem kräftigen Axthieb ein in einer Pfütze liegendes Holzscheit in zwei Teile schlagen. Knapp unterhalb der Wasseroberfläche war ein großer Baumstamm. Ville landete mit dem Kopf darauf. In der Stille der Nacht klang das Brechen seines Schädels wie ein Pistolenschuss.»

Asko sieht mich an.

«Wir wussten zu diesem Zeitpunkt noch nicht, dass er sich den Schädel gebrochen hatte. Alles, was wir sahen, war eine menschenähnliche Puppe, die für eine Weile an der Oberfläche trieb und dann zu sinken begann. Sein Gehirn wird schon bald aufs offene Meer rausgetrieben sein. Die Mädchen schrien nicht. Sie sprangen auf ihre Räder und radelten einfach weg. Kalle und ich kletterten von der Brücke und fuhren in Unterhosen zum Strand. Wir standen schweigend da und starrten auf die schwarze Wasserfläche unter dem Mond. Dann gingen wir, um einen Krankenwagen und die Polizei zu verständigen.»

Asko hält inne.

«Einer von uns war fort», sagt er schließlich.

In meinen Achselhöhlen fließt der Schweiß, es fühlt sich an, als wäre ich selbst gerade noch im Meer getrieben. Ich blinzle. Wegen der Sonne oder wegen dieses hartnäckigen Flimmerns, das meine Augen umspielt, oder wegen der leisen Blitze, die von meinen Schläfen durch meinen Körper wandern. Von meinem Bier habe ich erst ein paar Schlucke getrunken.

Ich weiß nicht, was ich sagen soll. In Filmen drücken sie immer Beileid aus, zeigen Mitgefühl. Im richtigen Leben ist man so selten in Situationen wie dieser, dass einem die Worte fehlen. Außerdem ist Asko weit über fünfzig. Diese Sache muss also rund 40 Jahre zurückliegen. Ähnlich weit wie meine eigene Geburt oder die Mondlandung.

«Eine traurige Geschichte», sage ich.

Asko scheint aus Gedanken aufzuschrecken.

«Was?»

«Diese Geschichte. Ist traurig. Oder vielleicht nicht die Geschichte an sich, sondern das Ende. Das Ende ist traurig.»

Asko lehnt sich zurück. Seine Augen sind die eines Jägers.

«Das ist nicht das Ende der Geschichte», sagt er. «Wir haben Juhani verloren. Juhani war der Große von uns. Du weißt, von wem die Rede ist.»

«Ich denke schon», sage ich. «Was meinst du? Ihr habt ihn verloren?»

Asko betrachtet mich. Eindringlich.

«Wir können ihn nicht erreichen, finden ihn nicht. Er ist nicht nach Hause gekommen. Geht nicht ans Telefon.»

«Aha. Tatsächlich?»

«Ja», sagt Asko. Seine blauen Augen sind wie Eiszapfen, sie

mustern mich forschend. «Nun dachte ich, weil Juhani wirklich wütend auf dich war, weil du bei uns eingebrochen bist und weil du dich ihm gegenüber ziemlich arrogant verhalten hast ...»

«Ich bin nicht bei euch eingebrochen», sage ich entschieden. «Und ich war auch nicht arrogant. Zumindest war das nicht meine Absicht.»

Asko nippt an seinem Bier, stellt den kleinen Krug auf dem Tisch ab.

«Und dann ist da noch die Sache mit dem Schwert.»

«Nein», sage ich. «Ich habe noch nicht mal ein Schwert angefasst.»

Das allerdings ist nicht die ganze Wahrheit. «Okay, vielleicht habe ich eines berührt. Als ich bei euch zu Besuch war. Ihr könnt auf eurem Video sicher sehen, dass ich es zurück an die Wand gehängt habe.»

«Bedaure. Das sehen wir nicht. Die Überwachungskamera war etwas durcheinander.»

«Durcheinander?»

Asko lässt seinen Blick an mir vorbei zur Seite abgleiten, aufs Meer.

«Die Kamera hat nach einigen Minuten den Geist aufgegeben.»

«Das ist ja nicht meine Schuld. Ich bin gegangen. Ich habe kein Schwert genommen.»

«Vielleicht bist du zurückgekommen. Vielleicht hat es dir so gut gefallen, dass du es einfach haben musstest.»

Ich schüttle den Kopf. «Es hat mir mitnichten gefallen. In keiner Weise, zu keiner Zeit.»

Asko denkt nach.

«Juhani ist verschwunden. Vorher sprach er über dich. Er war wütend. Sehr wütend. Auf dich.»

«Ich begreife nicht, warum», sage ich durch und durch aufrichtig.

«Er mochte dich nicht.»

Das habe ich bemerkt, denke ich.

Ich will weg. Weg von hier. Ich bin im Verhör, verdächtig. Asko scheint Juhanis Verschwinden sehr nahezugehen.

Das Bild einer Spirale drängt sich auf, die sich immer schneller dreht. Diese Männer suchen nach ihrem Freund. Bei der Polizei haben sie den Diebstahl eines Schwerts gemeldet und mich beschuldigt. Das Schwert steckt im Kopf des Vermissten, der mich aus irgendeinem rätselhaften Grund gehasst hat. Das Pärchen, das ich des Mordes an meiner Person verdächtige, steht in Kontakt mit dem Kriminalbeamten, der auch im Fall des entwendeten Schwertes ermittelt.

Wenn die Situation nicht so verdammt irre wäre, würde ich mein Bier austrinken und noch eines nehmen, mit oder ohne Sonne.

«Vermutlich wird sich alles klären», sagt Asko. Plötzlich ist er freundlich, fast kumpelhaft. «Juhani wird schon auftauchen, mit oder ohne Schwert.»

«Ja. Genau», sage ich. Ich atme ein wenig auf. Ich höre in meiner eigenen Stimme den dringlichen Wunsch, diese Unterredung zu beenden.

Asko lächelt, auf rätselhafte Weise freundlich.

«Juhani ist einer von der Sorte, die leicht Feuer fängt. Vielleicht hat er sich spontan zu einem Trip nach St. Petersburg entschieden. Das macht er manchmal. Kommt zurück, wann es ihm passt. Wir warten einfach. Wenn die Zeit reif ist, wird er zurückkehren.»

«Ja. Genau», sage ich. Und mir wird etwas klar.

Ich muss einen kleinen Abstecher machen, bevor ich nach Hause fahre.

8

Das Garagentor steht sperrangelweit offen, Petri werkelt. Dieses Mal an einem Motorrad. Es sieht irgendwie merkwürdig aus, mit der langen Vorderfront, dem niedrigen, schmalen Rahmen, es sieht aus, als würde der Fahrer auf einem Reitsattel sitzen. Aus den Boxen wummert Hip-Hop, der Interpret fabuliert davon, Polizisten und die Staatsmacht zu attackieren. Die Musik passt denkbar schlecht in die typisch finnische Idylle, die sich vor uns auftut. Weite Felder, eine Vielzahl in Reihe stehender Tannen, deren Spitzen eine Schneise in den blauen Himmel zu sägen scheinen. Und natürlich in Richtung Westen die breite Auffahrt, wo neben dem stillgelegten Brunnen ein Traktor aus den Fünfzigern steht. Ganz sicher sorgt Petri dafür, dass auch dieses Gefährt fahrtüchtig bleibt.

Petri wohnt mit seiner Mutter zusammen. Die offizielle Begründung lautet, dass er frisch geschieden ist und die Scheidung in einer Art Rosenkrieg gipfelte, der für Petri eher ungünstig ausging. Seine Ex hat sich das Haus und das gemeinsame Boot gesichert. So weit die offizielle Version, aber ich habe da nun ein paar andere Bilder vor Augen. Ich sehe einen Liebhaber, der sich von Müttterchen mit Milch und Hefegebäck mästen lässt, um bei meiner Frau den Hengst geben zu können.

Von hier sind es nur etwa sechs Kilometer ins Stadtzentrum von Hamina, aber wir könnten überall sein, irgendwo im landwirtschaftlichen Teil Finnlands. Ein altes Bauernhaus und eine riesige Scheune, die Petri mit seinen Motoren und Vehikeln vollgestellt hat. Ich bleibe auf der Schwelle stehen und sehe ihm zu. Er ist wie in Trance. Mit beiden Händen bearbeitet er das Motorrad, während ein Fuß im Rhythmus des Hip-Hop wippt.

Während der Fahrt habe ich Kraft gesammelt. Ich habe zwei Schokoriegel gegessen, die ich am Kiosk gekauft hatte. Dann habe ich fast einen Liter Cola getrunken, das Original, mit Zucker. Ich fühle mich deutlich besser als vor einer Stunde, auf dem Deck des Restaurantschiffs. Ich spüre den Zucker, er wabert in meinem Blut. Sicher an die hundert Zuckerwürfelchen, es fühlt sich gut an.

Ich trete in den Raum, mein Schatten wandert in Petris Sichtfeld. Er zuckt zusammen, wie vom Blitz getroffen. So sieht er auch aus. «Jaakko», murmelt er.

«Entschuldige, ich wollte dich nicht erschrecken», sage ich. «Du hast es sehr nett hier.»

Ich trete näher, sehe mich um. Überall steht Zeug herum, Fahrzeuge und Ersatzteile, aber doch wirkt alles auch penibel geordnet. An den Wänden hängen, ebenfalls wohl sortiert, Werkzeuge. Ich stehe Petri jetzt direkt gegenüber.

«Danke», sagt Petri. «Ja, weißt du, für mich sind Autos und Motorräder ... ja ...»

Zu behaupten, Petri sei verwirrt, käme einer Untertreibung gleich.

«Petri, ich brauche deine Hilfe. Und einige deiner Werkzeuge. Es ist eine heikle Angelegenheit. Ich brauche jemanden, auf den ich mich hundertprozentig verlassen kann.»

Petri schweigt, während wir nach Hamina fahren. Durch die geöffneten Fenster weht der Sommerabend herein, sanft, weich. Wir passieren nur vereinzelte Häuser, es ist, als würden wir durch eine Ausstellung nationaler Kunstwerke aus dem 19. Jahrhundert hindurchfahren. Wälder, Felder, funkelndes Wasser. Kein Mensch weit und breit. Ich habe das Radio ausgeschaltet, fahre ruhig und entspannt.

Petri sieht geradeaus und weiß nicht recht, wohin mit seinen Händen. Geheimnis und Schamgefühl sind ein starkes Duo. Er hat nicht mal gefragt, wohin wir fahren.

«Es geht um einen Freund», sage ich. «Wir werden ihm einen Gefallen tun. Er hatte einen Unfall. Magst du eine Coke?»

Petri schüttelt den Kopf, als ich ihm eine Flasche anreiche. Ich trinke einen Schluck. Die schwarze, zuckrige Flüssigkeit fühlt sich an wie ein Lebenselixier.

«Mein Freund möchte über diesen Unfall nicht sprechen. Du wirst verstehen, warum. Bestimmt wirst du es verstehen. Manchmal passieren Dinge, von denen wir nur unseren engsten und besten Freunden erzählen können.»

Petri schweigt. Der Kiesweg endet, ich biege auf die Landstraße ab. Der Asphalt ist wie ein Kissen unter den Rädern.

«Als ich von dieser Sache, also dem Unfall erfuhr, dachte ich sofort an dich», sage ich.

Petri neigt seinen Kopf in meine Richtung, kaum merklich, wenige Zentimeter.

«Du bist jung. Stark. Und du kannst etwas Vertrauliches für dich behalten.» Ich werfe ihm einen Blick zu. Sehe, wie sein Adamsapfel auf und ab hüpft. Führe die Limonadenflasche zum Mund und trinke sie aus.

«Hast du einen Freund?», frage ich.

«Was?»

«Hast du einen Freund? Einen wirklich guten, dem du vertraust?»

Der Adamsapfel springt auf und ab.

«Ich weiß nicht genau.»

«Betrachten wir das Ganze doch mal aus einer anderen Perspektive. Hast du Geheimnisse? Oder ein Geheimnis? Das würde ja schon reichen.»

«Ich weiß nicht. Vielleicht.»

«Wer weiß davon?»

«Ich weiß nicht.»

Ich winke ab, wedele das Thema hinaus in den Sommerabend. Wir sind bald da. Ich möchte, dass Petri auf der Höhe ist, wenn wir ankommen.

«Du verstehst aber doch im Prinzip, worum es geht, ja? Mein Freund und ich, wir haben ein Geheimnis. Nämlich genau das, unsere Freundschaft. Das war das Geheimnis. Niemand wusste davon. Vielleicht hast oder hattest du ja auch schon mal einen Freund, von dem niemand wusste.»

Petri schweigt.

«Ich erzähle das alles, um zu vermeiden, dass du verwirrt bist, wenn du ihn siehst. Du kennst ihn vom Sehen. Er sieht seit dem Unfall allerdings ein wenig anders aus.»

«Von welchem Unfall redest du eigentlich?», fragt er.

Ich antworte wahrheitsgemäß.

«Japanisch. Ein japanischer Unfall.»

Wir erreichen Hovinmäki. Ich fahre die Simonkatu entlang und stelle fest, dass ich alles richtig in Erinnerung hatte. Die

Straße endet, ein sandiger Pfad beginnt. Der Pfad weist den richtigen Weg. Ich halte für einen Moment inne, dann wende ich den Wagen, fahre rückwärts in den Schatten einiger Bäume und schalte den Motor aus. Ich ziehe den Schlüssel aus der Zündung, nehme zwei Paar Latexhandschuhe aus einem Fach in der Mittelkonsole und erkläre Petri, dass wir den restlichen Weg zu Fuß gehen müssen. Wir steigen aus. Ich lasse Petri voranlaufen, werfe einen Blick zurück. Das Auto ist vor Blicken gut geschützt.

Der sandige Pfad führt uns ins Zentrum des dunkelgrünen Abends. Zwischen Blättern funkeln Wiesen, der Wald ist trocken und ausgefranst, die Bäume stehen vereinzelt und vereinsamt. Sie scheinen davon zu erzählen, dass es Gewissheiten nicht gibt. Selbst im schönsten Moment bleibt das Leben unvorhersehbar. Zerstörerisches kann jederzeit geschehen. Es gibt keinen Sinn, keine Ordnung der Dinge.

Petri sieht sich alle paar Meter um, musstert mich fragend. Wir laufen, bis sich die Reihen der Bäume lichten, bis zum Abhang. Da ist der Bach. Wir gehen vorsichtig hinab, folgen dem Lauf des Bachs. Wichtig ist, dass man uns von oben nicht sehen kann.

Insekten schwirren herum. Moskitos. Ich spüre sie an meinen Lippen, ich spüre die Stiche im Nacken und an den Armen. Zum ersten Mal in meinem Leben habe ich nicht die geringste Angst vor Zecken. Wir arbeiten uns voran, durchs hohe Gras, über weichen, matschigen Boden. Meine Schuhe sind schon durchnässt. Ich bleibe stehen und lausche. Wir sind fast am Ziel. Ich höre nur das Summen der Mücken und Petris schlurfende, zögerliche Schritte.

«Petri», sage ich.

Er bleibt stehen, dreht sich um.

«Ich möchte nicht, dass du einen Schreck bekommst», sage ich. «Dieser Unfall, den mein Freund gehabt hat, war ein wenig ungewöhnlich. Ich möchte, dass du vorbereitet bist und stark bleibst.»

Der Bach macht eine Biegung. Wir folgen ihr.

Petri hält inne. Steht wie erstarrt. Übergibt sich.

Dann sind wir schon im Nahkampf, ringen im Schlamm.

Petri ist in der Defensive. Ich habe ihn überrascht. Außerdem wiege ich mehr, das kommt mir zugute. Ich habe mich auf ihn geworfen, sitze jetzt breitbeinig auf seinem Brustkorb und presse seine Hände ins Wasser. Er windet sich, hustet, röchelt. Glücklicherweise schreit er nicht. Ich glaube, dass ihm zum Schreien die Kraft fehlt. Ich rede mit ihm wie mit einem Kind: «Petri, du siehst sicher, dass Juhani aller Sorgen ledig ist. Nicht wahr? Er sitzt dort ganz ruhig. Du kannst dich also ebenfalls entspannen. Lass mich los, ja? Versprichst du mir, dass du ruhig bleiben wirst?»

Petri starrt an mir vorbei in den Himmel, mit großen Augen. Er erschlafft. Ich stehe auf, atme durch. Ich bin erschöpft. Petri starrt immer noch das Blau des Himmels an. «Warum?», fragt er.

«Juhani ist ein ziemlich temperamentvoller Kerl. Entschuldige, er war ein temperamentvoller Kerl. Die Sache kam recht plötzlich. Überraschend.»

«Warum? Warum ich?», fragt er.

Jetzt begreife ich, worauf er hinauswill.

«Juhani ist groß und schwer. Der wiegt an die hundert Kilo. Ich kann ihn nicht alleine tragen. Du wirst mir helfen.»

Petri schließt seine Augen. Öffnet sie. Richtet sich auf. Er späht scheu hinüber zu Juhani, der im flachen Wasser sitzt. Sogar mir fällt es schwer, dem Anblick standzuhalten, obwohl ich wusste, was mich erwartet.

Ein Bodybuilder in gelben Shorts und meditativer Pose. Das Samuraischwert steckt wie eine Antenne in seinem Kopf. Seine Haut ist weiß wie Marmor, nur die Faust, die das Schwert hält, und die Arme und Knie sind pechschwarz. Das ist getrocknetes Blut. Juhani sitzt aufrecht, in seinem letzten Moment erstarrt. Er sitzt wie auf einem Thron aus Geäst und Baumstämmen, die ihn stützen. Es sieht aus wie drapiert, wie ein furchteinflößendes Kunstwerk.

Ich bilde mir ein, dass mir der Geruch einsetzender Verwesung in die Nase steigt.

«Ein Unfall?»

Petris Frage ist legitim.

«Mit Sicherheit hat er das nicht absichtlich gemacht», entgegne ich. «Ihm ist eine Art Missgeschick widerfahren.»

«Du sagst, ihr seid Freunde?»

«Wir waren Freunde. Ja. Nur kurz, aber doch, wir waren Freunde.»

Petri schweigt. Er sieht nachdenklich aus. Aber das kann täuschen. In jüngster Zeit bin ich zu der Einschätzung gelangt, dass Petri eher ein Mitläufer ist. Er macht, was die anderen machen. Ich lasse ihm ein wenig Zeit. Dann nehme ich ihn am Arm. Wir laufen. Zeit loszulegen.

Der Verwesungsgestank nimmt zu, während wir uns Juhani nähern. Ich denke darüber nach, wie wir die Sache am besten auf die Reihe bekommen könnten. Klar ist, dass wir Juhani ans Ufer bringen müssen. Dann müssen wir ihn tragen.

«Was machen wir jetzt?», fragt Petri. Seine Stimme ist belegt, heiser. Verängstigt.

«Du begreifst doch sicher, dass Juhani hier so nicht gefunden werden darf. Er war ein wenig eitel. Er würde es nicht mögen, wenn man ihn so finden würde.»

«Aber machen wir uns nicht strafbar, wenn ...»

«Petri, Juhani ist tot.»

«Aber ist es nicht verboten, Leichen einfach so ...»

«Wir wollen keine Leiche schänden, sondern helfen. Deshalb sind wir hier. Um das Richtige zu tun.»

Wir stehen uns gegenüber. Über uns die finnische Sommernacht. Neben uns sitzt Juhani, im Moment erstarrt. Das Ganze fühlt sich merkwürdig normal an, wenn man bedenkt, wie absurd es ist. Petri ist von Kopf bis Fuß mit Schlamm bedeckt. Das Gleiche gilt vermutlich für mich. Ich weiß, warum Petri immer noch hier ist. Es ist sein Gewissen, das ihn dazu zwingt. So sind die Menschen, abgesehen von den echten Psychopathen.

Petri hat sich schuldig gemacht, und er kann es mir nicht offenbaren. Jetzt scheint sich die Gelegenheit zu ergeben, es wiedergutzumachen. Ich kann den Dialog in seinem Kopf lesen. In der einen Waagschale sind seine Verbrechen (Taina und wie er mich ermordet), in der anderen liegt eine Hilfeleistung (Juhani und wie wir ihn aus dem verdammten Bach holen). Er ist hin- und hergerissen. Er wird aus eigener Kraft keine Entscheidung treffen können, also helfe ich ihm auf die Sprünge.

«Nimm ihn und hebe ihn an, pack ihn unter den Achseln», sage ich. Ich reiche ihm ein Paar Handschuhe. «Und Vorsicht, das Schwert ist scharf.»

Er starrt mich an.

«Wohin bringen wir ihn denn?»

«Zum Wagen.»

«Jesus», flucht er.

«Ich würde mir auch wünschen, dass er den kurzen Weg selbst läuft. Aber nun ja.»

«Das ist viel zu weit», sagt Petri.

«Genau deshalb bist du ja hier. Um mir beim Tragen zu helfen.»

Petri schüttelt noch für einige Sekunden den Kopf, dann streift er die Handschuhe über. Er sucht eine günstige Position, schiebt seine Hände unter Juhanis Arme. Ich umschließe fest Juhanis Unterschenkel.

«Bei drei», sage ich. «Eins, zwei, drei.»

Wir heben Juhani ruckartig aus dem schlammigen Wasser. Er ist ganz steif. Petri weicht dem Schwert aus. Das Schwert steckt im Schädel wie ein Einhorn. Ein dickes Einhorn, das Petri ab und an nur knapp verfehlt. Petri hat den deutlich schwierigeren Part, er schnauft angestrengt. Wir arbeiten uns voran ans Ufer, es gelingt uns, den Leichnam auf den Rücken zu legen. Juhani liegt ein wenig gekrümmt, wie ein riesiger Käfer, das Schwert steckt nach wie vor fest in seinem Kopf. Wir legen eine kurze Pause ein. «Was jetzt?», fragt Petri.

Ich denke nach. Dann ziehe ich mein Hemd aus. Das müsste gehen, das Hemd ist von guter Qualität.

«Hebe ihn ein wenig an.»

Ich lege das Hemd unter Juhanis Körper und binde die Ärmel an den Oberschenkeln fest.

«Pack an», sage ich und deute auf Juhanis linken Fuß. Ich selbst packe mir den rechten.

Wir ziehen Juhani wie Hunde einen Schlitten. Die Leiche holpert über das lange Gras. Wir schweigen, ziehen, es ist harte Arbeit. Ich spüre, wie sich Moskitos in meinen Oberkörper verbeißen. Wir kommen langsam, aber stetig voran, erreichen den schmalen Waldweg. Wir legen wieder eine Pause ein, beide schweißnass. «Und jetzt?», fragt Petri.

«Lass uns ein Spiel spielen. Wir stellen uns vor, dass wir an einem Langlaufrennen teilnehmen.»

Ich breche einige Äste von den Tannen ab und lege sie unter Juhanis Körper. Petri beobachtet, was ich mache, und folgt meinem Beispiel. Er hilft, ohne zu zögern. Er möchte Buße tun, ich kann es sehen. Er ahnt nicht, dass ich ihn die ganze Zeit ebenso intensiv im Blick habe wie den toten Juhani. Ich bin hier, um Zeit zu gewinnen. Mehr Zeit für meine Ermittlungen. Solange Juhani verschwunden bleibt, werden mich Asko und dieser Polizist in Ruhe lassen müssen, und ich werde Gelegenheit haben, meinen eigenen Fall zu lösen.

Wir ziehen Juhani weiter voran. Auf dem Sand geht es deutlich leichter als auf der unebenen Wiese. Petri sieht sich von Zeit zu Zeit um, ich schaue nach vorn.

Ich sehe schon den Wagen. Wir sind am Ziel. Ich öffne den Kofferraum, gemeinsam heben wir Juhani hinein. Juhani mit dem Schwert ist so groß, dass der Kofferraum sich nicht schließen lässt. Ich bitte Petri um sein T-Shirt. Er zögert, möchte es nicht hergeben, es ist sein Lieblingsshirt. Ich gestehe ein, dass meines Wissens der Geruch der Verwesung auch nach dem Waschen nicht rausgeht. Petri schnüffelt intuitiv an seinem Shirt, zögert. Ich merke an, dass der Geruch sich erst in das Kleidungsstück hineinsaugen wird, nach einigen Tagen wird es ganz davon durchdrungen sein.

Petri sieht mich an. Dann zieht er das Shirt aus und reicht es mir. Ich binde es fest um Juhanis linken Fuß. Jetzt sieht Juhani aus wie ein Möbelstück, das von einem Wohnsitz zum anderen transportiert wird. Im Kofferraum finde ich noch einen Haken, zum Befestigen der Klappe. Das Ergebnis ist zwar nicht ideal, aber es muss reichen.

Ich blicke mich um. Immerhin scheint uns niemand gesehen zu haben.

Wir sind zwei Männer im Auto, mit freien Oberkörpern, an einem Sommerabend. Um zu erkennen, dass wir verdreckt sind wie Schweine im Stall, müsste man uns aus der Nähe betrachten. Wir riechen auch wie Schweine im Stall.

Petri scheint die Luft anzuhalten. Vielleicht hat er vergessen, wie das geht. Atmen. Ich fahre bedächtig und auf einem Weg, der das Zentrum vermeidet. Wir brauchen jetzt keine gutgelaunten Familien, die sich auf dem Abendmarkt am Rathaus tummeln. Wir brauchen auch nicht die neugierigen Blicke von Eis essenden Kindern.

Ich habe die Scheiben heruntergelassen und spüre, wie der Schweiß und der Schlamm auf meiner Haut langsam eintrocknen. Wenn ich mit der Zunge an meiner Lippe entlangfahre, habe ich den Eindruck, verdorbene Fleischpiroggen gegessen zu haben. In meinem Rachen ist plötzlich ein bitterer Geschmack, ich erleide einen Hustenanfall, der mir Tränen in die Augen treibt. Die Tränen verschwimmen. Es ist Nacht. Stockdunkel. Schwarz.

«Pass auf!», schreit Petri.

Ich weiche einem Laster aus, der Wagen schlingert, findet zurück in die Spur. Der Schock weckt mich. Meine Augen sehen wieder klar, ich umschließe fest das Lenkrad. Ich werfe Petri einen Blick zu, er atmet jetzt wieder, sein Brustkorb hebt und senkt sich, sein Mund steht weit offen.

«Alles gut», sage ich. «Kleiner Schwindelanfall.»

Petri schweigt. Ich biege auf die Landstraße ab, die nach Neuvoton führt. Ein lustiger Name für ein Dorf. *Ratlos.* Neuvoton liegt etwa zehn Kilometer von Hamina entfernt. Ich habe den Ort wegen des Namens ausgewählt. Und wegen des Strandes, ich erinnere mich an einen kleinen Bootshafen. Wir passieren Summa, ich beschleunige auf neunzig Stundenkilometer. Vor uns geht die Sonne unter, sie wird rot und weich.

Sommerabend.

Ich finde den Bootshafen sofort und fahre so weit wie möglich, bis an den Saum des Sandstrands. Wir steigen aus. Wir sind zu zweit. Oder zu dritt, wenn man Juhani mitzählt. Und ich zähle ihn natürlich mit. Er ist immer noch so schwer wie vor einer Weile, als wir ihn in den Kofferraum gehoben haben. Wir borgen uns ein Ruderboot, das am Wasser liegt. Ich reiche Petri den Bolzenschneider und lasse ihn die Kette zertrennen, mit der das Boot am Steg festgemacht ist. Ich hole noch zwei schwere Anker von nebenliegenden Booten, lege zwei Fünfzigeuroscheine auf die Bänke, beschwere die Scheine mit Steinen. Ich bin kein Dieb.

Dann rudern wir aufs Meer hinaus. Vielmehr rudert Petri, ich befestige einen Anker an Juhanis Füßen.

Die Welt um mich herum scheint sich dem Abend entgegenzustrecken. Eine sanfte Brise umgibt mich, Wellen schimmern auf der Oberfläche. Das intensive Rot des Himmels, das sich im Wasser widerspiegelt, verwirrt meine Sinne. Es ist zugleich metallisch glänzend und samtweich. Die Ruder pflügen durchs Wasser, wirbeln es auf, lassen es gegen unser Boot schlagen. Der Strand wird immer kleiner, rückt in die Ferne, als würde er schrumpfen.

Ich sitze für eine Weile einfach nur da, lasse Petri rudern.

Dann versenken wir Juhani.

Er geht unter, wie ein Stein.

Ich bringe Petri nach Hause. Versuche, in seinem Gesicht zu lesen. Er weiß etwas, das ich nicht weiß. Ich weiß vieles, was er nicht im Traum wissen möchte. Geheimnisse verbinden uns, und jetzt teilen wir sogar eines. Ich brauche beide, die unausgesprochenen und die geteilten.

Wir überqueren die Brücke von Tervasalmi. Ich sehe hinüber zum Restaurantboot. Da habe ich vor einigen Stunden gesessen und Bier getrunken. Ich habe das Gefühl, mich in einem Tempo durchs Leben zu bewegen, das einem sterbenden Mann angemessen ist. An einem Tag erledige ich, wofür ich früher ein Jahr gebraucht hätte.

Wir erreichen Petris Hof. Ich wende den Wagen schon, während er noch drinsitzt.

«Petri, das Folgende muss ich sicher nicht extra betonen. Wir sprechen mit niemandem über diese Sache.»

Petri meidet meinen Blick. Er betrachtet den Waldrand, das Feld und der beginnende Wald verschmelzen miteinander, der Waldweg ist wie ein schwarzes Loch in der dunklen Landschaft.

«Petri?»

Er zuckt zusammen.

«Mit niemandem», sage ich.

Er nickt.

«Sag es!»

«Wir sprechen mit niemandem.»

«Gut.»

Er sitzt regungslos da.

«Du darfst jetzt aussteigen», sage ich und gebe ihm einen Klaps auf sein Knie. Er öffnet die Tür, steigt aus und geht. Ich lege den Gang ein, drücke das Gaspedal durch. Im Rückspiegel sehe ich Petri, er betritt das Haus. Ich frage mich, wie lange er das Geheimnis bewahren wird. Vielleicht ein, zwei Tage. Ich versuche, mir vorzustellen, wem er das Geheimnis anvertrauen könnte, und hoffe, mit meiner Vermutung richtigzuliegen.

Tainas Wagen steht im Hof, ich parke meinen direkt hinter ihrem. Ich steige aus und fülle meine Lungen mit frischer Luft. Dann werfe ich meine Schuhe und die Socken in den Müllcontainer und bereite mich darauf vor, mein Zuhause zu betreten.

Ich kann mir in etwa vorstellen, wie ich aussehe. Ich weiß auch in etwa, wie ich die Sache erklären werde. Ich laufe barfuß über die Treppe nach oben, spüre den kühlen Beton unter meinen Füßen, öffne die Tür.

Es duftet wunderbar, köstlich. Huhn in rotem Curry, scheint mir. Mit Basmatireis. Meine Leibspeise. Ich höre ihre Schritte, sehe sie im Türrahmen stehen. Zum ersten Mal, seitdem ich sie kenne, kann ich in ihrem Gesicht rein gar nichts lesen. Sie betrachtet mich, starr, ohne zu blinzeln.

Dann nähert sie sich, lächelt und sagt:

«Du hast da einen Blutegel. An deinem Hals.»

9

Noch nie habe ich eine heiße Dusche so genossen. Das Wasser streichelt mich, schafft Erleichterung, meine Haut fühlt sich wieder wie meine eigene an. Den Blutegel habe ich einfach abgerissen. Komisch, dass Taina nicht auf die Idee kam zu fragen, was mit mir passiert ist. Ich habe ausgesehen, als hätte ich im Schlamm gewühlt. Was ja auch der Wahrheit entspricht. Ich glaube kaum, dass Petri unser kleines Geheimnis schon ausgeplaudert hat, es muss also für Tainas Freundlichkeit und auch für ihren Verzicht auf neugierige Fragen eine andere Erklärung geben.

Ich lasse heißes Wasser auf mein Gesicht prasseln, bis ich das Gefühl habe, dass es langsam aufweicht. Als ich nach dem Duschen in den Badezimmerspiegel blicke, glänzt mein Kopf knallrot. Am Hals hat der Blutegel eine Art Knutschfleck hinterlassen. Ansonsten sehe ich mir halbwegs ähnlich. Ich ziehe mich an, gehe hinunter und begreife erst jetzt, was Taina heute Abend zum Thema machen möchte.

Thailand. Tatsächlich.

Ich habe es ja selbst vorgeschlagen. Unsere Rückkehr. In unseren Bungalow. Oder sollte ich sagen: «unser» Bungalow? Viele Dinge in unserem Leben könnten wir, bei Lichte besehen, in Anführungszeichen setzen. Phantasien, Hoffnungen, Vermutungen, schöngemalte Erinnerungen. In Wirklichkeit ist manches anders. Ich stelle fest, dass ich mal wieder an die falschen Dinge im falschen Moment denke. Ich muss wach bleiben. Im wahrsten und im übertragenen Sinn. Ersteres könnte schwierig werden. Es war ein langer Tag, mit zu viel Kampfsport.

Taina werkelt in der Küche. Sie stemmt ihre Hüften gegen die Spüle. Mit ihren behänden Fingern streut sie irgendwas aus. Ich setze mich an meinen Platz, wie gestern Abend. Meine Frau hat sich für unser gemeinsames Abendessen eindeutig einige Mühe gegeben. Sie hat sich Gedanken gemacht. Das zeigen mir schon die orientalisch anmutenden Servietten. Vor mir stehen diverse ost- und südostasiatische Leckereien, und es scheint noch mehr zu kommen. Taina ist ganz in Gedanken versunken und konzentriert, sie hievt irgendetwas aus der Pfanne auf ein schwarzes Serviertablett. Dichter, heißer Dunst breitet sich aus. Unser Abendessen könnte eine ganze Kompanie ernähren.

«Ich hatte gedacht, dass wir ein wenig leichter speisen wollten», sage ich.

Taina sieht zu mir hinüber, lächelt. Es scheint ein echtes Lächeln zu sein, auch das ist ungewohnt.

«Stimmt. Gekochtes Gemüse. Und Hühnchen aus dem Backofen, in Kräutermarinade. Fettarme Joghurtsoße. Vollkornreis mit geringem Basmatianteil. Grüner Salat mit Pinienkernen. Dein Lieblingsessen, aber dieses Mal kalorienarm zubereitet.»

Sie lächelt. Jetzt kann ich in ihrem Gesicht besser lesen, sie sieht mich an, als sei ich ein Kind. Wie einen höchstens Achtjährigen. Was soll das? Ich bin ein Mann mittleren Alters, trage ein rosafarbenes Tommy-Hilfiger-Kragenhemd, und vor mir wölbt sich ein Schwangerschaftsbauch, den mir nicht mal der Tod nehmen wird.

«Und nach dem Essen planen wir unsere Reise», sagt Taina. Sie reicht mir die Schüssel mit dem Gemüse.

«Bestens», sage ich. «So machen wir es.»

Natürlich. Über eine Reise reden, mit Taina. Mein Körper schreit verzweifelt nach Ruhe. Ich habe gerade eine Leiche im Meer versenkt und mit dem Liebhaber meiner Frau eine Runde Schlammcatchen ausgetragen. Und jetzt steht mir die wichtigste Begegnung des Tages also noch bevor. Das hier mit Taina ist wichtiger als die anderen Termine des heutigen Tages, mit Lebenden und Toten.

Taina betrachtet mich, mit einem enervierend warmherzigen Blick.

«Ich gebe zu», sagt sie. «Du hast mich überrascht.»

«Womit?», frage ich aufrichtig. Ich habe in jüngster Zeit sowieso nur Überraschendes erlebt.

«Diese Rede, die du gehalten hast. Über die Teilhabe der Mitarbeiterschaft und all das.»

Ich beginne zu ahnen, was der Anlass für die asiatische Gastfreundlichkeit sein könnte.

«Wir haben ernstzunehmende Konkurrenz bekommen», entgegne ich. «Ich will einfach nur, dass wir gewinnen.»

«Du wirkst entschlossen.»

Taina sagt das ganz beiläufig, aber ihre Worte fühlen sich an wie Kugeln in einer schussbereiten Waffe. Sie lächelt eisern. Sie isst nicht. Das ist ungewöhnlich.

«Ich bin wohl, wie soll ich das sagen, irgendwie aufgewacht. Was ist denn deine Meinung? Was hältst du von meinen Plänen? Mit den Teilhaberschaften und dass wir alle gemeinsam sammeln gehen und dass wir die Produktion ankurbeln.»

Taina hat ein Pokerface aufgesetzt, aber ich sehe, dass es ihr nicht leichtfällt.

«Nun», sagt sie. «Es wäre vielleicht nett gewesen, wenn du mich vorab informiert hättest.»

«Im Moment geht alles sehr schnell. Schnelllebige Zeiten.»

Taina isst nichts, ich esse nichts. Der Tisch ist angefüllt mit Köstlichkeiten. Was habe ich heute gegessen und getrunken? Zwei Schokoriegel, eine Flasche Cola, ein halbes Bier. Sonst noch was?

«Ja, das Leben steckt voller Überraschungen», sagt sie. «Lass uns was essen. Bevor es kalt wird.»

Ich greife einfach zu, nehme mir, was ich auch früher mit Genuss gegessen habe. Die Chilisoße spare ich aus. Falls Taina fragt, kann ich ja behaupten, dass mir eine Fleischpirogge vom Mittag schwer im Magen liegt. Ich werde natürlich verschweigen, dass es eine Pirogge namens Juhani war.

«Woher hast du eigentlich all diese Ideen?», fragt Taina. «Alles soll neu werden, alles anders?»

Ich zucke mit den Schultern, als sei das nichts Besonderes.

«Wir sind in einer Phase, in der wir entweder wachsen müssen oder schrumpfen werden. Es wird nicht so bleiben, wie es ist.»

«Du klingst plötzlich so geschäftsmäßig.»

Sie spricht schnell. Sie ist nervös. Ich ahne auch, warum. Sie spürt die Veränderung, sie erkennt mich nicht wieder, und das verstört sie.

«Du hingegen klingst irgendwie verwirrt.»

Ich führe bedächtig eine Gabel mit Huhn und Reis zum

Mund. Taina blickt an mir vorbei, sie scheint intensiv nachzudenken. Draußen ist es dunkel. Wir sitzen im Dämmerlicht am Esstisch, wie in einem Nest, eingehüllt in Düsternis.

«Nun ja. Die Abläufe in der Firma waren vielleicht irgendwie eingefahren. Alles war Routine.»

«Ich habe Routinen immer gemocht», sage ich.

Taina meidet immer noch meinen Blick. Sie isst, in Gedanken versunken. Mir gelingt es immerhin, einen kleinen Bissen der Köstlichkeiten hinunterzuschlucken.

«Das ist gut», murmelt sie. «Ja, Routinen sind gut, das sehe ich auch so. Aber irgendwann muss man sicher auch mal etwas wagen.» Taina hält inne. Sie atmet schneller, etwas versetzt sie in Aufregung, ich spüre es. Sie errötet. «Risiken eingehen», sagt sie. «Das hast du heute beispielhaft vorgelebt.»

Ich bin zutiefst erschüttert. Flirtet meine Frau mit mir? Ich bin der Typ mit dem Mondgesicht und dem fetten rosa Bauch. An meinem Hals klebt ein Knutschfleck. Von einem Blutegel. Ich bin, mit anderen Worten, weder Brad noch Pitt. Was zum Teufel bezweckt Taina mit diesem bauchpinselnden Gerede? Ich sterbe bald. Reicht das nicht?

«Danke», sage ich. Eigentlich kann ich mich ja höflich revanchieren. «Und Dank an dich. Du hast alles so positiv aufgenommen. Ich hatte, offen gestanden, befürchtet, dass du ein wenig skeptisch sein würdest.»

Taina lächelt, ich sehe, wie sehr sie darum ringen muss, die Ruhe zu bewahren.

«Warum sollte ich?», fragt sie.

Ich erinnere mich plötzlich an das, was Raimo gesagt hat. An seine kryptischen Worte. Dass er sich nicht wundern würde, wenn in der Firma größere Veränderungen anstünden.

«Weißt du, ich hatte zuletzt den Eindruck, dass auch du gewisse Vorstellungen über die Entwicklung unserer gemeinsamen Unternehmung hattest. Und dass deine Ideen von meinen ein wenig abweichen könnten.» Ich sage das mit warmer Stimme, ihr in die Augen blickend, ganz Ehemann und guter Freund.

«Also ...», beginnt Taina, aber ich unterbreche sie.

«Das wäre durchaus verständlich», sage ich. «Ich war stur und habe dich und deine Wünsche vernachlässigt. Ich steckte im Tunnel, wie man so sagt, habe nur das Notwendige getan. Habe gewissermaßen die Grenzen nicht ausgetestet.»

Ich lausche mir selbst. In groben Zügen stimmt, was ich sage.

«Ja, ich war ein Feigling, habe unser Potenzial nicht erkannt. Als wäre ich auf Sparflamme unterwegs. Vielleicht hast du das auch so empfunden.»

Den letzten Satz habe ich mit voller Absicht betont. Taina hält meinem Blick stand.

«Vielleicht», murmelt sie.

«Ja. Ich habe deine Erwartungen nicht erfüllt.» Ich hefte meinen Blick auf sie, aber die Worte richte ich insgeheim an mich selbst.

Taina zögert. Die Gabel verharrt auf halbem Weg zum Mund.

«Nein. Das stimmt nicht», sagt sie.

Sie lügt, meine Frau belügt mich.

«Wie schön, dass du das sagst. Es ist so wichtig, dass wir einander vertrauen und schätzen.»

Taina betrachtet ihr Essen und schweigt. Möglicherweise zittert ihre Hand ein wenig.

«Das ist ungeheuer wichtig, vor allem jetzt, wo wir einschneidende Veränderungen planen.»

«Du kannst sie nicht zu Teilhabern machen», sagt sie. Die Worte platzen aus ihr heraus wie Wasser aus einem defekten Rohr. Wir sitzen uns gegenüber, wie Duellanten. Auge in Auge.

«Reichst du mir ein Stück von dem Naanbrot?», frage ich.

«Wir dürfen das nicht machen. Nicht einfach so.»

«Und die Butter bitte.»

Taina reicht mir Brot und Butter. Sie atmet durch, sammelt sich.

«Man kann so was ja nicht wie Bonbons verteilen. Man muss sich so was verdienen. Das braucht Zeit. Die Leute müssen doch erst mal zeigen, was sie können.»

Ich lehne mich zurück.

«An welche Zeitspanne hast du gedacht? Wann würdest du die Sache gerne wieder aufgreifen?»

Tainas Gesicht hellt sich auf. Als würde ein Schleier angehoben.

«Im Herbst vielleicht?»

Ja, klar, denke ich. Wenn du mit deinem Petri an meinem Grab stehst. Vorausgesetzt, ihr findet die Zeit, euch von der Sonnenliege wegzubewegen.

«Warum im Herbst?»

«Dann ist die Erntesaison vorbei. Dann wissen wir mehr.»

«Und Thailand? Wollen wir hin?» Ich senke den Blick auf Hühnchen, Kokosnussmilch und Reis.

«Wenn du möchtest. Ja, sicher», sagt Taina. Sie versucht, Begeisterung zu heucheln, das Ergebnis ist eher dürftig. Für sie steht einiges auf dem Spiel. Ich weiß nicht, wie weit sie gehen würde, aber ich bin neugierig, es zu erfahren.

«Ich habe übrigens schon den ganzen Tag eine Nackenverspannung», sage ich.

«Nach dem Essen kann ich deinen Rücken massieren», sagt sie. Sie lächelt. Ein sanftes, liebes Lächeln.

Meine Frau hat mich umgebracht, kein Zweifel.

10

Was war es eigentlich, das ich an Hamina so geliebt habe? Die sommerlichen Vormittage. Die Ruhe und bei gutem Wind die Meeresluft. Den Morgenmarkt mit seinen Leckereien, vor allem die zuckrigen Donuts, die ich in den vergangenen drei Jahren so gerne gegessen habe, dass ein Diabetesverdacht angemessen erscheint. Das Fenster ist weit geöffnet, die Luft steht und ist brühend heiß, obwohl ich das Gaspedal voll durchdrücke, in der Hoffnung auf ein wenig Fahrtwind. Es ist, als würde sich immer mehr Druck ansammeln, unter einem riesigen Deckel, kurz vor einer enormen Eruption. Der Himmel ist weiterhin wolkenlos, er sieht aus wie frisch gestrichen, in glänzendem, makellosem, tiefem Blau. Irgendwo hinter der Fassade verbergen sich die schwarzen Wolken. Ich spüre es. Sturm kommt auf. Prasselnder Regen. Gut für die Pilze.

Wir müssen reden. Komm doch vorbei, vor der Arbeit.

Sannis Nachricht wartete schon auf dem Smartphone, als ich gegen halb sieben auf dem Sofa erwachte.

Das Letzte, was ich vom gestrigen Abend noch weiß, ist, dass *The Biggest Loser* in der Glotze lief, während Taina meine Schultern massiert hat. Wir haben Süßes genascht und Cracker geknabbert und die absurden Versuche der Leute kommentiert, die vor einem Millionenpublikum abnehmen wollen. Dabei bin ich wohl eingenickt.

Ich erinnere mich noch an das Abendessen, auch daran,

dass ich am Ende mit gutem Appetit essen konnte. Das Huhn und der Reis waren vorzüglich, herrlich auch die reifen, zuckersüßen Erdbeeren mit Sahne. Ich habe eine nach der anderen gelöffelt und immer gedacht, dass die nächste meine letzte ist, die nächste, die nächste.

Ich erinnere mich an den Druck von Tainas Händen auf meinen Schultern. Es war ein vertrautes und gleichzeitig fremdes Gefühl. Die Intimität, die Wärme, die Vertrautheit sind aus Tainas Händen gewichen.

Zugegeben, meine Sinne sind geschärft. Ich nehme Dinge wahr, die ich früher nicht im Ansatz registriert hätte. Vielleicht hat die Vergiftung auch einen Hirnschaden erwirkt, vielleicht bilde ich mir alles ein.

Morgens erscheint mir der Gedanke an meinen Tod noch fern und unwahrscheinlich. Ich habe ja erst seit einigen Tagen Kenntnis von meinem bevorstehenden Ableben, aber schon jetzt stelle ich fest, dass der Gedanke plastischer wird, je näher der Abend rückt. Vermutlich ist das ganz normal.

Der Tag beginnt, der Tag geht zu Ende. Das Leben ist ein Tag.

Am Morgen sieht das Leben noch aus wie eine sichere Sache. Am Abend schleicht sich die Ungewissheit ein, der Zweifel, die Ereignisse des Tages sind vergangen und zum Teil bereits vergessen. Eigentlich verwunderlich, dass ich nicht schon früher an jedem Abend an den Tod gedacht habe. Ans Sterben.

Am Markt herrscht die vertraute Betriebsamkeit. Verkaufsstände, das Café-Zelt, alte Männer auf Fahrrädern.

Ich fahre einen unnötigen Schlenker, um alles in Ruhe betrachten zu können. Ich stelle mir vor, dass ich, wenn ich mehr Zeit hätte, einen Halt machen würde. Einen Kaffee trinken und einen Donut essen, der vor Fett trieft und vor lauter Zucker zwischen den Zähnen knirscht. Dann denke ich, dass eigentlich nichts wirklich sicher ist. Wenn das Leben unvorhersehbar und unberechenbar ist, kann man sich womöglich auf den Tod erst recht nicht verlassen.

Der Ortsteil Saviniemi ist aber noch an seinem Platz, und auch der Garten in der Kalastajankatu ist noch da, in dem ich das Keith-Richards-Double Brennholz hacken sah. Niemand ist zu sehen. Das Brennholz liegt in meterhohen Stapeln neben dem Haus. Aus irgendeinem Grund bin ich sicher, dass er gerade im Wald ist, um noch mehr Holz zu holen.

Ich sehe in den Rückspiegel, während ich den Wagen im Kipparinkuja parke. Ich mache das wegen Juhani. Aber er folgt mir nicht. Er verfolgt jetzt vielleicht Fische im Wasser, oder er verfängt sich in den Netzen der Fischer.

Auf den zweiten Blick ist der Garten noch größer und üppiger, als ich ihn in Erinnerung habe. Die Farne scheinen kleine Vulkanlandschaften zu bilden, die Blumen eine weite bunte Fläche, fast wie Obst und Gemüse im Supermarkt. Es riecht nach Erde, nach Grün, nach verborgenen Höhlen für Schutzsuchende, vielleicht sind sie in den Kronen der Bäume, am Ende des Gartens.

Die Tür steht offen. Ich trete ein, lausche für einen Moment. Ich ziehe die Schuhe aus und gehe durch den Flur zur Küche.

Sanni trägt nur einen Slip. Ihr Rücken ist mir zugewandt, während sie in einem Mixer einen Drink zubereitet. Vermutlich einen proteinhaltigen Läufershake. Ihre langen roten Haare fallen bis auf den Rücken. Die Satinunterhose gibt den

Blick auf die rechte Pobacke frei. Eine weiße, rundliche Pobacke, die Gesäßhälfte einer sportlichen Frau. Sanni hat sich bereits umgedreht, als ich noch auf die Stelle starre, an der eben ihr Po zu sehen war.

«Guten Morgen», sagt sie.

Ich mache drei Dinge im selben Moment: Ich löse meinen Blick von ihrem Unterkörper, entschuldige mich und stelle mich hin wie ein Pfau. Bauch rein, Brust raus. Fehlt nur noch, dass ich meinen Bizeps präsentiere. Ich weiß nicht, was von alledem am peinlichsten ist.

Sanni bedeckt ihre Brüste mit den Händen.

«Ich habe deine Nachricht bekommen. Ich sollte ja vorbeikommen. Ich habe das als Einladung gewertet.»

«Es war auch eine», sagt sie. «Nimm dir einen Kaffee, ich ziehe mir was über.»

Ich gieße mir einen Kaffee ein, setze mich an den Küchentisch, sehe mich um. Die Küche gefällt mir, sie ist irgendwie heimelig. Wie die Küche in einem Landhaus, vermutlich aus dem Sortiment eines schwedischen Möbelhauses.

Die Texte auf den Lebensmittelpackungen ähneln sich. *Organic, diet, light, natural, protein.* Ich frage mich, warum heutzutage alle so verdammt gesund essen. Sogar ich achte zurzeit auf meine Ernährung, obwohl ich tun und lassen könnte, was ich will. Ich könnte ausschließlich Butter in mich reinschaufeln. Ich fühle mich heute ganz wohl, abgesehen von dem vertrauten Schwindelgefühl, dem Tinnitus – das ist neu – und den Nierenschmerzen. Das sind vergleichsweise kleine Sorgen. Zumal ich gestern reichlich von Tainas zweifelhaften Köstlichkeiten genossen habe.

«Ich war gestern bei Asko und Juhana», sagt Sanni. Sie

ist zurückgekehrt, bekleidet mit löchrigen Jeans und einem breiten roten T-Shirt. «Ich habe das eine oder andere erfahren. Wir sprachen über ihre Pläne für den Sommer und den Herbst und darüber, wie sie Marktführer werden wollen.»

«Das haben sie dir gesagt?», frage ich.

«Natürlich», sagt Sanni. «Ich habe ihnen ja zugesichert, bei ihnen anzufangen.»

Ich spucke fast den letzten Schluck meines Kaffees aus. Sanni gießt aus ihrem Mixer ein Getränk in ein Glas. Sieht nach Roter Bete aus.

«Bitte was?», sage ich, stelle die Tasse ab.

«Musik?», fragt sie.

Sie erwartet keine Antwort, streift mit den Fingern über das Display ihres Smartphones, dann ist der ganze Raum mit Musik angefüllt, die ich kenne. Bob Marley. *Is this love.*

«Du hast gesagt, dass du bei ihnen anfängst? Aber gestern haben wir eine ganz andere Vereinbarung getroffen. Du hast einen Vertrag. Bei uns.»

«Wie soll ich Informationen beschaffen, wenn ich ihnen absage? Die Sache ist sicher, ich könnte hundert Arbeitsverträge unterzeichnen. In den meisten Verträgen wird das noch nicht mal ausdrücklich untersagt, nur in manchen. Zum Beispiel wenn ...»

«Das weiß ich alles, Sanni. Wir haben keine Klausel dieser Art, die anderen offenbar auch nicht. Aber darum geht es doch gar nicht. Du kannst machen, was du möchtest, aber ich brauche dich zu hundert Prozent.»

«Ich bin bei denen jetzt in der Probezeit», sagt Sanni. Sie nimmt einen Schluck von ihrem Rote-Bete-Shake. Über ihren

Lippen ist ein schmaler roter Bart, den sie schnell entfernt, mit ihrer Zunge. «Ich kann jederzeit aufhören.»

«Richtig. Aber wie gesagt, wir brauchen dich in den nächsten Tagen dringender denn je. Du kannst unmöglich in beiden Firmen gleichzeitig arbeiten.»

Sanni schweigt. Ich lausche der Musik, dem weichen Bass, der wunderbar leichthändigen Gitarre, der Gesang verschmilzt mit der Morgensonne. Ich drifte weg, in eine Phantasie von mir und Sanni, auf einer Insel, in einem Sommerhäuschen, Sanni trägt rote Unterwäsche, ihre Pobacken ...

«Bist du eigentlich zufrieden?», fragt sie. «Mit deinem Leben?»

Ich zucke zusammen. Die Phantasie verflüchtigt sich, die Frage steht im Raum.

«Ich weiß nicht», entgegne ich. Das ist die reine Wahrheit. «Früher hätte ich sicher, nun ja, also, im Moment ist es nicht ganz leicht, das pauschal zu beantworten.»

Sanni hat ihren Shake inzwischen zur Hälfte geleert.

«Mir ist etwas klargeworden, nach unserem letzten Gespräch», sagt sie. «Du hast mir genau das angeboten, was ich wollte. Eine neue Chance. Ich bin viel zu lange auf der Stelle getreten. Ich bin wie in einem Käfig gewesen. Das habe ich jetzt erst erkannt, ich bin sozusagen aufgewacht. Das meine ich logischerweise nicht irgendwie religiös. Aber es hat trotzdem etwas von einer Erweckung. Man öffnet die Augen und sieht etwas, das man die ganze Zeit übersehen hat, obwohl es da war. Man sieht die Welt, und man sieht sich selbst. Es fällt einem wie Schuppen von den Augen, so sagt man, nicht wahr?»

«Ich verstehe sehr gut, was du meinst.» Das stimmt. Ich

genieße es übrigens auch, Sanni sprechen zu hören. Ich mag ihre Stimme, ich höre ihr gerne zu.

«Weißt du, was ich machen möchte?», fragt sie. Sie sieht mich über den Rand ihres Glases hinweg an. Ich verneine, trinke einen Schluck Kaffee.

«Die Welt erobern», sagt sie.

Es erweist sich als schwierig, in Sannis Anwesenheit Kaffee zu trinken. Erst finde ich sie fast splitternackt vor, dann eröffnet sie mir, bei der *Pilz GmbH* angefangen zu haben, und jetzt das. In Sannis leuchtenden Augen gehen Grün und Blau eine feine Verbindung ein.

«Ich meine natürlich die Welt der Pilze», sagt sie.

«Ah. O. k.», sage ich.

«Wir haben alles in der eigenen Hand. Wir haben die besten Pilze, die besten Sammler, die größte Kompetenz und gute Kontakte. Und wir werden eine Unternehmensleitung haben, die sehr an der Entwicklung der Firma interessiert ist.»

«Ja?», sage ich.

Sie steht auf. Mein Blick bleibt auf ihren löchrigen Jeans haften, die Löcher geben den Blick auf ihre nackten Oberschenkel frei. Sanni steht gegen die Spüle gelehnt. Sie trägt keinen BH, in der Sonne erlaubt auch das rote Shirt gewisse Einblicke.

«Warum nur Japan? Und warum nur dieser eine Kunde? Warum nicht ganz Asien? Warum nicht Mitteleuropa? Warum nicht London, New York?»

Ich möchte etwas sagen, aber Sanni hebt die Hand.

«Es liegt nicht an dir, Jaakko. Wir sind alle verantwortlich. Auch ich war nicht richtig wach. Ich habe den Wald vor lauter

Bäumen nicht gesehen. Versteh mich nicht falsch, ich liebe den Wald. Ich liebe seine Pilze. Ja, darum geht es, die Pilze sollen etwas bedeuten.»

Sanni fasziniert mich. Ich mag alles, was sie sagt, es ist inspirierend, abenteuerlich. Allerdings fällt es mir schwer, an New York zu denken. Ich weiß nicht mal, ob ich Tervasaari noch mal wiedersehen werde. Ich weiß nicht, wie viel Zeit bleibt, aber in jedem Fall werde ich in der verbleibenden alle Hände voll zu tun haben. Ich habe einen Mord aufzuklären, ich habe eine Firma zu retten. Ich brauche Sanni. Sanni, meine Spionin. Ich versinke in Gedanken, zähle die Fransen des fröhlich gelben Flickenteppichs. Die Sonne auf diesem Teppich sieht aus wie ein Eigelb.

«Jaakko?»

Ich hebe den Blick.

«Bin ich zu weit gegangen? Mit meinen Ideen?»

«Nein, es geht nicht um ...»

«Ist es wegen Taina? Hast du Zweifel wegen ihr?»

Sannis Augen sehen plötzlich grüner aus als zuvor. Ihre Haltung. Wie sie da steht – wachsam, ernst, ehrlich. Verlässlich. Auch ich bin ihr gegenüber ehrlich gewesen, abgesehen von meinem bevorstehenden Tod habe ich wenig verschwiegen.

«Ja. Ich glaube, ja», sage ich.

«Du glaubst?»

«Ich bin nicht ganz sicher.»

«Wer sollte es wissen, wenn nicht du?»

«Ich bin dabei, alles zu klären.»

Sanni mustert mich skeptisch. Bob Marley singt

Don't worry about a thing.
'Cause every little thing gonna be alright.
Singin' don't worry about a thing,
'Cause every little thing gonna be alright.

«Was klärst du?»

Ich schiebe meine Kaffeetasse einige Zentimeter nach rechts, einige Zentimeter nach links. «Du hast recht», sage ich. «Sowohl mit deinen Ideen als auch in Bezug auf Taina. Ich denke, dass wir beide, Taina und ich, die Dinge im Moment aus verschiedenen Blickwinkeln betrachten.»

«Wie verschieden?»

«Nun ja. Hundert Prozent. Hundertprozentig unterschiedlich.»

«Und was bedeutet das? Ich meine, für dich? Wie steht Taina eigentlich zu dir?»

«Ich würde sagen, dass sie seit einiger Zeit überhaupt keine Position hat. Wenn es um mich geht. Ja, das kommt der Wahrheit recht nah. Sie sieht mich nicht.»

Sanni schweigt. Ihre nächsten Worte scheint sie mit Bedacht zu sprechen.

«Vermutlich sieht sie in die falsche Richtung.»

11

Ich verzichte auf Blicke in den Rückspiegel, lasse meinen linken Arm aus dem Fenster heraushängen. Eine Kindheitserinnerung zuckt auf. Auch als Kind habe ich einen Arm wie einen Flügel heraushängen lassen und den Fahrtwind gespürt, so wie jetzt. Der Morgen ist warm, ich halte das Lenkrad mit meiner rechten Hand, lasse mich in die Kurven treiben.

Ich lebe.

Es lohnt sich zu sterben, man beginnt, die besondere Schönheit von Sommervormittagen zu schätzen.

Alles glitzert, alles leuchtet. Auf dem dunkelblauen Meer treiben weiße Boote. Unter der Himmelsglocke liegen saftig grün die Wiesen. Meinen heraushängenden Arm deuten viele als Gruß, und viele erwidern den Gruß sogar freundlich. Wir alle teilen denselben Morgen. Dasselbe Leben.

Ich werfe einer Dame eine Kusshand zu, sie zuckt zusammen und fährt vor Schreck fast in ein Reihenhaus in der Mannerheimstraße.

Die Sonne ist so warm, mein Arm ein Flügel im Wind, ich fühle mich wie ... da ist Petri. Petris Transporter. Er überquert die Kreuzung, fährt weiter Richtung Innenstadt. War er schon in der Firma? Es ist nicht mal acht. Petri sieht nicht nach links und nicht nach rechts, er bemerkt mich nicht. Zumindest ist das mein Eindruck. Ich biege nach links ab, werfe einen Blick in den Rückspiegel. Petri ist verschwunden.

Mein Arm ist kein Flügel mehr. Ich halte konzentriert das Lenkrad umschlossen, mit beiden Händen.

Ich stehe im Halbdunkel, in der Stille. Ich vermute, dass ich der Erste bin, aber dann höre ich ein Rauschen. Die Maschine zum Trocknen der Pilze läuft bereits. Ich durchschreite die Halle, spähe durch die geöffnete Tür, sehe zwei Füße auf einem Stuhl liegen. Dann sehe ich den ganzen Mann. Olli trinkt seinen Morgenkaffee und verspeist ein langes, klebriges Puddingteilchen.

«Du bist früh dran», sagt er.

Wären da nicht der Zuckerteig und die Himbeermarmelade in seinen Mundwinkeln, könnte er tatsächlich als *George-Clooney-Lookalike* durchgehen, mit den braunen Augen, dem kantigen Kinn, den ergrauten Schläfen. Man sieht ihm an, dass er Marmelade mag, nicht nur Himbeere. Und trotzdem ist er nicht so dick wie ich. Ich weiß gar nicht, warum mich mein eigener Rettungsring um die Taille inzwischen so ungemein stört. Vermutlich wäre die Antwort eine unbequeme. «Die Maschinen laufen», sage ich.

«Ja, ich weiß», sagt Olli schmatzend.

«Ja. Es ist nicht zu überhören. Ich frage mich allerdings, warum die Maschinen laufen. Wir haben keine Pilze. Wir warten auf den Regen, der hoffentlich am Wochenende kommt. Nach dem Regen kommen die Pilze. So ist der Gang der Dinge. Das sehe ich doch richtig, oder?»

«Ja.»

Ich schweige. Olli wischt sich mit einem Taschentuch die Mundwinkel ab. Er schluckt einen Teil seines Plunderteilchens hinunter.

«Ich teste was», sagt er. «Eine neue Technik. Damit können wir die Pilze schneller trocknen. Ich weiß noch nicht, ob es klappt, aber mal sehen.»

«Eine neue Technik?», frage ich. Ich bin mehr als erstaunt.

«Ja. Du sagtest doch, dass wir die Produktion verdoppeln wollen. Das bedeutet natürlich, dass auch die Menge der zu trocknenden Pilze ansteigen wird. Deshalb.» Er zögert, verunsichert, sucht in meinen Augen nach Bestätigung.

«Olli. Das ist großartig», sage ich. «Wunderbar.»

Ich sehe Erleichterung in seinen Augen. «Ich dachte schon, na ja, du hast mich so komisch angesehen.»

Ich gehe einige Schritte, vom Schatten in die Sonne, der Raum führt auf die Terrasse hinaus. Ich spüre die Sonne. Olli mag in mancherlei Hinsicht anstrengend sein, aber er überrascht mich auch zum wiederholten Male positiv. Ich möchte, dass er das weiß.

«Entschuldige, ich bin im Moment ein wenig angespannt. Ich freue mich sehr, dass du Initiative ergriffen hast. Genau das brauchen wir im Moment. Bist du den ganzen Morgen hier allein gewesen?»

Olli runzelt die Stirn, als müsse er erst mal nachdenken. «Klar», sagt er dann. «Deshalb bin ich ja so früh gekommen, weil ich Ruhe haben wollte.»

Ich nicke, mache einen Schritt auf ihn zu. «Kannst du dich an unser Gespräch erinnern? Was ich über Taina gesagt habe? Und du von deinen Erfahrungen erzählt hast. Mit Frauen im Allgemeinen, wenn ich dich richtig verstanden habe.»

Das Himbeerpuddingteilchen liegt in Ollis Hand wie ein Gegenstand, den er gerade gefunden hat und mir zeigen möchte. Er hat zwischenzeitlich vergessen, davon abzubeißen.

«Ja, natürlich erinnere ich mich», sagt er. «Ich habe sogar ein wenig über die Sache nachgedacht.»

«Wirklich?»

Er nickt.

«Ja. Im Feuer sollte man nicht verweilen.»

«Aha. Ja. Erstaunlich, dass du das sagst.» Ich hebe meinen Blick und suche die Sonne, die grellweiß im Himmel hängt. «Ich habe dir ja über meine Frau berichtet. Jetzt ist die Situation ein wenig anders. Ich glaube, ich habe mich verliebt.»

«In deine Frau?», fragt Olli, sichtlich irritiert.

«Nein. Nicht in meine Frau.»

Olli nickt. Er will gar nicht mehr damit aufhören, vermutlich um mir zu signalisieren, dass er es begriffen hat.

«Aha», sagt er. «Ja. Natürlich. Ein neuer Darm, wenn der alte ist lahm. Also, wie die Metzger so schön sagen.»

Ich starre ihn an. Ja, Olli liebt Metaphern, vor allem solche, die keiner außer ihm nachvollziehen kann.

«Meine Frau ist nicht lahm, sie erfreut sich guter Gesundheit», sage ich.

«Natürlich», sagt Olli hastig.

«Olli, hast du Erfahrungen mit außerehelichen Bindungen?»

«Hast du also eine andere?»

Die Frage bringt mich aus dem Konzept. Ich denke kurz darüber nach, obwohl die Antwort auf der Hand liegt. «Nein», sage ich.

«Okay. Also, ich verstehe nicht ganz.»

«Ich habe keine andere. Ich spreche hypothetisch. Ich bin vielleicht verknallt, aber da ist nichts weiter.»

«Aha. In diesem Fall ...»

Olli betrachtet das Gebäck in seiner Hand. Beißt ab. Schenkt sich Kaffee nach. Trinkt einen großen Schluck. Ich warte darauf, dass er endlich fortfährt, aber es kommt nichts. Er bemerkt meinen Blick.

«Was?», fragt er.

«Du sagtest: In diesem Fall. Ich warte darauf, dass du den Satz vollendest.»

«Ach so. Ja, genau. Sich verknallen, verlieben. Das ist schön und gut. Aber ich würde nicht so viel darauf geben.»

«Was? Warum nicht?»

Er stellt seine Tasse ab. Sie ist merkwürdig gemustert, rosa und braun.

«Wenn ich einkaufen gehe, verliebe ich mich. Wenn ich Auto fahre, verliebe ich mich. Wenn ich fernsehe, verliebe ich mich. Wenn ich auf den Markt gehe, verliebe ich mich. Ich verliebe mich tausendmal am Tag. Und am Abend erinnere ich mich an keine einzige.»

«Menschen sind verschieden», sage ich.

«Mag sein. Aber ich denke, dass es hier vor allem um eines geht. Du versuchst, dich darüber hinwegzutrösten, dass ein anderer deine Frau nagelt.»

«Ich denke an die Sache nicht so gern in diesen Begrifflichkeiten.»

«Ist doch egal, wie du es nennst. Nageln, knattern, ficken.»

«Ja, schon gut», unterbreche ich Olli.

Ich trete auf die Terrasse hinaus, die Sonne brennt auf

meiner Haut. Ich erinnere mich an etwas, etwas Wichtiges, eine Frage, die ich stellen möchte, aber ich komme nicht dazu, sie auszusprechen. Plötzlich steht Suvi in der Tür. Suvi ist in der Tat großgewachsen. Ihre Sonnenbrille, die sie in die Stirn geschoben hat, berührt fast den Türrahmen, obwohl sie sogar ein wenig nach vorn gebeugt steht. In der rechten Hand hält sie einen Stapel Unterlagen, den sie mir anreicht. Sie neigt den Kopf, streckt mir abrupt den Arm entgegen, gleitet zur Seite weg. Wenn Suvi Unterlagen übergibt, ähnelt das fast einer Art Performance.

«Hast du Zeit, dir das mal anzusehen? Am besten sofort.»

Wir gehen in mein Büro. Ich bitte Suvi, Platz zu nehmen, schließe die Tür. Erstaunlich, dass die Belegschaft heute so früh antritt. Suvi setzt sich, hebt das linke Bein über das rechte. Ihr langer Unterschenkel glänzt in der Sonne. In der Mitte ist ein blauer Fleck, blau und lila an den fransigen Rändern, fast schwarz im Zentrum.

Ihre braunen Haare hat sie zum Zopf gebunden. Aus ihren blauen Augen sieht sie mich ernst und wachsam an. Sie trägt ein blaugrünes Sommerkleid und weiße Sandalen. Zum ersten Mal erscheint sie mir ebenso jung, wie sie ist, siebenundzwanzig. Vom Preis-Leistungs-Verhältnis ist sie unser bester Fang. Mit ihrem Einfallsreichtum, ihrer Geradlinigkeit und Genauigkeit spart sie uns in jeder Saison sicher eine Summe ein, die ihrem Jahresgehalt entspricht. Sie hätte eine Lohnerhöhung wirklich verdient. Und noch etwas geht mir durch den Kopf: Wenn das, was ich über ihre Vergangenheit weiß, stimmt, dann könnte sie unter den gegebenen Umständen noch etwas anderes geben als ihre Zuverlässigkeit. Sie verfügt, in ihren jungen Jahren, über eine Lebenserfahrung, die andere auch im hohen Alter, weder lebend noch sterbend, je erreichen. Leben, sterben, ich denke an beides immer häufiger im selben Atemzug. Es gehört zusammen, es fühlt sich ganz natürlich an.

Suvi holt mich zurück in die Gegenwart. Sie unternimmt einen weiteren Versuch, mir die Papiere zu übergeben. Ich hebe abwehrend die Hand. Sie lässt die Unterlagen in ihren Schoß sinken, wartet.

«Einen Moment», sage ich. «Bevor wir das vertiefen. Ich möchte mit dir über eine Sache sprechen, wenn es dir recht ist.»

Suvi schweigt.

«Okay. Sag mir bitte, falls dir das zu weit geht. Es ist gewissermaßen persönlich. Du kannst mich jederzeit unterbrechen.»

«Wird es die lange oder die kurze Version?»

Sie verändert ihre Sitzposition, legt das rechte Bein über das linke. Am Unterschenkel sehe ich den blauen Fleck.

«Entschuldige», sage ich. «Also, wie gesagt, unterbrich mich bitte jederzeit, wenn ...»

«Geht es um meine Vergangenheit?», fragt sie. «Die holt mich immer ein, früher oder später.»

«Möchtest du darüber reden?» Ich merke selbst, wie unnatürlich und idiotisch das klingt.

«Nein», sagt sie. «Aber ich kann, wenn du willst.»

Suvi legt die Unterlagen zwischen ihren Oberschenkeln und der Stuhllehne ab, sie verschränkt die Arme vor der Brust.

«Esa war ein talentierter Rallye-Fahrer. In seiner Jugend

gehörte er zu den besten in Finnland. Er war fröhlich und liebenswert. Wir kamen zusammen, als ich fünfzehn war und Esa sechzehn. Wir sind jeden Abend die Waldwege entlanggerast. Das war für mich natürlich was Besonderes, ich hatte ja nicht mal einen Führerschein. Esa fuhr zunehmend auch Rallyes. Und ich hätte wohl damals schon erkennen müssen, dass er eine Liebe hatte, die viel größer war als ich und sogar größer als der Rennsport: das Bier. Alkohol und Rennsport passen nicht gut zusammen. Am Anfang hat keiner was gemerkt. Esa fuhr immer verkatert, manchmal hielt er an unbeobachteten Stellen kurz an, um sich zu übergeben. Dann trat er das Gaspedal wieder bis zum Anschlag durch. Jeden Abend trank er sich ins Delirium. Er liebte Bier. Ein Kasten am Tag war gar nichts, das reichte gerade mal für den Durst. Ich wurde schwanger. Manchmal amüsierten wir uns darüber, dass unsere Bäuche so gleichmäßig wuchsen. Natürlich fand ich es nicht wirklich lustig. Esa raste durch die Wälder, wir bekamen unser erstes Kind. Esa ließ sich vor Freude derart volllaufen, dass er zum ersten Mal gegen einen Baum fuhr. Wir heirateten, als Esa mal für drei Tage nüchtern war. Esa raste weiter, von Rallye zu Rallye. Sein Kopf wurde immer runder, seinen Overall konnte ich nach den Rennen kaum noch öffnen. Esa musste die Hände immer fest gegen seine Hüften pressen, dann gelang es mir, den Reißverschluss zu öffnen. Dann begann er, auch während der Rennen zu trinken. Sein Navigator und Beifahrer war ein medikamentenabhängiger Freak, der nicht geeignet war, Esa einzubremsen. Frag mich nicht, wie es möglich war, dass die beiden Rennen gewannen. Bier und Psychopharmaka, das sei das Frühstück der wahren Meister, haben sie gescherzt. Ich wurde ein zweites Mal schwanger. Die beiden hatten im Rennwagen irgendwie einen 10-Liter-Kanister für Esa installiert, mit Kühlung. Sie waren in Südfrankreich, eine Rallye im Gebirge. Für seinen Navigator hatte Esa auch eine Vorrichtung eingebaut, eine Art Pillenauswerfer. Sie zeigten mir sogar stolz Skizzen von ihren Gerätschaften. Während eines Rennens konnte Esa durchaus seine zehn Liter abpumpen. Er musste dann allerdings aus dem Auto gehoben und ins Hotel getragen werden. Sein Gesicht war geschwollen und rot wie ein Stoppschild. Ich weiß nicht, wie er überhaupt noch etwas sehen konnte, aus diesen verquollenen Augen. Er qualifizierte sich für die Europameisterschaft. Ein Triumph würde ihm einen Megavertrag verschaffen und eine Startberechtigung für die wichtigsten Rennen weltweit. Wir hätten ein Haus kaufen können, ein Zuhause für unsere Familie. Das letzte Rennen.

Esa und sein Navigator gingen auf Nummer sicher. Sie verdoppelten ihren Vorrat an Bier und Tabletten. Vier Etappen lang ging alles gut, sie lagen in Führung. Dann kam der Hochmut. Sie beschlossen zu tauschen. Esa fraß Tabletten, sein Navigator trank Bier. Auf der sechsten Etappe verließen sie die Kräfte. Sie blieben mitten in der Pampa einfach stehen. Esa schnarchte wie ein Walross, sein Navigator saß apathisch daneben, in nassen Hosen. Sie wurden abgeschleppt und aus der Wertung genommen. Es gab keinen Vertrag. Esa wurde nach Hause geschickt. Es war vorbei mit dem Rallyefahren. Esa versuchte dies und das, bekam schließlich einen Job als Autolackierer. Da wird ziemlich viel Lösungsmittel verwendet. Er hatte früher nie geschnüffelt, aber inzwischen war er kurzsichtig und natürlich besoffen, er hing mit seiner Nase immer direkt an den Autos dran. Eines Tages fiel er einfach um. Und starb. Die Leute behaupteten, er habe geschnüffelt, aber so war es nicht. Er hat einfach nichts mehr mitbekommen. Er ist einfach gestorben.»

Die Geschichte ist zu Ende. Das ist mir klar. Aber irgendetwas fehlt. Ich weiß nicht, was. Ich würde gerne Mitleid oder Interesse heucheln, aber es geht nicht. Mir ist übel. Der Brechreiz kommt in Wellen. Das Flackern am Rand meines Sichtfelds hat nachgelassen, stattdessen wird mir von Zeit zu Zeit schwarz vor Augen. Kurze Sendepause. Dann geht es wieder, die Farben plätschern leise vor sich hin, glitzernd, dann grell. Mein Magen krampft sich zusammen. Ich sacke plötzlich nach vorn, schlage mit der Stirn gegen die Tischkante. Mein Herz setzt für einen Moment aus. Dann schlägt es plötzlich umso schneller. Ich setze mich mühsam auf, lehne mich zurück, atme durch. Suvi sitzt mir noch immer gegenüber.

«Kein Grund zur Besorgnis», sage ich. «Das hat nichts mit dir zu tun. Und auch nichts mit dem, was du erzählt hast.»

«Bist du krank?», fragt sie.

«Nein», entgegne ich. Ich fühle mich tatsächlich in diesem Moment ganz gesund. Ich bin ja auch nicht wirklich krank, ich sterbe nur.

«Warte, lass mich kurz einen Blick auf diese Unterlagen werfen», murmele ich.

Quittungen, Rechnungen, Bestellungen. Ich blättere sie hastig durch, kritzele unter einige meine Signatur. Dann halte ich inne. Eine Buchung, ohne Stornierungsoption. Im Voraus bezahlt. Sechs Zimmer im feinen Hotel *Seurahuone*. Ich suche nach den Daten. Frage zur Sicherheit noch mal Suvi, ob ich richtig sehe und welcher Tag heute ist.

«Donnerstag», sagt sie.

«Danke dir.»

Aus den Unterlagen ist nicht zu ersehen, wer die Buchung in Auftrag gegeben hat. Die Kontaktdaten sind die der Firma, inklusive meiner Handynummer. Das ist nicht das Einzige, was mich stutzig macht. Vor allem irritiert mich, dass die Buchung für dieses Wochenende gilt. Ab morgen, Freitag. Ich habe keine Ahnung, wer morgen auf unsere Kosten in Hamina im Hotel *Seurahuone* übernachten will. Ich reiche Suvi den Zettel.

«Hast du diese Reservierung gemacht?»

Suvi schüttelt den Kopf.

«Ich habe das auch erst heute Morgen gesehen.»

«Woher kommt die?»

«Vom Hotel.»

«Nein, ich meine, wie ist das auf deinem Schreibtisch gelandet?»

«Sie ist eben gar nicht auf meinem Schreibtisch gelandet. Das wollte ich dir sagen. Ich fand es zufällig unter der alten Mailadresse, die wir gar nicht mehr nutzen. Irgendjemand hat diese uralte Adresse verwendet, um die Buchung zu tätigen. Willst du, dass ich herausfinde …»

Ich hebe die Hand, blättere auf die zweite Seite. Noch mehr Merkwürdigkeiten. Die Buchung gilt nicht nur für die Zimmer, auch im Restaurant wurde ein Tisch reserviert. Acht Personen, zum Dinner, Samstagabend. Und Sonntagabend. Langsam beginne ich zu begreifen. Ich spüre Enttäuschung und Angst und dann blanken Hass.

«Nein, lass nur. Vergiss die Sache, ich kümmere mich darum.»

Ich gehe den Rest der Unterlagen durch, alles Routine. Dann gebe ich Suvi den Stapel zurück und bedanke mich bei ihr. Sie steht auf. Sie ist eine ernsthafte junge Frau, kein Wunder. Die Geschichte, die sie mir erzählt hat, handelt vom Tod. Und vom Überleben. Ich verstehe sie heute so viel besser, als ich es noch vor einer Woche getan hätte. Ich würde sogar behaupten, dass ich in gewisser Weise nachempfinden kann, was Suvi durchgemacht hat.

«Suvi», sage ich, als sie schon an der Tür ist.

«Ja?», fragt sie und dreht sich um.

«Das, was du mir erzählt hast ...»

«War die Kurzfassung», sagt sie.

«Das meine ich nicht. Ich möchte dir für dein Vertrauen danken. Und in diesem Zusammenhang: Bitte sprich mit niemandem über diese Hotelbuchung.»

Suvi betrachtet mich offen und ruhig.

«Du bist der Einzige, der nicht gefragt hat, wie ich mich damals gefühlt habe oder wie ich mich heute fühle. Danke dafür. Und von einer Hotelreservierung weiß ich nichts.»

Das Hotel ist kürzlich renoviert worden. Man könnte sagen, dass die Renovierung keine Sekunde zu früh kam. Das Gebäude stammt aus dem späten 19. Jahrhundert, ein graues Haus aus Stein mit stattlichen, breiten Treppen. Die Rezeption ist im ersten Stock, gleich neben dem Restaurant. Das Sonnenlicht flutet durch hohe Fenster, es herrscht gediegene Stille, meine Schritte hallen wider, ich könnte ebenso gut in einer Kirche sein.

Während ich über die Treppe laufe, geht mir die Puste aus. Am Morgen habe ich mich noch fit gefühlt wie ein junges

Fohlen. Na ja, zumindest wie ein passabler Arbeitsgaul. Ich hoffe, dass das Tief vorübergehen wird.

Die Rezeption ist nicht besetzt. Die Frühstückszeit ist schon vorbei, der Speisesaal leer und bereits für den Mittag eingedeckt. Ich suche nach einer Klingel oder nach irgendetwas anderem, womit ich auf mich aufmerksam machen könnte. Da ist nichts. Ich fasse mir ein Herz und sage laut und deutlich: «Hallo.» Hinter der Empfangstheke hüpft plötzlich wie ein Springteufel ein Mann in die Höhe. Sein schmales Gesicht ist rot angelaufen, er wirkt ein wenig gestresst.

«Hallo. Ja. Entschuldigung, der Drucker. Macht Probleme. Guten Tag, wie kann ich Ihnen helfen?»

Ich falte den Wisch mit der Buchung auseinander und lege das Papier auf die Theke. Er nimmt beide Blätter, betrachtet in Ruhe zunächst das erste, dann das zweite. Er stapelt sie sorgsam übereinander, schiebt sie mir entgegen.

Er ist etwa in meinem Alter, ähnlich groß wie ich. Seine Stirn liegt in tiefen Falten, seine Augen sind grau. Sein rosafarbenes Hemd ist bis zum Hals zugeknöpft, es sitzt so eng, dass es nur eine Frage der Zeit zu sein scheint, bis es reißt. Mir schießt die Frage durch den Kopf, was als Erstes reißen wird – der Mann oder das Hemd. An seiner Brust hängt ein Namensschild. Die Nadel, die das Schild fixiert, scheint in der Haut des Mannes zu stecken. Ilari sieht irgendwie angestrengt aus, fast als hätte er geweint.

«Die Reservierung ist in Ordnung», sagt er.

«Daran zweifle ich nicht», sage ich.

Der Drucker surrt, quietscht und klappert. Ilaris Blick wandert zu Boden, er stößt ein unterdrücktes Fluchen aus. Ich höre, wie das Gerät Papier ausspuckt.

«Es hört nicht auf. Es hört einfach nicht auf.»

«So sind sie, diese Drucker», sage ich. «Das ist gewissermaßen ihr Naturell. Die drucken immer, wenn man es gerade gar nicht brauchen kann. Und wenn man sie braucht, streiken sie. Dann sind die Patronen leer, oder die Papierzufuhr ist defekt, oder die Maschine erkennt den Computer nicht oder umgekehrt. Wahrscheinlich wurde das digitale Zeitalter mit seinen virtuellen Inhalten genau deshalb erfunden. Weil die verdammten Drucker uns in den Wahnsinn treiben. Nichts gegen Papier, Papier ist nicht das Problem. Das Problem sind die schwarzen Buchstaben, die irgendwie auf das Papier draufmüssen. Ich vermute, nein, ich bin mir sicher, dass die Hersteller von Druckern und die Hersteller von Antidepressiva unter einer Decke stecken. Das ist ein Komplott.»

«Den ganzen Morgen ...», sagt Ilari, fast mit Tränen in den Augen. «Es will einfach nicht ...»

«Wie gesagt, ich kenne das.» Ich suche seine Blick. Ich glaube, ich habe ihn überzeugt, ich habe einen neuen Freund gefunden.

«Zurück zu meinem Anliegen, ich würde gerne kurz etwas nachprüfen, wegen dieser Reservierung hier.»

«Ja, sicher, das lässt sich machen», sagt Ilari.

«Es ist nämlich so. Die Buchung lief über unsere Firma, aber es ist nicht zu ersehen, wer genau sie getätigt hat. Und vor allem sehe ich auch nicht, wer übernachten wird.»

«Also, die Reservierung wurde hier vor Ort gemacht, ich erinnere mich daran.»

«Aha. Sehen Sie, ich bin Geschäftsführer dieses Unternehmens.» Ich öffne mein Portemonnaie, fische eine meiner Visitenkarten heraus und schiebe sie zu Ilari hinüber. «Ich muss diese Reservierung noch abzeichnen.»

Ilaris Finger gleiten über die Tastatur des Computers. Seine Augen sind tatsächlich feucht. Der Drucker wirft immer noch Papiere aus, aber Ilari scheint es kaum noch wahrzunehmen. Er hat jetzt einen Verbündeten.

«Hier habe ich die Namen der anreisenden Herren», sagt er.

Ich beuge mich vor, sehe flimmernde weiße Buchstaben auf blauem Grund.

NORIYUKI KAKUTAMA, MR.
KUSUO YUHARA, MR.
DAISUKE OKIMASA, MR.
MORIAKI TAKETOMO, MR.
SHIGEYUKI TSUKEHARA, MR.
AKIHIRO HASHIMOTO, MR.

Nur einer dieser Namen ist mir unbekannt, der vorletzte. Alle anderen kenne ich.

«Verstehe. Diese Herren sind also für zwei Nächte eingebucht?»

«Für vier», sagt Ilari.

Anreise Freitag, Abreise Dienstag.

«Warum sind in der Reservierung nur zwei Nächte aufgeführt?»

«Das ist die erste Reservierung. Es wurde noch eine zweite gemacht. Also, die erste wurde sozusagen erweitert.»

«Aha. Ebenfalls hier vor Ort?»

Ilari nickt.

«Auch daran kann ich mich erinnern. Sehr gut sogar. Die Dame war guter Laune, sie war über irgendetwas sichtlich erfreut. Sie hatte ein schönes, ein sehr schönes Lächeln.»

Auch Ilari lächelt jetzt. Ilari mit den traurigen Augen. Irgendwie wirkt er auf mich nicht ganz stabil, nicht ganz gesund.

«Ich möchte Ihnen eine etwas ungewöhnliche Frage stellen. Inoffiziell, *of the record* gewissermaßen. Ich mache das nur, weil wir uns so gut verstehen.»

Ich entnehme meinem Portemonnaie ein Foto, zeige es Ilari.

«Ist das die Dame, die die Reservierung getätigt hat?»

Ilari lächelt. An seiner Wange rollt träge eine Träne hinab. Er nickt.

«Sie sagte etwas Merkwürdiges. Dass sie zum Abendessen ins Restaurant selbst gepflückte Pilze mitbringen wolle.»

12

Der Marktplatz ist wenig belebt, der Morgentrubel ist vorbei, und der Abendverkauf hat noch nicht begonnen. Die Sonne scheint stur und beharrlich, weiß und groß. Ich spüre ein Brennen auf der Haut. Das Thermometer an der schattigen Wand eines Supermarkts zeigt knapp dreißig Grad an.

Ich sitze bequem an einem Tisch des Marktplatzcafés. Einige Meter entfernt unterhalten sich zwei Rentner im unverkennbaren Haminaer Dialekt. Sie tragen lustige Schirmmützen, einer eine rote des Lebensmittelherstellers *Pirkka*, der andere eine blaue von der Firma *Evinrude*. Ich glaube, die machen Außenbordmotoren für Schiffe.

Mie, sie hää, myö, työ, hyö. icchh, dooo, eeer, siiee, esss ... icchh geehhee niirgenddwohinnn ... und so weiter.

Ich habe peinlich vermieden, mir diesen schrecklichen Dialekt anzueignen. Er fühlt sich pelzig an im Mund. Langsam und schwierig. Das wirft Fragen auf: Sollte ein Dialekt die Kommunikation nicht erleichtern? Ich weiß nicht, warum ich darüber nachdenke. Vielleicht weil jeder andere Gedanke geeignet wäre, mich zu beunruhigen.

Der Kaffee schmeckt irgendwie merkwürdig. Wie heißer Saft, den man in der Sauna trinkt. Auf dem Krapfen schimmert der Zucker, das klebrige Gebäck sieht aus, als würde es schwitzen.

Ich werde ermordet. Morgen kommen die Japaner. Taina

hat Zimmer reserviert. Sie hat sie höchstwahrscheinlich eingeladen. Sie wird ihre Gäste mit Sicherheit bewirten. Ich bin überrascht, verwirrt, verletzt, im Nerv getroffen.

Ich wurde übergangen, einfach so. Links liegen gelassen.

Ich kann damit leben, dass jemand mein Essen vergiftet, dass jemand mir mit einem Samuraischwert nach dem Leben trachtet oder dass jemand, wie Olli sagen würde, meine Gattin nagelt. Aber das hier, diese Demütigung, wiegt schwerer. Das ist persönlich. Ich bin eitel, das ist offensichtlich. Meine Reaktion ist lächerlich, genauso lächerlich wie meine Neigung, den Bauch einzuziehen, wenn schöne Frauen in der Nähe sind. Ein sterbender Mann sollte andere Sorgen haben. Immerhin werden meine Eitelkeit und mein Stolz mit mir sterben. Bis dahin darf ich sie genießen. Bis zum letzten Augenblick.

Ich konzentriere mich darauf, meine Gedanken zu öffnen. Perspektivisch denken, das ist wichtig. Für den Besuch der Japaner muss es einen Grund geben. Eigentlich kommen sie wegen der Pilze. Aber da muss noch was anderes sein. Etwas, das ich noch nicht erkennen kann.

Ich habe eine Ahnung. Vielleicht geht es um mich, darum, dass ich nicht gut genug bin, nicht mutig, nicht modern, nicht auf der Höhe der Zeit. Das wurde mir zuletzt ständig vorgehalten, direkt oder durch die Blume. Ich verstehe nur das Timing nicht. Warum kommen die Japaner ausgerechnet jetzt? Dann macht es klick.

Ich lebe.

Aber wenn es nach anderen geht, sollte ich tot sein.

Das lässt alles in neuem Licht erscheinen. Wäre ich vergangene Woche gestorben, wäre Taina Alleinerbin. Firmenchefin. Ein guter Zeitpunkt für das Treffen mit den Japanern. Taina handelt neue Verträge aus. Aber da ist trotzdem noch mehr. Die Japaner kommen nicht nur wegen neuer Verträge aus Tokio nach Hamina. Sie erwarten, etwas wirklich Neues zu sehen.

Ich gehe im Geiste noch mal die Gespräche der vergangenen Tage durch. Was haben die Leute gesagt, was waren die Pläne? Was könnte dieses Neue sein, das die Japaner so interessiert? Ich verstehe es nicht. Es kann wohl kaum um Raimos Verpackungsmaterialien gehen oder um Petris Kleintransporter.

Eine Unternehmergattin mit Liebhaber?
20 000 biologisch abbaubare Schächtelchen?
Ein Transporter mit Stereo und Bluetooth?
Nein.
Nein.
Nein.

Das ist nichts, was Noriyuki Kakutama oder Kuso Yuhara oder einen der anderen veranlassen könnte, nach Finnland zu reisen. Das ist nichts, was sie ansehen, anhören, erleben oder ...

Genießen, verkosten ...?

Ich betrachte meinen Krapfen. Wir in Hamina nennen diese Krapfen Schweinchen, weil sie kleine Beinchen haben und eine Form, die an Schweinchen erinnert. Mein Krapfen scheint zu lächeln. Als hätte er mir gerade ein Geheimnis zugeflüstert. Ich lache, werfe Seitenblicke. Die Rentner starren mich an.

«Das Schweinchen hat Ahnung. Das Schweinchen weiß die Antwort», sage ich und lache den Rentnern zu.

Die Männer nicken zögerlich, aber nicht unfreundlich, und vertiefen sich wieder in ihr Gespräch. Einer hebt noch mal den Blick, vielleicht will er doch sichergehen, dass von mir keine Gefahr ausgeht. Ich beiße ein Stück von meinem Krapfen ab. Er ist warm und knusprig, frisch aus dem Ofen.

Dann sehe ich Raimo.

Es fällt mir schwer, Raimos Kleidungsstil zu begreifen. Ich meine nicht den Look, sondern die Tatsache, dass er den Hochsommer mit November verwechselt. Ein dicker Pullover, lange dunkle Hosen. Die Thermometer zeigen annähernd 40 Grad. Mein kurzärmliges Hemd klebt an meinem Rücken und an meiner Brust, auf Höhe der Brusttasche, in der sich die Reservierung des Hotels *Seurahuone* befindet. Raimo trägt über dem dicken Pullover sogar ein Jackett, in seinem Gesicht hängt unverkennbar der Schnauzbart. Er kommt mit langen, wuchtigen Schritten auf mich zu, er sieht aus wie ein Eishockeytrainer, der aus irgendeinem dringlichen Grund die Trainerbank verlässt und durch die Stadionkatakomben eilt. Vielleicht fehlen ihm hier auf dem offenen Markt die Türen, die er knallen möchte. Falls der Asphalt auf dem Marktplatz eine Stimme hätte, würde er unter Raimos Schritten laut aufstöhnen.

«Suvi hat mir erzählt, dass du in die Stadt gefahren bist», sagt er. «Irgendwie habe ich tatsächlich geahnt, dass du im Café sitzt und einen Krapfen verspeist. Darf ich mich setzen?»

Ich nicke. Der Metallhocker quietscht, als Raimo sich niederlässt. «Möchtest du was essen?», frage ich und deute mit dem Kinn auf den Tisch.

«Das Zeug ist aus Reitkalli.»

«Aha. Und was bedeutet das?»

«Ich kaufe nur aus Hamina.»

«Reitkalli ist höchstens drei Kilometer weg.»

«Acht Kilometer. Achteinhalb», sagt er.

«Es gehört aber inzwischen zu Hamina.»

«Ich habe die Zusammenlegung der Kommunen nie anerkannt.»

«Würde es dir helfen, wenn ich zur Theke gehe und etwas hole?»

Raimo denkt darüber nach, atmet tief ein und aus. Er möchte mir zu verstehen geben, dass er da wirklich eine große Ausnahme macht.

«Eine gelbe *Jaffa*-Limonade.»

Ich gehe zur Theke, hole die Limonade. Raimo trinkt gierig die Hälfte seines Getränks, bevor ich Gelegenheit habe, mich wieder hinzusetzen.

«Verdammt, ist das heiß», sagt er.

Ich betrachte sein Spätherbst-Outfit. Schweige. Ich habe nicht vor, ein Gespräch über Sommer- und Winterkleider zu führen. Wie ich Raimo kenne, würde daraus eine Diskussion erwachsen, die Raimo unbedingt gewinnen wollen würde. Ich muss Kräfte sparen. Ich darf nur die Schlachten schlagen, die wirklich wichtig sind.

«Ah, das tut gut», sagt Raimo. Er bläst seine Backen auf, rülpst. Sein Atem riecht nach faulen Apfelsinen. *Jaffa*-Limonade. Er wischt sich den Schweiß von der Stirn.

«Wir müssen reden», sagt er. «Ich wollte das eigentlich jetzt gleich machen, aber während ich im Auto saß, kam ein Anruf. Ich habe jetzt doch keine Zeit, und die Sache ist so, nun ja, komplex, dass wir ein bisschen Ruhe brauchen. Ich mache dir einen Vorschlag. Wir treffen uns heute Abend drüben auf der Insel Pitäjänsaari. Sagen wir um sieben. Saunameeting.»

«Saunameeting?»

«Der beste Ort, um wichtige Dinge zu besprechen.»

Ich möchte ihm sagen, dass ich das nicht durchstehe. Ich bin die ganze Zeit an der Schwelle zur Ohnmacht, und dann soll ich mit Raimo bei 90 Grad saunieren und mich möglicherweise noch mit Birkenruten auspeitschen lassen? Aber ich bin zu neugierig auf das, was er mir erzählen möchte.

«Um sieben?»

«Ja, wir haben unsere Ruhe. Hanna-Mari ist mit den Mädchen in Kotka.»

Raimo leert mit einem letzten großen Schluck seine Flasche. Ich frage mich, wie viel Flüssigkeitsbedarf ihm allein sein Herbstjackett einbringt. Vermutlich einen Eimer voll. Er steht auf. «Bis dann», sagt er.

Er läuft voller Energie zu seinem Wagen. Ich sehe, wie er ausparkt und wendet. Die älteren Herren, die neben uns saßen, sind verschwunden.

Ich gehe zu meinem Wagen, der vor dem Hotel *Seurahuone* steht. Vor dem Alko-Shop an der südöstlichen Ecke des Marktplatzes herrscht reger Betrieb. Im Sommer saufen die Finnen besonders gerne, an einem Tag im Juli verkauft der Laden mehr als im gesamten Januar.

Ich überquere die Zebrastreifen, vorbildlich zuerst nach rechts, dann nach links schauend. Mein Herz setzt aus, eine kalte Welle flutet meinen Körper. In einiger Entfernung läuft Juhana, und ich begreife sofort, dass er mir folgt.

Juhana ist nicht zu verwechseln, mit seiner unnatürlich blassen Haut. Seine schwarz schimmernden Haare betonen diese Blässe noch auf das unheimlichste. Er trägt weiße Tennisschuhe, schwarze Jeans und ein weißes T-Shirt. Er sieht aus wie ein Musiker aus den siebziger Jahren, aber ich nehme an, dass das auch schon alle Gemeinsamkeiten waren. Ich erinnere mich an das, was Sanni über ihren ehemaligen Lover gesagt hat. *Es war, als hätte der Baseballschläger ein paarmal zu oft seinen Kopf getroffen.*

Auch die Begegnung mit seinem schwertschwingenden Kompagnon habe ich keineswegs vergessen. Ich beschleunige meine Schritte, Richtung Rathaus. Juhana folgt mir beharrlich. Immerhin bewegt er sich mit einer gewissen Vorsicht, bleibt auf Abstand und strahlt keine unmittelbare Bedrohung aus. Er scheint auch kein Schwert dabei zu haben. Aber er folgt mir. Meine Gedanken rasen. Wie weit ist es bis zu meinem Wagen? Ich taste nach dem Zündschlüssel und frage mich, ob ich körperlich überhaupt in der Lage wäre zu rennen. Nein. Ich laufe bereits jetzt so schnell, wie es mir möglich ist.

Juhana kommt näher. Das ist keine Selbstverständlichkeit. Ich bin nicht der Einzige, der körperlich angeschlagen ist. Juhana humpelt, er zieht das rechte Bein nach. Ich versuche, schneller zu laufen, mein Hemd ist durchgeschwitzt. Ich atme in kurzen, hektischen Stößen, es ist so verdammt heiß. Ich sehe mich um.

Juhana ist inzwischen so nah, dass ich seinen Gesichtsausdruck erkennen kann. Er ist wütend, sehr wütend. Wie ein Bluthund. Ich biege nach rechts ab, da ist mein Wagen, ich fingere am Zündschlüssel herum, drücke den Knopf, die

Blinklichter flammen für einen Moment auf, die Tür ist geöffnet. Juhana kommt, sein weißes Gesicht schimmert rötlich. Die Hitze macht ihm ebenso zu schaffen wie mir.

Ich bin beim Auto, es steht vor der Terrasse des Hotelrestaurants mit dem merkwürdigen Namen *Kompass*. Auf der Terrasse sitzen Leute, sie trinken Bier, entspannt, einige unter Sonnenschirmen, einige in der prallen Sonne.

Der Sommer gehört ihnen. Sie sterben nicht. Ich steige in den Wagen. Als ich vor dem Lenkrad sitze, stelle ich fest, dass ich eingeparkt wurde. Juhana klopft gegen die Scheibe. Er beugt sich hinunter, sieht zu mir hinein. Ich komme hier nicht weg. Juhana ist so blass. Er wirkt unentschlossen, zögerlich. Ich sehe im Rückspiegel einen Subaru, den irgendein Idiot Millimeter von meiner Stoßstange entfernt platziert hat. Vor mir steht ein Kleinbus, ebenfalls Stoßstange an Stoßstange. Ich kann mich nicht entsinnen, in den vergangenen drei Jahren hier in Hamina jemals auf eine derart absurde Weise eingeparkt worden zu sein. Ich müsste einen halben Tag lang am Lenkrad drehen, um hier rauszukommen. Ich gebe auf. Schluss und aus. Ende. Ich starte den Wagen, aber nur, um die Fensterscheibe herunterzulassen. In Gedanken spreche ich ein leises Gebet.

Juhana folgt mit seinem Blick der Fensterscheibe, die sich nach unten bewegt. Für einige Sekunden betrachtet er den untersten Rand, den Schlitz, in dem die Scheibe verschwunden ist. Dann hebt er den Blick, leckt seine Lippen. Eines seiner blauen Augen, das linke, schielt, es zielt an mir vorbei zur Terrasse des Hotels.

«Ich suche Juhani», sagt er.

Seine Stimme ist dünn und leise. Ich weiß nicht, ob das ein

Anzeichen körperlicher Anstrengung oder innerlicher Erregung ist. Ich hoffe Ersteres.

«Nun, er ist nicht hier», entgegne ich. «Wie du siehst.»

Juhana inspiziert meinen Wagen. Er scheint es für denkbar zu halten, dass ich in meinem kleinen Skoda einen zu Gewaltausbrüchen neigenden Bodybuilder versteckt haben könnte. Er legt seine Hand auf den Fensterrahmen der Fahrertür. Alleine die Präsenz seiner Fingerspitzen im Innenraum des Wagens lässt mich frösteln.

«Er sagte, dass er mit dir reden möchte.»

«Mit mir? Warum das denn?»

«Es ging um etwas, das du bei unserer letzten Begegnung gesagt hast. Und um die Sache mit dem Schwert.»

«Aha. Und das ist alles?»

Juhana antwortet nicht. Er steht einfach nur da, gegen die Tür meines Wagens gelehnt. Seine Arme sind dünn und weiß und sehnig. Ich gehe in Gedanken noch mal alles durch, was ich gesagt habe. Passiert das alles wirklich nur, weil sich Juhani von mir beleidigt fühlte? Und das Schwert hat den letzten Impuls gegeben? Die Tatsache, dass ich das dämliche Schwert angefasst habe? Deshalb wollte mich Juhani mit ebendemselben Schwert in zwei Hälften zerteilen? Ich hoffe, dass Juhani nun zufrieden ist. Niemand wird sein Schwert je wieder anfassen. Es gehört ihm, für immer und ewig.

«Er ist mein bester Freund», sagt Juhana.

Ich schweige. Dann fällt mir etwas ein, das Asko auf dem Deck des Restaurantschiffs sagte.

«Asko hält es für möglich, dass Juhani einen Kurztrip nach St. Petersburg macht.»

«Asko?»

Juhana mustert mich mit seinen stahlblauen Augen. Er konzentriert sich darauf, mich exakt zu fixieren, dennoch gleitet das linke Augen zur Terrasse des Hotels ab.

«Ja. Euer Boss. Ich nehme zumindest an, dass er euer Boss ist. Er kam, um mit mir über Juhani zu reden.»

Juhana leckt wieder seine trockenen, rissigen Lippen.

«Asko kennt Juhani nicht so gut wie ich. Juhani hätte mir Bescheid gegeben, wenn er nach St. Petersburg gefahren wäre. Mir hat er gesagt, dass er dich aufsuchen möchte.»

Juhana nähert sich beängstigend zielsicher den drängenden Fragen.

«Ich bin, ehrlich gesagt, ziemlich in Eile», sage ich. «Wenn es für dich okay ist, würde ich ...»

«Warum bist du weggerannt, als du mich gesehen hast?»

Mir schießt der beunruhigende Gedanke durch den Kopf, dass Juhana möglicherweise gar nicht so dumm ist, wie er aussieht. Vielleicht mag er es, wenn man ihm schmeichelt.

«Du bist eine furchteinflößende Erscheinung», sage ich. Das ist die reine Wahrheit. «Also, du hast diese besondere Ausstrahlung.»

Juhana lässt sich das durch den Kopf gehen. Dann lächelt er, zum ersten Mal, seitdem ich seine Bekanntschaft gemacht habe. Sein Lächeln ist so schief wie sein Blick.

«Das solltest du dir gut merken», sagt er, sichtlich zufrieden.

Ich verzichte darauf, ihn zu fragen, was genau er mir damit sagen möchte. Ich nicke.

«Absolut», bestätige ich.

«Sollte ich herausfinden, dass du mir etwas verschweigst, werde ich ...»

«Das glaube ich dir», sage ich und presse den Knopf für den Fensterheber. Juhana zuckt zusammen und löst seine Hand von meinem Wagen.

«Du stehst unter Beobachtung», ruft er noch. «Denk daran.»

«Das tue ich.»

Er steht immer noch über das Fenster gebeugt. Die Scheibe ist geschlossen, ich atme durch. Ich starte den Wagen, beginne, am Lenkrad zu drehen. So könnte die Fahrschule in der Hölle aussehen. Ausparken unter den Augen eines rachedurstigen Bluthundes. Es gelingt mir, das Auto auf die Straße zu lenken. Juhana bewegt sich nicht, wenn ich nicht aufpasse, streife ich seine Zehen. Nein. Ich schlängele mich an ihm vorbei. Juhana steht mitten auf der Straße, ich sehe ihn durch den Rückspiegel, während ich beschleunige und links abbiege.

Es ist Mittagszeit, aber die Restaurants und Cafés liegen verwaist unter der Sonne. Die Menschen in Hamina essen zu Hause oder am Arbeitsplatz. Ein Mittag in Helsinki ist im Vergleich zum ruhigen Hamina wie ein entfesselter Karneval.

Ein Fahrradfahrer radelt geruhsam dahin, einige Autos fahren vorüber, ein Mann im Rollator überquert die Straße. In der nahegelegenen Pizzeria kann ich keinen einzigen Gast entdecken, am Eiswagen steht ebenfalls niemand. Die Eisverkäuferin sitzt auf einem Stuhl in der Sonne, sie hat die Augen geschlossen und wendet ihr Gesicht dem blauen Himmel zu. Die hoch aufragenden Ulmen im Stadtpark sehen aus wie übergroße Broccoli. Am Eiswagen hängt ein Schild mit Abbildungen und Preisen. Die Bilder sind verblasst, Banane könnte ebenso gut Vanille sein.

Ich erinnere mich an ein Lied. Es handelt von einer Frau, die an einem sonnigen Vormittag feststellt, dass sie niemals in einem Sportwagen mit wehenden Haaren durch Paris düsen wird. Ich denke, dass ich nachvollziehen kann, wie diese Frau sich fühlt. Ich will damit nicht sagen, dass ich Sehnsucht nach einer Großstadt habe oder nach einer Fahrt im Sportwagen. Ich verfüge auch nicht über genügend Haare, die im Wind wehen könnten. Immerhin, wenn Sturm aufkommen sollte, könnten meine Haare durchaus von der einen auf die andere Seite fallen. Ich bin nicht mal sicher, ob die Frau in dem Lied das alles wirklich will – Mitteleuropa, ein schnelles Auto, wehende Haare. Sie erkennt einfach nur, dass das Leben vergeht, Träume bleiben Träume, sie bleiben unerfüllt, und alles, was zählt, ist das Hier und Jetzt. Und auch das ist keineswegs unbegrenzt.

Ein anderer Gedanke kommt mir in den Sinn, er muss von irgendeinem Philosophen stammen. Es geht darum, dass Angst vor dem Tod keinen Sinn ergibt, denn hätte man Angst vor dem Tod, müsste man auch Angst vor der Zeit haben, in der man nicht geboren war. So oder so ähnlich. Diese These ist allerdings nicht ganz durchdacht. Vor meiner Geburt habe ich ja das Leben noch nicht gekannt. Wenn ich aber an der Schwelle zur nächsten Ewigkeit stehe, werde ich das Leben gekannt haben. Es wird mir schwerfallen, das Leben loszulassen. Zumal ich nichts Vergleichbares kenne.

Hinzu kommt, dass ich die Zeit vor meiner Geburt nicht erinnere. Da ist nichts, und sollte dieses Nichts nach dem Tod wiederkehren, so wäre das wenig verlockend. Ist dieses kurze Leben wirklich alles? Mit offenen Augen zu laufen, den Sommertag zu riechen, den lauen Wind zu spüren, der durch geöffnete Fenster weht.

Wirre Gedanken, zugegeben. Ich erlaube sie mir trotzdem.

Wer soll mir, unter den gegebenen Umständen, Vernunft abverlangen?

Vor mir liegen einige Millionen Jahre der Bewusstlosigkeit. Hinter mir liegen Milliarden Jahre ebenderselben. Ich kann nicht mal erahnen, wann meine nächste Bewusstlosigkeit enden wird. Vielleicht, sobald das Leben auf Erden als solches sein Ende findet? Oder wenn irgendwann das Universum als Ganzes implodiert? Vielleicht schrumpft es, ganz plötzlich, auf die Größe eines Stecknadelkopfes zusammen. Und wenn dann ein neues Universum entsteht, werde ich erneut bewusstlos und warte mal wieder darauf, erweckt zu werden, und so weiter und so weiter, ad infinitum.

Wenn ich ehrlich bin, beginnt das Universum, mir ein wenig auf die Nerven zu gehen. Es ist wie ein Arbeitsplatz, den man am liebsten kündigen möchte, aber man wagt es nicht, weil es schwierig erscheint, etwas Neues zu finden.

Ich bin beunruhigt. Enttäuscht und aufgewühlt. Ich habe über all das noch nie nachgedacht. Aber wer würde das nicht tun? Soll ich stattdessen an eine Ehefrau denken, die mit dem leitenden Angestellten die Japaner einlädt? Ohne den Firmeninhaber respektive Gatten, den die beiden zu allem Überfluss gemeinschaftlich ermorden, verdammt noch mal in Kenntnis zu setzen?

13

Alles sieht sehr gut aus.

Olli ist fleißig gewesen. Die Gerätschaften sind blitzblank poliert und startbereit, die Kühltruhen surren, die Temperatur ist exakt eingestellt. Man müsste nur noch den Knopf drücken, um unsere Produktion in Gang zu setzen, aber die Pilze fehlen. Raimos Getue wegen der Verpackungen erscheint mir nun noch unsinniger, in der Fabrikationshalle stehen jede Menge Schachteln bereit. Ich vermute, dass die Sache mehr mit seinem Ego zu tun hat als mit sachlichen Erwägungen. Er will gut dastehen in der firmeninternen Hierarchie.

Menschlich, allzu menschlich.

Mir scheint, dass wir viele Dinge in diesem Leben weniger aus praktischen Gründen tun, sondern mehr mit Blick auf die Frage, wie die Leute über uns denken. Ich selbst bin das beste Beispiel. Ich befinde mich in einem Kampf um Leben und Tod und mache mir allen Ernstes Gedanken darüber, wie ich dabei aussehe. Ich denke an Sanni, und mir fällt ein, dass ich etwas von ihr brauche. Und zwar schnell.

Der Gedanke an sie löst etwas in mir aus. Eine Welle flutet durch meinen Körper, vom Scheitel bis zur Sohle und in die Magengrube. Zurück bleibt ein vages Stechen. Ich sehe sie vor Augen, ihre roten Haare, mir ist schwindlig. Bin ich verliebt? Vielleicht sind es einfach nur die Symptome der Vergiftung. Oder beides.

Habe ich *verliebt* gesagt? In Sanni?

Das wäre schlechtes Timing. Ich versuche, mich abzulenken, lasse meinen Blick über unsere kleine Fabrikhalle gleiten, lasse meine Hand auf dem kühlen Stahl der Trockneranlage ruhen. Tatsächlich kommen meine Gedanken ein wenig zur Ruhe, entfernen sich von Sannis wallendem rotem Haar, beschäftigen sich stattdessen mit Beton, Stein, Metall und Pilzen.

Das ist mein Werk. Natürlich nicht nur meines, aber dennoch, ich habe das hier aufgebaut. Bei Lichte besehen ist diese Firma alles, was ich bin und wofür ich stehe. Ich habe keine Erben, ich habe wenig Zeit. Das hier wird alles sein, was von mir übrig bleibt.

Pilze.

Zugegeben, das klingt ein wenig abstrus, ein wenig unpersönlich. Aber es stimmt. Meine Aufgabe bestand darin, genießbare Pilze zu finden und sie in guter Qualität in die Töpfe und Pfannen und letztlich in die Münder der Leute zu befördern. Meine Aufgabe war es, dieses kleine, feine Unternehmen zu gründen. Für einen Eintrag in die Geschichtsbücher mag das nicht ganz reichen, aber ich hatte eine Bedeutung, bis ans Ende meiner Tage.

Der Gedanke gibt mir neuen Schwung, beflügelt mich, schafft Klarheit. Energie durchströmt mich, während ich zu meinem Büro laufe. Ich grüße im Vorübergehen Suvi, ziehe die Tür zu und setze mich an meinen Schreibtisch. Ich muss telefonieren. Es klopft an der Tür. Niemand öffnet, das ist merkwürdig. Normalerweise öffnen immer alle, nachdem sie geklopft haben. Es klopft wieder.

«Ja, herein.»

Es fühlt sich idiotisch an, das zu sagen. Als würde ich mit einer Tür kommunizieren.

Es ist Taina. Sie kommt eigentlich immer direkt rein, hat noch nie geklopft. Jetzt hat sie es zweimal innerhalb weniger Sekunden getan. Das ärmellose Sommershirt steht ihr gut, es betont ihre breiten Schultern. Sie sieht aus wie eine sonnengebräunte Speerwerferin. Ihr dichtes brünettes Haar hat sie zum Zopf gebunden, als würde sie tatsächlich zum Speerwerfen gehen. Ihre graublauen Augen suchen meine, auf ihren Lippen liegt ein freundliches Lächeln.

Ich deute auf den Stuhl, der auf der anderen Seite des Tisches steht. Eine merkwürdige Situation. Sie suggeriert, dass Taina mir untergeordnet wäre. Dieser Anschein ist früher nie entstanden.

Sie setzt sich, sucht meinen Blick.

«Ich habe nachgedacht», sagt sie.

«Worüber?», frage ich.

«Über alles», sagt sie. «Ja, wirklich, alles, mein Schatz. Ich weiß gar nicht, wo ich anfangen und in welcher Reihenfolge ich erzählen soll. Aber ich habe dich betrachtet, in letzter Zeit, und nachgedacht. Über dich. Und ich denke, dass du die Sache ähnlich sehen wirst, wenn du mir die Chance gibst, es zu erklären.»

«Also, wenn du von der Firma sprichst ...»

Taina schüttelt den Kopf. Nicht ablehnend, sondern eher unwillig, als wolle sie vermeiden, dass etwas in die falsche Spur gerät. Ihr Kopfschütteln ist entschieden, aber auch liebevoll. Mir schießt der eigenartige Gedanke durch den Kopf, dass sie erwachsen aussieht. Ich vermute, dass ich einfach nur abwarten und zuhören kann, also warte ich ab und höre zu.

«Gestern Abend, als ich deine Schultern massiert habe, habe ich etwas verstanden. Das war gut. Plötzlich stand es mir klar vor Augen, ich habe es eigentlich irgendwie in deinem Körper erfühlt, du warst ja eingeschlafen. Ich habe *The Biggest Loser* noch fertig geschaut, dieser Harri hat übrigens tatsächlich gewonnen. Dieser große Blonde, weißt du. Hat in der Trennungsphase 38 Kilo abgespeckt. Und weil Jutta ihn so lieb getröstet hat, hat er am Ende noch mal weitere sechs Kilo abgenommen, während die Anwälte über die Verteilung des Eigentums diskutiert haben. Ich habe dich zugedeckt und mir fest vorgenommen, es heute zu tun.»

Taina hat Wärme und Fürsorge in ihre Stimme gelegt. So habe ich sie noch nie reden hören.

«Du hast dir vorgenommen, was zu tun?»

Taina blickt mir jetzt direkt in die Augen, voller Hilfsbereitschaft und Mitgefühl.

«Du bist so erschöpft, mein Schatz. Du brauchst Urlaub. Sofort. Und ich habe mich darum gekümmert.»

Ich bin ein Versager, nicht mal schnell genug sterben kann ich. Das ist mein erster Gedanke. Meine Frau will mich loswerden, weil ich nicht willens bin, mich im vorgegebenen Zeitplan in die Jagdgründe zu verabschieden. Ich erwidere ihren Blick. Sie ist ganz die besorgte Krankenschwester.

«Tatsächlich?», sage ich.

Das ist nicht die brillanteste Frage, aber sie verschafft mir ein wenig Zeit. Taina nickt.

«Heute schon», sagt sie. «Ich habe bereits ...»

«Das geht nicht. Ich habe etliche ...»

«Jaakko, mein Zuckerbärchen. Hör mir zu.»

Ich schweige. Warte. Höre zu.

«Du bist in letzter Zeit so seltsam gewesen. Erst dachte ich, dass du in der Midlife-Crisis gelandet bist.»

«Ich bin siebenunddreißig.»

«Ja, mein Süßer, ich weiß. Aber all diese Merkwürdigkeiten, diese seltsamen Gesprächsthemen, ein Polizist bei uns zu Hause, der behauptet, dass du irgendwas gestohlen hast. Und deine Sprunghaftigkeit, hier in der Firma. Ich hatte fast Angst, dass du verrückt geworden bist. Aber dann habe ich diesen Artikel gelesen, über Stress am Arbeitsplatz, über Erschöpfung, Burnout. Und dann habe ich begriffen, was mit dir los ist. Und gestern, als ich dich massiert habe, bist du mitten im Satz eingeschlafen.»

«Mitten im Satz? Was war das für ein Satz?»

«Bitte?»

«Was habe ich gesagt, bevor ich einschlief?», frage ich.

«Das ist doch ganz egal. Irgendwas darüber, dass dein Rücken krumm ist, weil du etwas tragen musstest.»

«Und dann?»

«Bin ich ins Schlafzimmer gegangen. Aber ich konnte nicht einschlafen. Ich habe an dich gedacht, Jaakko.»

«Wegen mir hast du wach gelegen?»

«Ja. Und dann habe ich erkannt, was zu tun ist. Du brauchst Urlaub.»

«Wie lange?»

«Erst mal ein langes Wochenende.»

Ich nicke. Fast kann ich Taina verstehen. Sie befindet sich in einer misslichen Lage, mit diesem Ehegatten, der sich weigert zu sterben. Wenn die Japaner ankommen, sollte ich schon begraben sein.

«Wohin soll es denn gehen?»

«Wellness-Wochenende. In Pärnu, Estland. Ich habe dir eine Suite auf dem Schiff reserviert, Abfahrt ist morgen früh in Helsinki. Wenn du möchtest, kann ich dir schon für heute Abend ein Hotel in Helsinki buchen, dann bekommst du noch was vom Nachtleben mit.»

«Nachtleben?»

«Na ja, die ganzen alten Kneipen und Restaurants.»

«Aha.»

«Du weißt, was ich meine. Du wirst Spaß haben, dich entspannen, ausruhen. Und dann kommst du erholt zurück.»

«Ich fühle mich keineswegs erschöpft.»

Taina lächelt beharrlich, hebt die Hand, streckt ihren rechten Zeigefinger in die Höhe.

«In diesem Artikel stand auch, dass der Betroffene seinen Zustand oft gar nicht bemerkt. So ist das, mein lieber, lieber Jaakko.»

Lieber, lieber Jaakko?

«Ich habe die gesamte Belegschaft an diesem Wochenende zu Überstunden verdonnert. Wie sieht das aus, wenn ich selbst in Urlaub fahre?»

«Wir sprechen nicht von Urlaub. Natürlich nicht. Du bist der Inhaber dieses Unternehmens. Wir sagen einfach, dass du geschäftlich unterwegs bist. Du hast Wichtigeres zu tun, als im Wald nach Pilzen zu suchen.»

«Das beantwortet meine Frage nicht. Wer kümmert sich um das Geschäft?»

Taina bleibt freundlich, aber ich spüre auch, dass sie nervös wird. Ich kenne sie, zumindest ein wenig.

«Also, fährst du? Kann ich die Buchung abschließen?»

«Warum genau dieses Wochenende?»

Taina ringt mühsam um Beherrschung. Die Fassade bröckelt.

«Weil du erschöpft bist, lieber Jaakko. Nicht vergangene Woche, sondern jetzt. Du brauchst Erholung, jetzt, an diesem Wochenende.»

«Du scheinst wirklich besorgt zu sein.»

Taina nickt, erleichtert, als hätte ich endlich begriffen, worum es geht.

«Das bin ich», sagt sie, jedes Wort betonend. «Sehr besorgt.»

«Vielleicht ...»

«Ja, mein Schatz.»

«Aber wer ...»

«Wir. Alle zusammen. Du weißt, dass ich den Laden schmeißen kann. Sei unbesorgt. Du musst dich um gar nichts kümmern.»

Sie steht auf, läuft um den Tisch herum, bevor ich Gelegenheit habe, mein Mailprogramm zu schließen. Sie bleibt hinter mir stehen, legt ihre Hände auf meine Schultern, massiert sie, streichelt sie eher. Das hat sie zuletzt in den ersten Monaten unseres Zusammenseins getan. Sogar damals nur selten.

«Und wenn du zurückkommst, ist alles neu, dann sehen wir alles in neuem Licht. Du hast so viel Verantwortung auf deinen Schultern getragen, sie sind steinhart, mein Lieber.»

Sie sind steinhart, weil du hinter mir stehst, du Mördergattin, denke ich.

«Du bist lustig, mein Zuckerbärchen», sagt sie. «Willst immer alles allein regeln. Wir anderen können auch etwas.»

«Daran zweifle ich nicht.»

«Soll ich dir gleich Anwendungen hinzubuchen?»

«Anwendungen?»

«Massagen, Bäder, Wärme- oder Kältebehandlung, Friseur, Fußpflege.»

Taina klingt wie eine Werbebroschüre. Ich lasse mir ein wenig Zeit mit der Antwort.

«Vielleicht hast du recht», sage ich schließlich. «Vielleicht bin ich ein wenig überanstrengt. Was hältst du davon, wenn ich dir verspreche, mir über deinen Vorschlag Gedanken zu machen?»

Taina hält inne, ihre Hände liegen flach und ruhig auf meinen Schultern. Dann bewegen sie sich wieder, wandern auf und ab.

«Du bist schon immer stur gewesen, mein Schatz. Vor allem, wenn es um Dinge geht, die dir guttun.»

«Ich bin keineswegs abgeneigt. Ich denke aber auch daran, dass ich dir einiges aufbürden würde. Du bist in deinem Element, wenn du dir Rezepte einfallen lässt und neue Zutaten ausprobierst. Die Geschäfte zu führen, ist ziemlich anstrengend. Das bringt Stress mit sich, wie du ja an mir siehst.»

Taina lässt ihre Hände auf mir ruhen. Ich spüre die Wärme, ihre Fingerspitzen sind wie heiße Nadeln. Dann berührt mich ihr Atem, an der Stelle, an der sich mein Haar lichtet. Sie legt ihre Lippen auf meinen Kopf.

«Ach, du Schmusebärchen. Das weiß ich doch. Es ist zu deinem Besten. Ein paar Tage Ruhe, und alles wird wieder gut sein.»

Es gibt nur einen Weg, Taina aus meinem Büro zu befördern. Ich muss ihr versprechen, dass ich intensiv darüber nachdenke und bald auf ihren Vorschlag zurückkomme.

«Wie bald?», fragt sie.

«Sehr bald.»

Taina geht zur Tür, sie lässt dabei die Hüften schwingen und wackelt mit dem Hintern. Das hat sie in dieser Weise noch nie gemacht. An der Tür sieht sie sich um. In ihrem Lächeln liegt jetzt auch noch etwas Lüsternes. Ein Versprechen. Es ist verwirrend. Ich habe weder von ihr noch von anderen Frauen jemals solche Signale erhalten. Noch nie in meinem Leben.

Ich weiß nicht, wie ich reagieren soll, also wende ich mich dem Computerbildschirm zu und warte darauf, dass sie geht. Ich höre, dass die Tür sanft einrastet. Atme durch. Lehne mich zurück. Lasse meine Arme baumeln. Es fühlt sich an, als würde ich in einem Flugzeug sitzen, das soeben erfolgreich notgelandet ist.

Geht es bei dieser ganzen Sache am Ende nur um Sex? Nein. Nein, ich denke nicht. Keinesfalls.

Ich weiß, dass ich weder der leidenschaftlichste noch der versierteste Liebhaber auf Erden bin. Aber sicher auch nicht der übelste. Meine Maße sind, nun ja, mindestens gehobener Durchschnitt. Genau weiß ich das nicht, aber ich habe ausreichend Zeit in Saunen und Umkleidekabinen verbracht, um zu wissen, dass ich mich vor niemandem verstecken muss. Meine Ausdauer ist auch nicht zu verachten. Ich wäre nicht in der Lage, einen Marathon zu gewinnen, aber ich bin auch kein Pausenclown. Ich bin kein Modellathlet, aber ich habe ein Gefühl für Rhythmus. Das denke ich jedenfalls. Nicht, dass Taina dergleichen erwähnt hätte, nein. Wann hatten wir eigentlich zuletzt Sex? Ja, tatsächlich, es ist gar nicht so lange her, vor zwei Wochen, am Wochenende. Alles verlief recht gut, vom Vorspiel bis in die letzte Runde, ich denke, dass wir beide unseren Spaß hatten. Nein, es geht nicht um Sex, es geht um mehr. Das lässt Petris Anteil an der Sache in neuem Licht erscheinen. Vielleicht ist er gar nicht nur der hirnlose Hengst, der tagein, tagaus Proteinshakes in sich reinschüttet.

Ich werde aus meinen Erwägungen gerissen, das Telefon klingelt. Es ist der Polizist. Mikko Tikkanen. Seine Stimme klingt am Telefon ebenso sanft, freundlich und angenehm, wie ich sie in Erinnerung habe. Er fragt, ob ich kurz Zeit habe, ich bejahe.

«Bestens», sagt er. «Ich wollte Sie darum bitten, hier bei mir im Büro vorbeizukommen. Gerne sofort, wenn es Ihnen möglich ist.»

«Worum geht es denn? Können wir das nicht am Telefon besprechen?»

«Mir ist es immer lieber, von Angesicht zu Angesicht zu sprechen.»

Ich ahne, dass Tikkanen wenig Interesse für meine Vorlieben hegt. Ich möchte keinen Verdacht erregen, aber auch nicht zu sorglos klingen.

«Nun, wenn ich wüsste, worum es geht, könnte ich schon auf der Fahrt ein wenig nachdenken», sage ich.

«Nichts Besonderes. Routine. Wunderbar, dass Sie so spontan Zeit haben.»

Tikkanen legt auf. Ich sehe auf die Uhr und denke an mein Befinden.

Obwohl der Arzt im Sommerurlaub weilt, geht er sofort ran. Im Hintergrund höre ich spielende Kinder. Schrille Schreie, Lachen, Freude. Strandleben. Das Rauschen des Windes, vielleicht auch von Wellen. Ich frage mich, ob es seine eigenen Kinder sind oder Enkelkinder. Das Alter des Arztes ist schwer zu schätzen. Geht mich ja auch nichts an.

Ich nenne meinen Namen, der Arzt sagt, dass er meine Nummer gleich erkannt hat.

«Gut, dass Sie sich melden», sagt er. «Ich habe neue Befunde erhalten. Wie geht es Ihnen?»

Ich berichte, dass ich mich überraschend gut fühle. Zumindest physisch, aber seelisch sei es natürlich anstrengend. Daran ist der Arzt offenbar weniger interessiert, er unterbricht mich.

«Ja, das deckt sich mit den Befunden. Die Diagnose bleibt natürlich die gleiche, aber die Proben, die wir zuletzt eingereicht haben, sind analysiert worden, und es hat mich überrascht, dass die Werte stagnieren. Wir wissen nicht, ob es eine Autoimmunreaktion ist oder ob die Wirkung der Toxine abgeschwächt wurde. Das spielt letztlich auch keine Rolle. In jedem Fall scheint sich, auch auf Basis dessen, was Sie berichten, Ihr Zustand zu stabilisieren.»

Ich möchte etwas fragen, aber ein Kind schreit, eine Welle rauscht, und der Arzt fährt fort: «Wir sehen Ähnliches manchmal bei Krebspatienten. Im Anschluss an Therapien kann durchaus für unbestimmte Zeit Linderung eintreten.» Der Arzt hält inne. «Das bedeutet allerdings nicht, dass der Erkrankungsprozess still steht. Er legt lediglich eine Art Pause ein.» Damit hat der Arzt die Frage, die mir auf der Zunge lag, bereits beantwortet.

«Aber jetzt ...»

«Man könnte sagen, dass es Ihnen jetzt so gut geht, wie es Ihnen unter den Umständen gehen kann. Bis zu dem Tag, an dem es Ihnen schlechter gehen wird.»

Die Polizeistation ist ein Kind ihrer Zeit. Wenn man das so sagen kann. Die Bauweise der neunziger Jahre wird nicht unbedingt als Glanzzeit in die Geschichte der Architektur eingehen. Allein das Gebäude zu betrachten, kostet Kraft. Wer unter Klaustrophobie leidet, sollte besser nicht reingehen. Ich bleibe in der kleinen Vorhalle kurz stehen, atme einige gesundheitsschädliche Mikroben ein und aus und lausche.

Rechter Hand in einem schmalen Korridor wird eine Tür geöffnet. Mikko Tikkanen streckt seinen Kopf heraus und winkt mir zu.

«Das ging schnell. Kommen Sie!»

Er verschwindet in seinem Büro. Ich laufe den Korridor entlang, trete ein. Der Raum ist klein, er erinnert mich an das Behandlungszimmer des Arztes. Ein Bürotisch aus hellem Holz. Ein surrender Computer. Tikkanen deutet auf den Stuhl, der vor dem Schreibtisch steht, ich setze mich ihm gegenüber. An der Wand links von mir stehen blaue und rote Ordner in zwei Regalen. Daneben hängt ein Kalender einer Supermarktkette. Der Kalender zeigt den falschen Monat an. Ich könnte in irgendeinem Büro sitzen, nichts deutet auf polizeiliche Ermittlungen hin.

Auch Tikkanen selbst sieht nicht aus, wie man sich einen Polizisten vorstellt. Er trägt ein schwarzes AC/DC-Shirt, zwischen Stirn und Haaransatz hängt eine Sonnenbrille. Der

Ausweis, den er wie eine Kette trägt, ist das Einzige, was ihn als Ermittler kennzeichnet.

Das und die Art, wie er mich ansieht.

«Ist es für Sie in Ordnung, wenn ich mir gleich einige Notizen mache?», fragt er. Er tippt bereits irgendwas in seinen Computer.

Er macht es genauso wie vorhin am Telefon, stellt eine Frage, ohne an einer Antwort interessiert zu sein. Er macht sowieso, was er will. Ganz originell, ganz lustig, würde ich vermutlich sagen, wenn der Anlass ein anderer wäre. Ich erinnere mich auch sehr genau an das, was ich gestern gesehen habe: Tikkanen und Petri, in ein Gespräch vertieft. Das gibt dem Ganzen noch einen feinen paranoiden Touch.

«Ich gebe hier schnell ein, dass Sie aus freien Stücken gekommen sind. Und Ihren Namen und den Zeitpunkt unseres Gesprächs. So. Lassen Sie uns zur Sache kommen.»

Das Klackern von Tikkanens Fingern auf der Tastatur ist alles, was ich höre. Vielleicht sind wir die einzigen Menschen in diesem Gebäude. Tikkanen betrachtet den Bildschirm, klickt etwas an, spitzt seine Lippen, dann drückt er noch einige Male die Maus. Klick, klick, klick. Er scheint mit dem Ergebnis zufrieden zu sein, wendet sich mir zu.

«Kannten Sie Juhani Jokinen?», fragt er. Direkt, geradeaus, einfach so. Er spricht in der Vergangenheitsform.

«Ich bin nicht ganz sicher, der Nachname sagt mir nichts. Ich denke nicht, dass ich den jemals gehört habe.»

«Juhani Jokinen war bei der *Pilz GmbH Hamina* beschäftigt. Ein großer Kerl, blond. Typ Bodybuilder.»

«Ja. Ich bin ihm begegnet. Ich kann allerdings nicht behaupten, ihn zu kennen.»

«Wussten Sie, dass er verschwunden ist?»

«Ja. Sein Chef hat mir davon erzählt.»

«Asko Mäkitupa?»

«Ja, richtig.»

Tikkanen tippt, mit zehn Fingern, durchaus filigran. So viel zu den Polizeiwitzen, in denen die Beamten immer ungeschickt und tölpelhaft sind. Er wendet sich wieder mir zu.

«Was war das für ein Gespräch?»

«Entschuldigung?»

«Asko Mäkitupa ist ein Konkurrent. Ich kenne mich nicht aus im Pilzhandel, aber ich denke, dass es da ebenso ist wie in anderen Branchen. Es ist ungewöhnlich, dass ein Konkurrent Sie aufsucht, um über einen Mitarbeiter zu sprechen.»

«Nun, er hat mich auf ein Bier eingeladen.»

«Wohin?»

«Ins Restaurantschiff in Tervasaari. Wir saßen auf dem Oberdeck. Letzter Tisch, Richtung Meer. Ich hatte einen guten Blick auf den Hafen und das Wasser.»

«Wann war das?»

«Gestern. Etwa um diese Zeit.»

Wie schnell alles geht. Es stimmt nicht, dass im Angesicht des Todes das Leben noch mal wie ein Film vor Augen abläuft, das ist Unsinn. Alles passiert so schnell, dass ich gar keine Gelegenheit habe, dem Film zu folgen.

«Und?»

«Asko erzählte mir das Gleiche wie Sie. Dass Juhani verschwunden sei. Er vermutete, dass er nach St. Petersburg gefahren sein könnte. Er sagte, dass Juhani das manchmal spontan so mache. Plötzlich zu verschwinden und dann Bescheid zu geben. Oder dass er irgendwann dann einfach wieder auftauche. Ich weiß nicht mehr genau, wie Asko das formulierte.»

«Erschien Ihnen das nicht merkwürdig?»

«Dass jemand nach St. Petersburg fährt? Nein, nicht wirklich.»

«Ich meine, dass Ihr Konkurrent Asko Mäkitupa Sie aufsucht, um sich nach dem Verbleib eines Mitarbeiters zu erkundigen.»

«Ach so.»

«Warum hat er Ihrer Meinung nach vermutet, dass Sie etwas über den Verbleib von Juhani Jokinen wissen könnten?»

Trotz allem, ich mag diesen Mikko Tikkanen. Er macht ja nur seine Arbeit und muss damit klarkommen, dass die meisten Menschen, denen er begegnet, nicht die ganze Wahrheit sagen. Da kann ich mich gut reindenken. Ich möchte ihn nicht anlügen. Es sollte reichen, dass ich einen Teil der Wahrheit verschweige. Ich frage mich, ob er hier gewesen ist, in diesem Raum, als ich mir, nicht weit entfernt, die Verfolgungsjagd mit Juhani geliefert habe. Das von Jalousien verdeckte Fenster müsste mit Blick auf den Innenhof sein.

«Ich habe sein Schwert berührt», sage ich. «Also, Juhanis Samuraischwert. So wie ich das verstanden habe, hat ihn das irgendwie wütend gemacht. Er, also Juhani, hat wohl etwas in dieser Richtung Asko erzählt.»

Tikkanen war gerade dabei, sich seinem Computer zuzuwenden. Jetzt verharren seine Hände in der Luft, die Finger einige Zentimeter entfernt von der Tastatur.

«Sie geben also zu, dass Sie das Schwert entwendet haben? Das haben Sie noch gestern Vormittag abgestritten.»

«Ich streite das nach wie vor ab. Ich habe in meinem ganzen Leben nichts gestohlen. Ich habe das Schwert von der Wand genommen und in den Händen gehalten. Dann habe ich es wieder an die Wand gehängt. Das war alles.»

Tikkanens Finger verharren in der Luft.

«Gibt es noch andere Aussagen, die Sie inzwischen korrigieren möchten?»

«Nein.»

«Nichts?»

Tikkanen sieht mich an. Ich betrachte seine Finger, die über der Tastatur schweben, und denke merkwürdigerweise an Finger, die sich um den Knauf einer Waffe legen.

«Nein», wiederhole ich.

Tikkanen legt seine Finger auf die Tastatur, er beginnt zu schreiben. Er legt eine Pause ein, liest, was er geschrieben hat, und wendet sich mir zu.

«Hat Asko, als Sie ein Bier tranken, auch die Geschichte von dem Freund erzählt, der von einer Brücke gesprungen ist?»

Ich nicke.

«Die Sache lief nicht ganz so ab, wie Asko sie erzählt hat.»

«Das heißt, der Freund ist nicht gesprungen? Nicht ums Leben gekommen?»

«Doch, doch, er ist tot», sagt er. «Aber es ist nicht geklärt, ob er tatsächlich gesprungen ist. Die Brüder Similä waren nicht zusammen auf dem Tragwerk der Brücke. Kalle ist erst hochgeklettert, nachdem Ville gesprungen ist. Oder gefallen ist. Oder sonst wie nach unten geflogen ist. Kalle hat es nicht genau gesehen, aber danach hat er gehört, wie sein Bruder etwas sagte. *Nein, nicht, da ist irgendein Baumstamm oder so was.* Während der Ermittlungen stellte sich auch heraus, dass Ville Asko die Freundin ausgespannt hatte. Sicher, es kann sich um Zufälle handeln. Eine Verkettung unglücklicher Umstände. Es kann sein, dass Ville gesprungen ist. Kann auch sein, dass Kalle sich verhört hat. Es kann aber auch sein, dass Kalle genau richtig gehört hat, dass also Ville den Baumstamm im Wasser gesehen hat und Asko ihn runterschubste. Wer weiß das schon? Wir haben aktuell nur Askos Sicht auf die Dinge, nicht wahr? Ich wollte nur, dass Sie das wissen.»

Jemand hat die Temperatur im Zimmer runtergedreht. Mir ist kalt. Tikkanen betrachtet mich forschend. Er sitzt ein wenig schief, stützt sich mit dem linken Ellenbogen auf der Stuhllehne ab.

«Wieso wollen Sie, dass ich das weiß?»

«Aus diesem Grund», sagt Tikkanen. «Damit Sie es wissen. Sie stehen ja gewissermaßen in Kontakt mit Asko.»

«Tatsächlich?»

Tikkanen betrachtet mich. Ich habe das Gefühl, dass er in meinem Gesicht liest wie in einem Buch.

«Juhani Jokinen wurde heute Vormittag aufgefunden, in der Bucht vor Neuvoton. In einem Fischernetz. Von ein paar Urlaubern, die früh aufs Wasser sind. Sie haben in der Tat gedacht, einen bemerkenswerten Fang gemacht zu haben, bis sie erkannten, dass es sich um einen Menschen handelt. Sie sahen auch etwas, nun ja, Glänzendes. Mehr kann ich aus ermittlungstechnischen Gründen nicht sagen.»

Ich schweige. Tikkanens Finger streichen über die Stuhllehne. Er wirkt entspannt, nahezu gelangweilt. Das ist er natürlich nicht. Ich suche nach Worten. Ich kann nicht einfach nur schweigen, das würde mehr Verdacht erwecken als alles andere.

«Ich versichere Ihnen, dass ich nicht vorhabe, mit Asko mehr als nötig zu tun zu haben», sage ich. «Es besteht gar keine Veranlassung.»

Tikkanen nickt. «Dann hoffen wir mal, dass Asko das nicht anders sieht.»

«Warum sollte er?»

«Juhani verschwand. Asko kam zu Ihnen, weil er glaubte, dass Sie etwas über seinen Verbleib wissen könnten. Was wird Asko Ihrer Meinung nach tun, jetzt, nachdem Juhanis Leiche gefunden wurde?»

Ich komme nicht umhin, Tikkanen Respekt zu zollen. Bemerkenswert, wie er sein Netz webt. Mit der Geduld einer Spinne. Er spricht keinen Verdacht aus, spricht noch nicht mal von einem Verhör oder einer offiziellen polizeilichen Befragung. Aber hier sitze ich, eingezwängt zwischen Pest und Cholera. Ich suche nach einer passenden Antwort. Tikkanen hat es scheinbar nicht eilig.

«Ja. Kann ich Ihnen noch irgendwie helfen?», frage ich.

Tikkanen richtet sich auf, streckt seine Arme aus, als wolle er sich nach einer sportlichen Betätigung entspannen.

«Nein. Es sei denn, Sie haben noch etwas auf dem Herzen.»

Unsere Blicke treffen sich.

«Nein, ich denke nicht», sage ich.

«Bestens.»

Ich stehe auf.

«Eine Sache noch», sagt er. «Nur pro forma. Sie haben doch nicht vor, in nächster Zeit zu verreisen?»

Ich stehe, sehe auf ihn hinab, aber die Perspektive täuscht.

«Nein. Warum sollte ich, es ist doch ein herrlicher Sommer in Hamina.»

Tikkanen lehnt sich zurück. «Richtig. Wer würde da verreisen wollen?»

Mein Hemd klebt an der Haut, kalt und nass. Ich bin schon an der Tür, als mir noch etwas einfällt.

«Diese Sache mit Asko. Ich hatte den Eindruck, dass es Ihnen wichtig war, seine Sichtweise zu korrigieren.»

Tikkanen sitzt im Schatten, am Ende des Raums. Durch die Jalousien tröpfelt Licht herein. Er zögert. Es ist das erste Mal, dass ich ihn zögern sehe. Der Moment vergeht, und Tikkanen sagt:

«Es ist einfach immer gut zu wissen, mit wem man es zu tun hat, nicht wahr?»

14

Der Eiscremebecher fühlt sich in meiner Hand nach tiefem Winter an, aber er wird schnell wärmer, das Eis schmilzt an den Rändern, es ist weich und cremig. Ich lese den Text auf dem Etikett: Milch von glücklichen Kühen, freudig geschlagene Sahne. Nach Großmutters Rezept, mit Bananen von der Familienfarm. Natürlich ist das blanker Unsinn.

Der Nachmittag neigt sich dem Abend entgegen. Ich betrachte das Meer, das Richtung Horizont immer blauer wird. Ich versuche, mir das Ende der Welt vorzustellen, aber meine Augen machen nicht mit, sie brennen. Der Horizont beginnt zu verschwimmen, dann trübt er sich ein. Unmöglich, bis zum Ende der Welt zu sehen.

Als ich die Polizeiwache verlassen habe, dachte ich, dass ich jetzt wirklich weiß, wie sich Paranoia anfühlt. Es fiel mir schwer, alle Leute aufzuzählen, die mir nach dem Leben trachten oder mir auf andere Weise weh tun wollen. Ich saß in meinem Wagen und wartete auf das Ende. Darauf, dass mich irgendwer einfach erschießen oder verhaften würde. Da nichts passierte und das Ende auf sich warten ließ und es im Wagen ziemlich heiß wurde, fuhr ich zum Kiosk am Meer, um ein Eis zu essen.

Ich rechne eigentlich gerne, aber Kalorien habe ich nie gezählt. Ich brauche Energie. Eiscreme ist momentan das einzige Nahrungsmittel, an das ich denken kann, ohne sofort

Übelkeit zu spüren. Vielleicht sind meine inneren Organe bereits so ausgefranst, dass sie nur noch süße, kalte Milchspeisen akzeptieren. Ich öffne den zweiten Becher. Schokolade und Toffee. Angeblich von Kakaobohnen, die an den Berghängen des Südens wachsen und gedeihen. Geheimes Familienrezept. Unsere Welt ist nicht mit Stahl und Beton erbaut worden, sondern mit zuckrigem Dummgeschwätz.

Als ich die Hälfte des zweiten Bechers verspeist habe, gelingt es mir endlich, meine Gedanken in die richtigen Bahnen zu lenken.

Ich gehe das Gespräch mit Tikkanen noch mal durch. Bemerkenswert, wie er das dramaturgisch aufgebaut hat. Ich denke an das bevorstehende Treffen mit Raimo, an seine unverhoffte Einladung zum Saunieren. Ich denke an Taina, die den Japanern eine wunderbare Gastgeberin sein möchte und mich aus Gründen der Fürsorge und der Menschlichkeit dazu veranlasst hat, die Stadt zu verlassen. Ich denke auch an Asko und an die Geschichte, die er erzählt hat. Ist er ein kaltblütiger Mörder? Ein erfahrener Rächer? Tikkanen scheint zu wissen, dass ich etwas über Juhanis trauriges Schicksal weiß. Aber er hat sich offenbar entschieden zu warten. Worauf? Ich wage nicht mal, mir vorzustellen, wie Juhana reagiert, wenn er erfährt, dass sein bester Freund mit einem Schwert im Kopf aus dem Meer gefischt wurde.

Was immer ich nun plane, ich werde improvisieren müssen. Es gibt kaum beherrschbare, dafür umso mehr unvorhersehbare Entwicklungen in diesem Spiel. Wenn ich die Sache perspektivischer betrachte, gewissermaßen mit Blick auf den blauen Himmel und das noch blauere Meer, dann ist mein Leben durchaus spannender und ereignisreicher geworden. Ich habe oft genug in Tainas Frauenzeitschriften geblättert und mich von ihren Lieblingstalkshows berieseln lassen. Ich weiß, dass es den Menschen darum geht, immer etwas zu *erleben*. Das Leben mit *Ereignissen* zu befüllen.

Hätte ich eigentlich Lust, mich zu rächen?

Der Gedanke ist mir bereits durch den Kopf gegangen. Manchmal ist er wild, er weht wie eine blutrote Flagge im böigen Wind. Manchmal ist er wie schwarzer Morast, in dem ich zu versinken drohe. Natürlich will ich Gerechtigkeit. Aber was ich noch mehr will, was ich vor allem will, ist Folgendes: Ich möchte meine Firma retten. Ich kann nicht zulassen, dass sie in falsche Hände gerät. Ich will noch nicht mal aus dem Jenseits dabei zusehen, wie böse Menschen sie zerstören.

Sanni hat heute begonnen, für die *Pilz GmbH* zu arbeiten. Ich versuche, sie anzurufen, aber sie geht nicht ran. Ich nehme den Zettel mit der Hotelbuchung aus meiner Brusttasche und lese noch mal die Namen der Gäste durch. Mir fällt etwas ein, ich schreibe es auf.

Der Eisbecher ist leer. Ich stelle ihn auf dem Boden ab, neben dem ersten, den ich geleert habe. Ich lege mich auf den Rücken, auf den groben Sand, in einiger Ferne rauscht das Meer. Es dauert eine Weile, bis ich eine bequeme Position finde. Ich möchte nicht schlafen, sondern nachdenken. Dann träume ich, dass ich gegen Männer kämpfe, die keine Gesichter haben, sie nutzen Eisbecher als Waffen. Sogar ihre Gesichter sehen aus wie Eisbecher.

Ich möchte rennen, aber es geht nicht. Mein Bauch schmerzt, meine Füße tragen mich nicht. Meine Schuhe kleben in Eiscreme fest. Dann habe ich plötzlich ein Schwert in der Hand. Ein glänzendes Schwert. Ich zerstückele die

Männer, stehe an einem Steg. Es ist mein Steg, der Steg führt ans Wasser, die Männer mit ihren Eisbechergesichtern sind verschwunden. Es ist windstill, ein schöner Sommerabend. Das Schwert wiegt schwer in meiner Hand. Ich hebe es an und sehe vor mir Tainas Kopf, der am Schwert baumelt.

Ich schreie und schlage um mich, als ich erwache.

Die Farbe des Himmels hat sich verändert. Ein wenig dunkler, kaum merklich, aber ich kann es sehen. Der Wind hat zugenommen. Ich hebe meinen Kopf, habe einen unangenehmen, süßlichen Geschmack im Mund, als würde eine mit Milch getränkte Socke an meinem Gaumen kleben. Ich lehne mich gegen einen Fels und taste nach meinem Telefon. Ich habe wohl dringend Ruhe gebraucht, ich habe einige Stunden lang geschlafen.

Raimo Lavinto, unser Leiter für Ein- und Verkauf, wohnt im Stadtteil Pitäjänsaari. Inseldorf. Wie der Name schon sagt, handelt es sich um eine Insel, die ich erreiche, indem ich die Brücke bei Tervasalmi überquere. Der Abstand zwischen der Insel und dem Kontinent beträgt am schmalen Zipfel des Eilands gerade mal zwanzig Meter, dennoch herrscht jenseits der Brücke eine komplett andere Stimmung. Das Inseldorf wird auch Insel der Märchen genannt. Ich verstehe, warum. Viele der Häuser sind sicher hundert Jahre alt, schiefe, pittoreske, rote und gelbe Holzhäuschen, die ein Mensch des 21. Jahrhunderts nicht betreten kann, ohne sich zu bücken. Dazu die Stege, manche erneuert, manchen sieht man durchaus an, dass sie Menschen seit vielen Jahrzehnten ans Wasser führen. Eine Kulisse wie aus dem Bilderbuch.

Raimo bewohnt eines dieser Häuschen, mit einem Garten,

am nördlichen Rand der Insel. Er hat hier wahrlich seine Ruhe. Ein rotes Haus mit leuchtend weißen Fensterbalken, mit einem Anbau, in dem sich die Sauna befindet.

Ich fahre auf den Hof, wende und parke den Wagen vor der Garage. Das Garagentor ist verschlossen, vermutlich hat Raimo seinen Wagen in der Garage abgestellt. Ich steige aus und halte Ausschau nach Raimo, erwarte fast schon, seine tiefe Stimme zu hören, seine unverkennbar dynamischen Schritte. Stattdessen höre ich nur in der Ferne ein Motorboot.

Aus dem Schornstein der Sauna dringt Rauch oder eher flimmernde, flirrende Wärme, die den Himmel kaum merklich zu verzerren scheint, so wie ein Zerrspiegel in einem Spiegelhaus einen menschlichen Körper. Raimo heizt also schon ein. Natürlich, er hat mich ja zum Saunieren eingeladen. Der Garten ist grün und penibel gepflegt, er neigt sich zum Wasser hin. Links neben der Sauna verläuft der Steg, bis runter ans blaue Meer.

Unten in der Bucht sehe ich ein Holzboot, ein sogenanntes *finnisches Modell*, offensichtlich ein ehemaliges Fischerboot, das inzwischen der Freizeit dient. Das Boot steuert aufs offene Meer zu. Ich stelle mir vor mitzufahren, auf dem Weg nach irgendwohin, frei von Sorgen und Ängsten. Der Gedanke ist so schön, so verlockend, das Dröhnen des Schiffsmotors so laut, dass ich fast dem Impuls folgen möchte, nach unten zu rennen, um das Boot noch zu erreichen. Aber ich wende mich ab und laufe zur Sauna. Ich will gerade nach Raimo rufen, als mein Smartphone die Ankunft einer Nachricht signalisiert.

Jaakko, ich musste zu meiner Frau. Sie ist plötzlich erkrankt, und der Bus fährt nicht, ich muss sie abholen. Die

Sauna ist bereit. Der Schlüssel liegt unter der Fußmatte auf der Veranda. Lass uns morgen reden. Viel Spaß, Raimo.

Es ist ganz still im großen Garten. Die Bäume schützen nicht nur vor neugierigen Blicken, sie halten auch den Wind fern. Die Abendsonne umschließt mich, die Blumen duften, die Wellen rauschen leise. Das Dröhnen des Schiffsmotors höre ich nur noch, wenn ich mich darauf konzentriere. Vielleicht stelle ich mir dieses Dröhnen nur vor. Ich werde nicht in Raimos Sauna saunieren, auch wenn er sie freundlich vorgeheizt hat.

Ich hole aber dennoch den Schlüssel, der unter der Matte liegt. Ich öffne die Tür zur Sauna, trete ein. Ich stehe direkt in der Umkleide, die Tür zur Sauna ist rechter Hand. Ich werfe einen Blick hinein.

Eine Sauna aus der guten alten Zeit, ohne Dusche, das Wasser wird durch einen Schlauch direkt in den Behälter geführt, er sieht befüllt aus. Der Ofen an der Wand ist groß, die Temperatur angenehm. Das Thermometer zeigt 84 Grad an, Raimo kann eigentlich erst vor wenigen Minuten hier weggefahren sein. Ich trete an den Ofen heran, gehe in die Hocke und öffne das Türchen behutsam mit einer Schöpfkelle.

Die glühende Hitze, die mir entgegenschwappt, haut mich fast aus den Socken, ich weiche zurück. Die Kohlen glitzern feuerrot. Raimo hat die Sauna wirklich beheizt, da kann ich mich gar nicht beklagen. Ich versuche, mich aufzurichten, aber mir wird schwindlig und schwarz vor Augen. Die Hitze und die Anstrengung waren doch zu viel. Ich laufe schwankend, stütze mich an der Wand und dem kleinen Fenster ab. Die Schöpfkelle halte ich immer noch in der Hand, sie hat sich irgendwie im Türchen des Ofens verhakt.

Dann geht alles plötzlich sehr schnell. Eine Ereigniskette, die wie in einer Filmsequenz abläuft, als wären die Abläufe irgendwann, vor langer Zeit, bereits aufeinander abgestimmt worden, um nun endlich in Perfektion zu gelingen.

Die Axt ist eine der teuersten und schwersten, die es auf dem Markt gibt. Sie wiegt stolze 4,5 Kilo und verfügt über eine messerscharfe Klinge und einen extrabreiten Nacken. Sie ist die Königin des Holzhackens, der Bentley unter den Spaltäxten. Ich weiß das, weil ich in Erwägung gezogen hatte, mir so eine zuzulegen. Ich habe sie im Baumarkt in Kärenkulma in den Händen gehalten und sie ein wenig hin und her geschwungen. Von einer gewöhnlichen Axt unterscheidet sich diese hier wie ein Flugzeugträger von einem Ruderboot. Diese Axt hat etwas Endgültiges. Wenn man sie mit voller Kraft schwingt, kommt ein Innehalten, ein Abschwingen gar nicht in Frage. Dann wird sie erst zum Stillstand kommen, sobald sie ihr Ziel gefunden und vernichtet hat.

Ich gerate ins Straucheln, zu meinem Glück, und gleite zur linken Seite ab, während die Axt rechts neben mir einschlägt. Die Axt zersplittert das Holz, rammt sich in den Beton. Ich drehe mich auf die Seite, habe immer noch die dämliche Schöpfkelle in der Hand.

Die Axt stürzt auf mich zu.

Ich habe Juhana falsch eingeschätzt.

Er mag hager und blass sein wie ein Musiker aus den Siebzigern, aber er kann eine Axt schwingen. Oh ja, das kann er. Ich erkenne auch, dass er eine ganz eigene Technik entwickelt hat, es ist die feine Technik des ehemaligen Baseballspielers. Er kennt die Gesetze der Physik nicht, aber er kann sie sich zunutze machen, intuitiv. Die Axt rast auf mich zu, während ich noch nach einem Halt suche. Aber das kommt mir zugute, mein sinnloses Taumeln ist unberechenbar, ich entspreche nicht Juhanas Erwartung. Ich bin nicht wie ein Ball, der die Hand des Werfers verlässt, um eine vorhersehbare Flugkurve zu beschreiben. Ich bin auch kein Holzblock, der sich gefügig zu Brennholz schlagen lässt.

Die Axt streift meinen Kopf, rasiert einen Teil meiner dünnen Haare ab. Meine Stirn brennt, aber ich lebe noch. Ich bin noch da.

Die Axt bohrt sich in die Wand.

Die Vertäfelung, ein schönes, dunkles Holz mit Patina, zersplittert wie ein Marmeladenglas, während es mir gelingt, mich auf meine Füße zu heben. Ich bleibe allerdings in der Hocke, aus zwei Gründen. Erstens weil mir übel und schwindlig ist und zweitens, weil es mir klüger erscheint, so gut es geht in Deckung zu bleiben.

Juhana bewegt sich allerdings ähnlich unberechenbar wie ich, er hinkt, schielt und scheint unendlich wütend zu sein. Auf mich. Er schwingt die Axt, als würde er den finalen Home-Run schlagen wollen. Das Problem ist: Ich kann nicht entkommen. Juhana hat sich direkt vor der Tür positioniert.

Die Axt wirbelt durch die Luft.

Juhana zielt auf meinen Kopf, mein Kopf ist gleichsam sein Ball. Er plant einen Schlag mit immenser Ausholbewegung. Der Treffpunkt soll so tief wie möglich sein und der Schlag so hart, dass der Ball, also mein Kopf, möglichst hoch und möglichst weit fliegt. Das wiederum wird es Juhanas (imaginärem) Mannschaftskollegen ermöglichen, mühelos die nächste Base zu erreichen.

Ich frage mich, ob sich mein Kopf zur Gänze vom Körper

ablösen wird, falls der Schlag sitzt. Ich halte die Schöpfkelle in der Hand, während ich Juhanas Schlag ausweiche. Meine Kräfte neigen sich dem Ende zu. Vor meinen Augen hat das Flimmern eingesetzt, die Stromschlagschmerzen sind zurück, ich schnappe nach Luft.

Juhana hingegen ist voller Energie, eine Energie, die ihn vorantreibt, ihn und seine Axt. Die Axt schneidet die Luft in feine, kleine Teilchen, aber sie verfehlt mich. Ich stehe auf, sehe Juhana, er steht mir direkt gegenüber. Ich hebe die Schöpfkelle in die Höhe, unternehme den lächerlichen Versuch, ihm damit seine Axt aus den Händen zu schlagen. Das misslingt, aber ich treffe Juhana am Kopf. Er taumelt, schwankt. Ich sehe die geöffnete Tür, ein dunkles Tor, wenige Meter entfernt. Ich muss da hin.

Ich konzentriere alle meine Sinne darauf zu laufen. Schritt für Schritt.

Juhana fällt knapp an mir vorbei. Der Schlag mit der Kelle muss ihm Extraschwung gegeben haben. Ich höre ein Klirren und einen Schlag. Dann Gepolter. Ich kann nichts sehen. Schwarz. Kurz bevor ich das Bewusstsein verliere, wünsche ich mir von Herzen, draußen zu sein, in der freien Fläche, unter dem Himmel, im Garten.

Das akkurat gemähte Gras pikst meine Wange, Ameisen kitzeln mich, am Hals, im Nacken. Zwischen Bäumen schimmert wehmütig die Abendsonne. Der Geruch von Grillwurst hängt in der Luft. Mein Mund ist trocken, er fühlt sich an wie der Körperteil eines anderen Menschen. Ich spüre, wie ein Sinn nach dem anderen erwacht, ich bewege meine Finger, meine Zehen. Alles ist noch da.

Mein erster Versuch aufzustehen ist zu forsch, zu abrupt. Den zweiten gehe ich vorsichtiger an. Ich stehe gebückt, auf meine Knie gestützt. Richte mich langsam auf. Ich stehe auf halber Strecke zwischen dem Haus und der Sauna. Ich lausche, höre nichts, sehe nichts. Keinen Wind in den Bäumen, kein Boot auf dem Wasser, kein Auto auf der Straße, nichts.

Der Tag verschmilzt mit dem Abend, das Meer glänzt dunkelblau. Die Tür zur Sauna steht offen. Ich spüre den Impuls zu rennen, zu fliehen. Aber wenn Juhana noch hier wäre, wenn er weiterhin auf der Jagd wäre, dann würden meine Einzelteile bereits über den Hof verstreut liegen. Ich laufe, sehe mich um. Alles ist, wie es war, stille Landschaft.

In der Sauna ist es deutlich kühler geworden. Die Tür muss eine ganze Weile lang offen gestanden haben. Die Axt liegt ganz oben auf der Holzbank, sie muss im hohen Bogen dorthin geflogen sein. Juhana liegt am Boden. Regungslos, ich sehe es, nur seinen Kopf kann ich nicht sehen. Der hängt bis zu den Schultern im Saunaofen.

Zurück im Garten. Ich ziehe ernsthaft in Erwägung, einen Krankenwagen zu rufen, aber das lasse ich dann doch lieber bleiben. Juhanas Kopf gleicht einem Stück Kohle. Man könnte meinen, Frankenstein persönlich hat es auf den weißen Oberkörper gesteckt. Juhana wird nicht mehr erwachen, unabhängig von der Effektivität notärztlicher Wiederbelebungsversuche. Von einer Mund-zu-Mund-Beatmung wäre ohnehin abzuraten. Ich denke darüber nach, Raimo anzurufen. Aber das ist im Grunde eine noch dümmere Idee. Entweder hat Raimo das Ganze hier angezettelt, oder er ist komplett ahnungslos. In beiden Fällen wüsste ich beim besten Willen nicht, was ich ihm sagen soll, zumindest nicht in diesem Moment. Ich überlege sogar, Tikkanen zu kontaktieren. Aber nein. Ihn zu involvieren, würde bedeuten, dass nicht nur Juhana, sondern auch alles andere wieder durchgekaut werden müsste. Dafür fehlen mir die Lust und die Zeit.

Mit anderen Worten: Höchste Zeit, sich um Juhana zu kümmern.

15

Ich begrabe ihn hinter der Sauna.

Er liegt neben mir, während ich den Spaten, den ich in der Garage gefunden habe, in die weiche Erde ramme. Unten schimmert ein schmaler Streifen Meer, die Bucht ist an dieser Stelle glücklicherweise dicht bewachsen, linker Hand schützen mich hoch aufragende Birken vor neugierigen Blicken. Zur Straße hin schützt mich Raimos Haus. Juhana wird zwischen dem Meer und der Sauna seine letzte Ruhe finden. Einen Fauxpas wie mit Juhani kann ich mir nicht mehr leisten, Juhana muss verschwunden bleiben. Ich arbeite mit ganzer Kraft, habe eine *Jaffa*-Orangenlimonade getrunken, die in der Sauna bereitlag.

Ein Grab auszuheben, ist recht mühsam. Verschiedene Schichten – schwarze Erde, feuchterer Sand, Kies – müssen fein säuberlich angehäuft werden. Dann gilt es, das Ganze wieder so aufzutragen, dass es aussieht wie zuvor. Als sei gar nichts passiert, als sei da kein Toter unter der Erde.

Ich schwitze, meine Hände und Arme schmerzen, mein Rücken hat sich versteift, ich kann mich kaum noch bewegen. Ich lege ab und zu Pausen ein, lehne mich gegen die Wand des Saunagebäudes. Manchmal befürchte ich, ohnmächtig zu werden. Zuerst habe ich vorgehabt, Kraft und Platz zu sparen, indem ich Juhana irgendwie zusammenfalte, wie einen Wasserspringer, der sich im Sprung zusammenkauert. Aber irgendwie kommt mir das nicht anständig vor. Ich werde

Juhana in voller Größe und Länge in sein Grab befördern, auch wenn es länger dauert.

Am Ende ist das Grab etwa einen Meter tief und groß genug, um Juhana hineinzulegen. Ich stehe bis zu den Hüften in dem Erdloch, als mein Smartphone die Ankunft einer Nachricht signalisiert. Ich wische mir die Hände an meinem Hemd ab und hole das Telefon hervor.

Die beste Sauna der Welt, oder? Unvergleichlich, ich weiß. Hau rein und viel Spaß. Viele Grüße, Raimo.

Ich hieve mich hoch, umschließe Juhanas Knöchel und ziehe ihn zu mir heran. So habe ich ihn auch aus der Sauna in den Garten gebracht. Er hat auf dem Boden eine Spur aus Ruß hinterlassen. Es sieht aus, als hätte jemand mit schwarzer Kreide gemalt. Ich habe noch reichlich aufzuräumen und zu säubern. Ich sammle Kraft, zähle bis drei. Dann lasse ich Juhana los, er sinkt hinab in sein Grab. Er liegt auf dem Rücken, passt sich perfekt ein.

Ich befülle das Loch mit Erde, das geht schneller als erwartet. Ich schaufele und schaufele, als ich zum ersten Mal aufblicke, ist Juhana schon fast vollständig bedeckt. Ich schaufele weiter, trete die Erde fest.

Ein kleines Problem ist, dass ein beträchtlicher Teil der ausgehobenen Erde übrig geblieben ist. Logisch, weil Juhana, wie wir alle, ja auch Platz braucht. Und zwar überraschend viel. Ich verteile die Erde am Boden, trete sie so fest, wie ich kann. Am Ende deutet tatsächlich nichts mehr darauf hin, dass hier ein Mensch begraben liegt.

Ein Garten in der Abenddämmerung. Ich hoffe, dass Raimo in den kommenden Tagen keine größeren Arbeiten hinter der Sauna eingeplant hat. Falls sich die Wettervorhersagen bewahrheiten, wird der Regen kommen. Danach wird das hier aussehen wie ein ganz normaler Streifen Brachland.

Ich gehe in die Sauna, säubere alle Flächen mit dem Wasserschlauch, der erfreulicherweise bis in den Garten und zur Veranda reicht. Ich lasse den Strahl so lange auf Juhanas Kohlezeichnungen ruhen, bis alles im Boden versickert ist. Ich gehe zurück in die Sauna, hebe verstreut liegende Gegenstände auf, stelle sie an ihren Platz, Schwämme, Handtücher. Die Schöpfkelle lege ich in ihren Eimer, verschließe das Türchen des Ofens, kehre Splitter auf. Trotz meiner Bemühungen bleibt natürlich ein kleines Loch in der Wand, das die Axt geschlagen hat. Daran ist nichts zu ändern. Die Axt liegt noch da, ich denke für eine Weile darüber nach, was ich mit ihr machen soll. Ist es möglich, dass sie zum Werkzeugbestand des Hauses gehört? Eher nicht. Ich werde sie mitnehmen.

Ich sehe mich um. Nicht perfekt, denke ich, aber durchaus in Ordnung, unter den gegebenen Umständen.

Ich schließe die Tür, lege den Schlüssel zurück unter die Matte und laufe zu meinem Wagen. Meine Beine zittern vor Erschöpfung, ich lege die Axt in den Kofferraum. Das Licht, das den Kofferraum beleuchtet, flammt auf, meine Hand schimmert dunkelgrau. Ich sehe aus wie ein Bergarbeiter nach Schichtende, voller Erde, Schweiß und Schmutz. Ich gehe zur Regenwassertonne und wasche mein Gesicht, meine Hände. Dann ziehe ich Schuhe, Socken, Shorts und Hosen aus, lege alles neben die Axt in den Kofferraum. Ich nehme mein Telefon und steige, nur mit einer Unterhose bekleidet, in den Wagen.

Nein, nicht perfekt, denke ich erneut. Aber wann ist irgendetwas perfekt gewesen?

Ich überquere wieder die Brücke von Tervasalmi. Ich fahre an der Stadt vorbei und weiter zur Insel Tervasaari. Der große Parkplatz für Besucher des Parks liegt im Dunkel. Ich steige aus und werfe die Kleider und die Axt in einen Container, in dem auch die Ausflügler ihren Müll entsorgen. Die Axt landet krachend auf dem Boden des Containers. Der Aufprall hallt nach. Ich gehe zurück zum Wagen, fahre los und rufe Taina an. Sie begrüßt mich überschwänglich, und ich sage, dass ich ihren Vorschlag annehmen möchte.

«Du hast recht. Ich brauche ein wenig Ruhe.»

«Oh, Jaakko, wie schön, ja, das brauchst du wirklich. Das sage ich ja die ganze Zeit.» Taina atmet erleichtert auf.

«Ich fahre gleich heute Abend. Bin auf dem Weg.»

Taina schweigt. «Bist du schon unterwegs? Wo bist du denn?»

Ich spüre den Impuls, ihr zu erklären, dass sie, wenn sie bei nächster Gelegenheit ihren Mann ermorden möchte, darauf achten sollte, dass der Plan gelingt. Weil sie ansonsten der Mühe ausgesetzt sein würde, ihn irgendwie aus der Stadt zu komplimentieren. Was es erforderlich machen könnte, dass sie die säuselnde Gattin mimt. Was bedauerlich wäre, da sie in dieser Rolle eine wirklich lausige, schmierige Laienspiel-Vorstellung abgibt.

«Ach, ich bin gerade erst losgefahren», sage ich. «Aber die Richtung stimmt, würde ich sagen. Ich will noch ein paar Sachen fürs Wochenende vorbereiten. Es sieht ja wirklich so aus, dass wir den gewünschten Regen bekommen könnten.»

«Zuckerbärchen, du bist jetzt im Urlaub», sagt sie.

«Ich weiß. Es fühlt sich nur so komisch an, weil ich allen Überstunden aufgeschwatzt habe.»

Autofahren in Unterhosen ist recht beschwerlich. Der Gurt beißt sich in meine Haut, ich möchte mich ständig am Rücken kratzen, und meine Füße kleben an den Pedalen fest.

«Mein Zuckerschmusebärchen, lass einfach los, du bist auf dem Weg nach Helsinki. Nachtleben und Wellness warten auf dich!»

«Ja. Du hast sicher recht.»

«Natürlich habe ich recht.»

«Ich mache mir wahrscheinlich ganz umsonst Sorgen.»

«So ist es.»

«Hast du was von Raimo gehört?»

«Von Raimo? Wieso?» Da ist kein Zögern in ihrer Stimme.

«Ich dachte nur. Er hat irgendwas erzählt. Dass seine Frau erkrankt sei und dass er zu ihr fährt.»

«Ja, und?»

Taina klingt ehrlich. Oder besser gesagt: Ihr sind Raimo und dessen Frau tatsächlich völlig gleichgültig.

«Ja, spielt keine Rolle», sage ich. «Hast du denn schon einen Plan? Wie werdet ihr denn am Samstag die Sektoren für die Erntehelfer einteilen?»

«Schatz, was haben wir gerade besprochen? Wer fährt in den Urlaub?»

«Ich.»

«Genau. Mein süßer kleiner Jaakko.»

Süßer kleiner Jaakko?

«Ich dachte nur, je mehr ich weiß, desto besser.»

Taina schweigt.

«Ich denke wirklich nicht, dass du dich am Wochenende auch nur eine Sekunde lang mit der Arbeit befassen solltest», sagt Taina. Sie spürt wohl selbst die an Verärgerung grenzende Ungeduld in ihrer Stimme. Den nächsten Satz sagt sie schon wieder honigsüß. «Bärchen, ich kann dir ja per Mail alles Wissenswerte zusenden. Und du konzentrierst dich jetzt auf die schönen Tage, die vor dir liegen.»

Ein windstiller, warmer Abend. Tiefe Schatten. Die Luft ist samtig und schwül, wie immer vor dem großen Regen. Ich betrachte das Haus, werfe ab und zu einen Blick in den Rückspiegel. Nichts zu sehen. Nichts regt sich.

Der Kies knirscht und schmerzt ein wenig unter meinen nackten Füßen. Ich suche immer noch mein Gleichgewicht, gehe langsam, frage mich vage, wie es aussehen muss, wenn hier einer in Unterhose entlangläuft.

Ich erreiche das Grundstück, der Weg geht in eine Wiese über. Angenehm, es ist, als würde ich auf einer weichen Daunendecke laufen. Hinter den Fenstern des Hauses brennt Licht, aber ich sehe niemanden. Ich gehe die Treppe hinauf, klingle, ziehe den Bauch ein. Dann wird mir klar, dass das besonders albern ist, unter diesen Umständen. Bauch einziehen und Brust raus, das wird nicht reichen. Ich werde einiges erklären müssen.

Das Gesicht, in das ich blicke, wirkt nicht ganz so überrascht, wie ich erwartet hatte. Sanni verschränkt die Arme vor der Brust und lehnt sich mit der Schulter gegen den Türrahmen. Warmes Licht umspielt ihre offenen Haare, ihre Augen liegen im Schatten. Sie bittet mich nicht herein.

«Vielleicht hätte ich vorher anrufen sollen», sage ich.

«Oder etwas anziehen.»

Ich nicke.

«Bist du allein?»

«Meinst du, es wäre klug, wenn ich das zugebe?», fragt sie.

Ich ringe mit den Händen, spüre, dass ich erröte. Ich fühle mich wie ein Vertreter, der ein besonders merkwürdiges Produkt anpreisen muss.

«Ich befinde mich, um gleich zum Punkt zu kommen, in einer etwas misslichen Lage. Ich würde gerne duschen und vielleicht eine Hose und ein Hemd ausleihen. Nur bis morgen. Und wir sollten über Asko und seine *Pilz GmbH* sprechen. Und über zwei, drei andere Sachen. Ich mache dir einen Vorschlag.»

Sanni trägt noch das dünne rote Shirt, das sie bereits am Morgen trug, und graue Shorts, ein lässiges Outfit. Heute Morgen hatte sie nur einen Slip an, in gewisser Weise sind wir jetzt quitt.

«Einen Vorschlag», sagt sie.

«Ja. Es hat nichts mit meinem Auftritt hier zu tun.» Ich sehe an mir hinab. «Es ist gewissermaßen der Ratschlag eines Vorgesetzten an eine Mitarbeiterin.»

Nein, das klingt lausig. Ich suche nach Worten, die den Unsinn verstehbar machen, aber Sanni kommt mir zuvor.

«Taina hat dich rausgeschmissen, oder?»

Das kommt unerwartet. Der Themenwechsel löst unmittelbar etwas in mir aus. Intuitiv korrigiere ich tatsächlich wieder meine Haltung, Bauch rein, Brust raus. Wie ein Neandertaler.

«Gewissermaßen, ja», sage ich. Was ja auch stimmt, Taina hat mich aus niederen Beweggründen in einem Zwangsurlaub geschickt, das ist mehr als ein Rausschmiss. «Ja, es sind einige überraschende Dinge passiert.»

Wir stehen uns für eine Weile im lauen Sommerabend gegenüber. Dann wendet sich Sanni ab und sagt: «Das Badezimmer ist gleich rechts.»

Erstaunlich, sogar in Shampoo können sich Proteine befinden. Das steht zumindest auf der Flasche. Ich weiß nicht, wie diese Proteine aus den Haaren in den Bizeps wandern, aber zur Sicherheit nehme ich jede Menge davon. Meine Beine wollen nicht aufhören zu zittern. Ich setze mich auf den Boden der Duschkabine, hebe den Duschkopf an den Mund und trinke gierig. Dann wasche ich mich.

Das Wasser vermischt sich mit Schlamm und Dreck und Sand, der sich von meinem Körper ablöst, von den Ohren, den Haaren, der Haut, sogar der Nase. Meine Fingerspitzen ähneln kleinen, schwarzen Mondsicheln, der Dreck unter den Nägeln ist besonders hartnäckig, aber irgendwann fühle ich mich tatsächlich halbwegs sauber. Ich stehe mühsam auf, trockne mich mit einem großen Badetuch ab, das nach Zitrone duftet.

Sanni hat mir zwischenzeitlich eine Jogginghose und ein T-Shirt auf die Waschmaschine gelegt. Ich ziehe beides an. Die Hosen haben die passende Länge, aber an den Pobacken liegen sie so eng an, dass ich auf einen Blick in den Spiegel verzichte. Das hellgrüne Shirt passt, hat aber einen offenen Ausschnitt, der nicht unbedingt meine Männlichkeit betont.

Sanni sitzt im Wohnzimmer auf dem Sofa. Sie hebt den Blick, als ich den Raum betrete. Ihre Haare und Beine glänzen im rötlichen Licht der Lampe, die neben ihr steht.

«Tee?», fragt sie. «Ich mache dir einen, wenn du willst.»

«Nein danke.» Ich setze mich in einen der Sessel.

Sannis Wohnzimmer ist klein und irgendwie kuschelig, es erinnert mich an ein Nest. Ein gemütliches dunkelbraunes Ledersofa, ein dunkelrotes Regal voller Bücher, einige gerahmte Fotos. Auf dem Boden liegt ein breiter, orientalischer Teppich. Ich studiere das Muster. Ein Baum, auf dessen Ästen Vögel ruhen, die Vögel haben lange, bunte Schwänze. Auf dem Teppich, im Zentrum des Raums, steht ein stabiler, aus Holzbrettern gefertigter Tisch. Altmodisch, würde Taina vermutlich sagen. Heimelig, würde ich entgegnen.

«Brauchst du Socken?», fragt sie, nachdem wir uns für einige Sekunden in die Augen geblickt haben.

«Ach, eher nicht. Ich habe ohnehin keine Schuhe mehr.»

«Es scheint, dass du sehr überstürzt aufbrechen musstest.»

«In der Tat. Überstürzt, ja. *Out of the blue*, könnte man sagen. Hast du heute zufällig Asko gesehen?»

Sanni nickt.

«Ja, klar. Wir haben die Pläne besprochen. Er sagte mir, dass ich morgen auch einen seiner japanischen Kunden treffen würde. Asko wird sie rumführen und möchte sie vom Qualitätsmanagement der *Pilz GmbH* überzeugen. Morgen reist einer der Japaner an.»

«Einer? Nicht mehrere?»

«Nein, Asko sprach von einem.»

«Hat Asko einen Namen erwähnt?

Sanni schüttelt den Kopf. Sie trinkt einen Schluck Tee, der Becher ist ebenso breit wie ihr Gesicht. Oder besser: Sannis Gesicht ist so schmal wie der Becher.

«Was hat Asko sonst so erzählt?», frage ich.

Sanni stellt die Tasse ab.

«Er sagte, dass du irgendetwas abziehst, irgendein Ding drehst», sagte sie beiläufig, als würde sie vom Wetter reden.

Sie legt ihre Beine aufs Sofa, streckt sich aus. Sie hat mich die ganze Zeit schon intensiv angesehen, aber jetzt gewinnt ihr Blick noch an Schärfe. Ich halte mich an den Lehnen des Sessels fest, berühre mit den Zehen den angenehm weichen Teppich.

«Sonst noch was?», frage ich.

«Hat er recht, Jaakko? Drehst du irgendein Ding?»

Ich halte ihrem Blick stand. Dann kommt die Müdigkeit, ganz plötzlich. Sie fährt mir in die Knochen, ein Schmerz, der seinen Platz sucht. Ich bin am Ende, meine Kräfte sind aufgebraucht. Ich war bei der Polizei, in der Sauna und habe ein Grab ausgehoben. Selbst wenn meine inneren Organe im Moment relativ stabil sind, sind sie alles andere als gesund. Ich spüre die Dunkelheit im Nacken, ich muss mich beeilen.

«Ja, in der Tat», sage ich. «Ich habe zum Beispiel dich rekrutiert. Als Spionin. Ich bin auch in Askos Geschäftsräumen gewesen. Habe mich umgesehen. Asko denkt, dass ich ein Schwert entwendet habe. Du hast bestimmt die Schwerter an den Wänden bemerkt.»

«Sie sind nicht zu übersehen. Scheint Askos große Leidenschaft zu sein. Irgendwie hängen die auch mit dieser Japan-Sache zusammen. Hast du das Schwert gestohlen?»

«Natürlich nicht.»

«Asko ist sich ziemlich sicher, dass du es gestohlen hast.»

Das bedeutet, dass Asko noch nicht von Juhani erfahren hat. Sobald er davon hört, werde ich mal wieder fürchten müssen, zerstückelt zu werden.

«Was denkt Asko denn sonst so über mich?», frage ich.

«Dass du mich nicht einfach gehen lassen wirst.»

«Hat er das so gesagt?»

«Das kam eher zwischen den Zeilen raus.»

Ich erinnere mich an etwas, das Sanni sagte. Dass sie das Gefühl habe, aufgewacht zu sein und endlich klarer zu sehen.

«Das wundert mich nicht. Er sieht dein Potenzial.»

«Und du, Jaakko? Was siehst du?»

Eine schöne, ehrgeizige Frau mit roten Haaren und samtig schimmernden Beinen. Eine Frau, bei der ich noch nicht ganz sicher bin, ob ich ihr trauen darf.

«Was waren denn die Pläne, die du Asko vorgetragen hast?»

Etwas regt sich in ihrem Gesicht. Vielleicht Enttäuschung darüber, dass ich ihre Frage unbeantwortet gelassen habe. Oder denkt sie darüber nach, was mir auf der Zunge gelegen haben könnte? Worte, die über unsere Geschäftsbeziehung hinausführen.

«Ich habe vorgeschlagen, in Onkamaa zu sammeln. Das ist eine gute Gegend, mit Kiefernhainen, Wegrändern, Mischwiesen, Gestrüpp, einigen Hügeln und kleinen Waldstücken. Das ist der beste Ort, aufgrund der Vielfalt. Ich habe vorgeschlagen, gleich nach dem Regen loszulegen oder besser schon während des Regens.»

«Während des Regens?»

Sanni nickt.

«Ja. Asko hat zugestimmt, er meinte, dass ich ja jetzt mit echten Männern zu tun habe.»

«Das hat er gesagt?»

«Ja. Ich glaube, er meinte das nicht geschlechterspezifisch, er wollte einfach sagen, dass faule Säcke in seiner Firma keinen Platz haben.»

«Ah ja.» Ich versuche, Kraft zu finden, mich zu sammeln. Ich lehne mich zurück, das gibt Halt, macht aber auch schläfrig. In diesem weichen Sessel kann man versinken, ich habe das Gefühl, dass er mich ansaugt. Es ist dunkel im Raum, dunkler als noch vor wenigen Minuten. «Ja, so wird er das gemeint haben. Wie ist noch mal die aktuelle Wettervorhersage?»

«Morgen Nachmittag soll es schon ordentlich schütten.»

«Und morgen führst du den japanischen Gast in den Wald?»

«Wenn das Wetter es zulässt und falls der Gast tatsächlich anreist und falls Asko es so will.»

«Moment», sage ich. «Du, Asko und der Japaner? Sonst wird niemand mitkommen?»

Sanni scheint etwas einzufallen.

«Gut, dass du fragst, ich hatte mich auch gewundert. Warum mietet Asko einen Kleinbus an, wenn wir zu dritt sind? Ich vermute, dass er Juhani und Juhana auch mitgezählt hat, dann wären wir immerhin zu fünft.»

Ich muss nachdenken. Juhani und Juhana werden logischerweise morgen keine Pilze sammeln gehen. Aber vielleicht erwartet Asko gar nicht, dass sie das tun werden. In dem Fall hätte er also andere Mitfahrer im Sinn.

«Schick mir umgehend eine Nachricht, sobald du weißt, wer mitfährt. Das ist wichtig. Oder es kann wichtig sein.»

Sanni schweigt. Ihre Augen liegen im Schatten, aber ich sehe sie glitzern. Sie hat den Kopf zur Seite geneigt, als wolle sie eine Frage stellen. Ich bin so müde, dass sich mein Bauch Stück für Stück nach außen wölbt. Ich versuche sogar jetzt noch, meinen Bauch einzuziehen und meine Brust und meine Schulter zu verbreitern, es ist lächerlich. Mir geht wirklich die Kraft aus. Um meine Hüften tritt der Rettungsring hervor, er schimmert im sanften Licht.

Es gibt Momente, in denen die blanke Peinlichkeit des Alters schwerer wiegt als der Tod. Ich weiß, wovon ich spreche. Ich denke, dass Sanni keine Rechtfertigung hören möchte. Was soll ich auch sagen? Ich mag Essen, ich war immer pünktlich zum Abendbrot zu Hause. Ich habe eine Schwäche für fette Krapfen. Ich werde den Tod eines Adipösen sterben.

«Und wie geht es dann weiter?»

Sannis Frage weckt mich aus dem Halbschlaf, in den ich abgeglitten bin. Und aus meinem armseligen Selbstmitleid.

«Wir werden dann wissen, was Asko vorhat. Wir bekommen einen besseren Überblick. Und wir retten unsere Firma.» Die roten, welligen Haare umgeben Sannis Gesicht wie Vorhänge.

«Und hast du noch vor, auf meine Frage zu antworten?»

Ich suche ihre Augen.

«Asko hat völlig recht», sage ich. «Ich werde dich nicht gehen lassen.»

Dann erzählt Sanni, mit leuchtenden Augen, von ihren Plänen. Wir werden die großen Städte erobern, werden exklusive Restaurants und Delikatessläden beliefern. Wir werden Kennenlernreisen ins exotische Finnland anbieten, und wenn jemand nicht zu uns kommen will, werden wir die finnischen Wälder einfach zu ihm bringen.

«Wir können noch so viel daraus machen», sagt sie. «Um ehrlich zu sein, es ist sogar ganz gut, dass Taina dich rausgeschmissen hat.»

Ich werfe halbherzig ein, dass das mit Taina und mir nur eine vorübergehende kleine Krise sei. Ich verschweige, dass eigentlich alles höchst vorübergehend ist, meine Ehe, mein Leben. Auch wenn das toxikologische Gutachten irgendeine Stagnation anzeigen sollte. Es gelingt mir, am Ende noch mitzuteilen, dass wir uns erst um die dringlichsten Dinge kümmern sollten.

«Sanni», sage ich dann, «Ich glaube, ich muss mich ausruhen.»

«Du meinst, du musst schlafen?»

Sanni springt auf, ich habe gar keine Gelegenheit zu fragen, was damit sonst noch gemeint sein könnte. Sie öffnet einen Schrank und bringt einen Stapel Bettwäsche. Sie legt alles aufs Sofa, das sicher bequem ist, aber zu kurz. Dicke Polster, weiche Kissen, aber zu kurz. Wobei, wenn ich es mit dem Ort vergleiche, an dem ich hätte schlafen müssen, wäre ich Juhanis Axt nicht erfolgreich ausgewichen, dann muss ich sagen: Das Sofa sieht gut aus, bestens.

«Du kannst das selbst? Dein Bett machen?», fragt Sanni.

«Doch, ja, ich denke schon.»

Ich suche intuitiv ihre Augen. Das mache ich andauernd, erst wenn ihr Blick auf meinen trifft, bemerke ich, dass ich auf der Suche war. Ich kenne das nicht, ich habe das irgendwann, vor vielen Jahren, mit Taina erlebt, aber die Erinnerung ist blass. Zeit zu schlafen, denke ich. Sannis Anwesenheit wühlt mich auf. Ich bin sicher, dass sie das sehr genau weiß.

«Wo das Bad ist, weißt du ja. Und die Küche kennst du auch. Falls du was brauchst.»

«Danke, Sanni. Gute Nacht.»

«Gute Nacht.»

Wieder treffen sich unsere Blicke, wieder vergehen einige stille, merkwürdige Sekunden.

Dann stelle ich eine Frage, die mich beschäftigt.

«Woher weiß ich, dass du mit Asko nicht ähnliche Gespräche führst wie mit mir?»

«Das mache ich», sagt sie. «Aber bisher zahlst du besser.»

Obwohl ich erschöpft bin, zucke ich unwillkürlich zusammen. Sanni lächelt.

«Keine Angst, ich scherze», sagt sie und wendet sich ab. Sie ist schon fast außer Hörweite, als sie hinzufügt: «Ich erkenne dein Potenzial.»

16

ICH KENNE:
NORIYUKI KAKUTAMA
KUSUO YUHARA
DAISUKE OKIMASA
MORIAKI TAKETOMO
AKIHIRO HASHIMOTO

ICH KENNE NICHT:
SHIGEYUKI TSUKEHARA

Das Morgenlicht taucht die Bäume, die Wiesen, die Büsche in ein sanftes Grün. Jedes Blatt, jeder Halm, jeder Stängel scheint eine bestimmte Abstufung, eine eigene Nuance zu erhalten, es entsteht ein Kaleidoskop, das sich aus der Farbe Grün zusammensetzt. Die Morgensonne nähert sich, ich betrachte das Schauspiel, Sekunde für Sekunde, Minute für Minute. Als die Sonne den Garten erreicht, scheinen die Blumen in Flammen aufzugehen, golden oranges Licht flutet herein.

Ich wende mich vom Fenster ab, gehe zum Küchentisch, vertiefe mich wieder in meine Notizen.

Ich bin früh aufgewacht, gemeinsam mit der Sonne. Ich fühle mich recht gut. Wach und merkwürdig leicht. Ich bin froh darüber, noch am Leben zu sein. Ich weiß nicht genau, was Glück ist, aber es wird sicher einiges damit zu tun haben, am Leben zu sein. Ich trinke Tee, das mache ich eher selten, aber ich wurde ja auch früher nicht alle Tage Opfer von Mordanschlägen und bin noch nie zuvor auf Sannis Sofa aufgewacht.

Ich habe meinen Bauch und meine Hüften begutachtet und dem Spiegel meine Zunge und meinen Rachen präsentiert. Mein Allgemeinzustand ist stabil, aber ich meine auch eine Veränderung zu bemerken. Ich spüre, dass mir langsam die Kraft ausgeht, wie einem Auto, das fährt und fährt und fährt und doch eine Pferdestärke nach der anderen einbüßt.

Ich schreibe neben die Namen einige Anmerkungen:

Kakutama, Geschäftsführer

Yuhara, Qualitätsmanager

Okimasa, Vermarktung

Taketomo, Logistik, Konservierung, Lagerung

Hashimoto, Verkauf

Tsukehara, keine Ahnung

Der Akku meines Smartphones steht bei zwei Prozent. Ich brauche Strom. Neben dem Toaster liegt ein Ladekabel, aber es ist nicht kompatibel mit meinem Telefon.

Die Uhr an der Wand zeigt 6.13 an.

Wenn ich sofort losfahre, kann ich vor allen anderen im Büro sein und das Ersatzkabel holen. Außerdem sollte ich die Innenstadt vermeiden, ich möchte ungern irgendjemandem begegnen, der mich im Wellnessurlaub in Estland vermutet.

Ich schleiche mich in den Flur, öffne behutsam den Schrank und sehe mir Sannis Schuhsammlung an. Sannis Fuß könnte zu einem kleinen Tier gehören. In ihre schmalen und kurzen Schuhe passt bestenfalls eine Tatze. Ich lebe auf großem Fuß. In einem Abstellschränkchen neben der

Wohnungstür sehe ich ein Paar schwarze Gummistiefel für Männer. Größe 46. Sie sehen im Vergleich zu den anderen Schühchen aus wie Möbelstücke, ziemlich neu, aber mindestens einmal benutzt, ich kann ein paar Flecken erkennen. Ich zögere kurz, dann streife ich die Stiefel über, sie reichen mir bis zu den Knien. Ich betrachte mich im Spiegel. Hohe Stiefel, eng anliegend Jogginghosen, ein Frauen-T-Shirt mit weitem Ausschnitt. Ich sollte am besten gar nicht darüber nachdenken, wie ich aussehe.

Als ich ins Freie trete, fällt mir noch etwas ein. Ich darf nicht mit meinem Wagen fahren, ich darf nicht gesehen werden. Ich gehe zurück, nehme Sannis Autoschlüssel, der auf dem Tisch im Flur liegt. Ich schreibe eine Nachricht, wünsche ihr einen guten Morgen und gebe Bescheid, dass ich ihren Wagen ausgeliehen habe. Dann gehe ich über den Hof zum Wagen, steige ein.

Im Wageninnern riecht es gut, angenehm neutral, vermutlich ist alles besser als der Gestank, der sich gestern in meinem Auto ausgebreitet hatte. Ich fahre in die Industriestraße, aber auf einem Schleichweg, von der Mannerheimstraße rechts ab über die Brücke. Ich lasse den Blick über die Einfahrt zu unserer Firma gleiten, es ist niemand zu sehen.

Die Maschinenhalle ist still und leer. An diesem Morgen kommt sie mir vor wie eine Kirche. Meine Kirche. Ich wende mich ab und laufe den Gang entlang zu den Büros. Plötzlich sehe ich oranges Licht, es fällt aus dem Raum mit den Trocknern. Ich höre aber nichts, die Maschinen sind entweder ausgeschaltet oder haben gerade erst einen Durchlauf beendet. Ich werfe einen schnellen Blick auf die Uhr an der Wand, habe das Gefühl, mich beeilen zu müssen.

Das Ladegerät liegt im Regal, bestens. Ich wickele das Kabel um den Stecker und will gerade gehen, als ich Schritte höre, vertraute, lange, entspannte Schritte. Ich lege mir eine Erklärung zurecht, laufe ihm entgegen, grüße gut gelaunt.

Olli bleibt stehen und dreht sich zu mir um. Er steht vor der Werkshalle, beschienen von Morgenlicht. Wie immer, wenn er schweigt, sieht er aus wie George Clooney. Vielleicht sollte er sich einfach abgewöhnen, den Mund zu öffnen. Mir zucken Gedanken durch den Kopf, ich beginne, sein zerrüttetes Beziehungsleben zu verstehen. Ich sehe die Anfänge, die Mitte, das Ende. Seine Träume, seine Missverständnisse, Havarien.

«Guten Morgen, Olli», sage ich.

«Äh, alles klar? Ist was passiert?», fragt er.

«Nein, natürlich nicht», sage ich.

«Du bist früh dran», sagt er. Es ist mehr eine Frage als eine Feststellung.

«Ich wollte was holen», sage ich und halte das Ladekabel in die Höhe. Ich weiß nicht, ob Olli es erkennen kann, ist aber sowieso unwichtig, wichtig ist anderes. «Olli, wir müssen reden», sage ich.

Olli wartet.

«Gut, also», sage ich, weil sich die Stille in die Länge zieht. Wir stehen einige Meter voneinander entfernt, im Zentrum der Halle. «Ich sollte gar nicht hier sein.»

Er schweigt.

«Ich habe Taina versprochen, nach Tallinn zu fahren. Ich würde dich bitten, niemandem zu sagen, dass du mich hier gesehen hast.»

Olli entspannt sich. Er nickt mehrmals.

«Ja, ja, Frauen», sagt er.

«Nein», beginne ich, aber dann wird mir bewusst, dass Olli mir eine wunderbare Vorlage liefert. «Ja, genau, du sagst es. Frauen.»

«Taina hat dich rausgeschmissen?»

Er sagt das sehr entschieden. Schon der Zweite, der behauptet, Taina habe mich rausgeschmissen. Warum kommt keiner auf die Idee, dass ich Taina rausgeschmissen haben könnte?

«Will sie mit ihrem Lover zusammenziehen?», fragt er.

«Nun, das weiß ich nicht genau», sage ich, aber bevor ich das erste Missverständnis aufklären kann, konfrontiert Olli mich schon mit dem dritten.

«Dann hast du freie Hand in Tallinn, ist doch gut. So läuft das. Wie du mir, so ich dir. Ich könnte dir ein paar Adressen nennen, die ...»

«Nicht nötig. Aber danke.» Obwohl. Vielleicht sollte ich Olli gar nicht ausbremsen. «Na ja, wenn du willst, gib mir ruhig die eine oder andere Adresse.»

«Wie du in den Wald hineinrufst, so schallt es heraus, nicht wahr? Wird Taina eigentlich in der Firma bleiben?», fragt er.

Eine Frage, die mich ernsthaft überrascht.

«Bitte?»

«Wenn die Alte den Chauffeur nagelt, dann kann sie ja schlecht hierbleiben, was?»

«Den Chauffeur?»

Olli faltet seine Hände, massiert mit dem rechten Daumen die linke Hand. Er schaut mir in die Augen und senkt den Blick.

«Nun, da du ja die Angelegenheit erwähntest, habe ich Augen und Ohren offen gehalten, nicht wahr?»

«Aha», murmele ich.

«Ja, ja. Da hinten», sagt Olli und nickt in Richtung Büro, «haben sie fein gevögelt. Am Regal. Petri hat Taina richtig hochgestemmt, ist ja ein starker, junger Mann. Ein Hengst, der kann wahrscheinlich fünfzehn Mal hintereinander.»

«Olli, haben die beiden dich bemerkt?»

«Nein, das war ja ein Stöhnen und Ächzen, das ging ja heiß her.»

«Ich vermute, dass du niemandem davon berichtet hast?»

Olli hat einen entschlossenen Blick aufgesetzt. Ein Mann, der weiß, was zu tun ist. «Ich stehe in dieser Sache voll hinter dir. Zu hundert Prozent.»

Ich lasse mir von Olli gleich mehrfach zusichern, dass er mich weder gesehen noch gehört hat und dass Taina und Petri gute Kollegen sind, über deren Privatleben er nichts beizusteuern hat. Mit anderen Worten, Olli weiß nichts, von niemandem. Er nickt, und ich verabschiede mich. Dann fällt Olli plötzlich ein, dass er mir noch etwas aufschreiben möchte. Adressen. In Estland.

Ich lasse ihm seinen Willen, obwohl die Uhr unaufhörlich tickt. Die Minuten schrumpfen zusammen, überholen sich selbst, zerbröseln vor meinen Augen. Olli knabbert an einem Bleistift und schreibt, tief in Gedanken versunken. Ich fürchte, dass ich die Sache nur weiter hinauszögern würde, wenn ich ihn zur Eile antreibe. Außerdem könnte das unsere Freundschaft belasten, und diese Freundschaft ist mir momentan durchaus wichtig.

Olli setzt sich aufrecht und liest, was er geschrieben hat. Er liest und liest und liest. Ich ringe um Fassung. Ich möchte den verdammten Zettel aus seiner Hand reißen und einfach nur abhauen. Endlich steht er auf, überreicht mir das Papier. Er mustert mich, von Kopf bis Fuß.

«Die Klamotten würde ich vor der Abreise wechseln.»

Sanni isst Joghurt mit Haferflocken und Honig. Den Honig löffelt sie aus einem riesigen Behälter und lässt ihn in die Schüssel tröpfeln. Draußen frischt der Wind auf, der Regen kommt näher. Die Sonne blitzt nur noch vereinzelt durch die Wolken. Sanni verschließt mit beiden Händen den Deckel des Honigbehälters.

«Du hast mein Auto gestohlen, und jetzt soll ich dir neue Klamotten schenken?», fragt sie.

«Ich habe mir das Auto ausgeliehen. Und die Sachen bezahle ich, sobald ich mein Portemonnaie finde.»

Meine Geldbörse ist weg. Entweder liegt sie bei Juhana im Grab oder in dem Müllcontainer in Tervasaari. Ich habe einige Fehler gemacht, das ist mir klargeworden. Ich muss mich allerdings wohl kaum rechtfertigen, man kommt nicht alle Tage in eine solche Lage. Ich habe nicht gerade langjährige Erfahrung darin, Leichen verschwinden zu lassen und Beweismaterial zu vernichten. Es ist alles recht neu, recht überraschend. Was ja auch, wie ich inzwischen weiß, für das Leben als solches gilt. Alles passiert irgendwann, ein erstes und ein letztes Mal.

«Ich nehme dich wieder auf den Arm», sagt Sanni. «Falls du das noch nicht bemerkt hast.»

«Ich habe gehofft, dass du das sagen wirst.»

«Aber eine Frage muss ich stellen. Warum fährst du nicht einfach nach Hause, wenn Taina in die Firma fährt? Da kannst du dich in Ruhe umziehen.» Sannis blaugrüne Augen ruhen wachsam auf mir. «Wäre das nicht leichter und billiger? Du musst dich ja nicht gleich neu einkleiden.»

In diesem verdammten Dorf ist es nicht möglich, auch nur ein einziges kleines Geheimnis zu haben. Alles muss ans Tageslicht kommen, für alles muss man irgendeine Erklärung liefern. Sanni lässt mich nicht aus den Augen, sie knabbert Nüsse, Rosinen und Trockenfrüchte, ihr schmaler Kiefer zermahlt geduldig die kleinen Leckereien. Ich erzähle von Tallinn. Dass ich eigentlich dort sein sollte, nicht hier, in Sannis Küche. Dass ich nicht gesehen werden darf, von niemandem, nirgends. Der Ausdruck auf Sannis Gesicht ist schwer zu deuten. Ihre roten Haare hat sie zu einem Pferdeschwanz zusammengebunden.

«Na schön. Das Shirt also in Größe L», sagt sie. «Die Schuhe Größe fünfundvierzig. Die Jeans 38/32. Taina scheint ihrer Forderung ja einigen Nachdruck verliehen zu haben.»

«XL wäre besser, denke ich. Fünfundvierzig ist bestens. Und ja, Taina war ziemlich deutlich. Je weiter ich weg bin, desto besser.»

«Wie fühlt sich das an?»

«Was, die neuen Klamotten?»

«Wenn man aus dem eigenen Haus geworfen wird.»

«Ah. Keine Ahnung», sage ich. Das ist die Wahrheit. Ich habe kaum Zeit gehabt, darüber nachzudenken, alles fließt, alles, was passiert, folgt einer eigenartigen Logik.

«Du siehst zumindest nicht so aus, als würdest du von Traurigkeit erdrückt werden.»

Sanni lässt ein Teesieb in ihrer Tasse kreisen. Ich denke über ihre Worte nach. «Das ist wohl wahr», murmele ich.

Sanni lässt das Sieb auf den Müsliteller fallen. Sie stützt sich mit beiden Ellenbogen auf dem Tisch ab.

«Sag es bitte nicht weiter, aber der Tag, an dem ich mich habe scheiden lassen, war vielleicht der beste in meinem Leben.»

«Ah. O. k., ich werde es für mich behalten.»

«Das Beste daran war, dass ich ihn endlich los war», sagt Sanni. Sie fährt mit der Zungenspitze an ihrem Mund entlang. «Es fühlt sich fast kriminell an, das so zu sagen. Dass die Trennung tausendmal besser war, als es das Kennenlernen und das Zusammensein jemals gewesen sind.»

«Wie es sich anfühlt, ist die eine Sache», sage ich. Ich denke, dass ich wohl derjenige bin, der aktuell besser wissen sollte, was kriminell ist und was nicht. «Es ist keine Schande, die Wahrheit auszusprechen», füge ich hinzu.

«Ich habe mich so frei gefühlt, so glücklich», sagt sie. «Ich hatte richtig Lust zu feiern.»

«Verstehe.»

Sanni hebt den Blick und zuckt zusammen. Vielleicht wird ihr bewusst, dass sie mit einem Mann spricht, der in Unterhosen und einigermaßen angeschlagen in ihrem Garten gestanden hat.

«Entschuldige, ich wollte sagen, dass alles seine zwei Seiten hat.»

«Ich verstehe dich sehr gut.» Auch das ist die Wahrheit. «Ich hatte nur bislang wenig Zeit, das Ganze aus dieser Perspektive zu betrachten. Aber in der Tat bin ich nicht sonderlich traurig. Ich bin einfach nur, ja, überrascht.»

«Du hast das ganze Leben noch vor dir», sagt sie.

Ich suche ihre Augen.

«O. k., das ist ein Klischee, ich weiß», sagt sie. «Klingt abgedroschen, aber es ist doch so. Ich garantiere dir, dass du ganz froh sein wirst, wenn du irgendwann zurückschaust und an Taina denkst. Du wirst froh darüber sein, dass die Sache sich nicht hingezogen hat.»

«Hingezogen?»

«Wie lange wart ihr zusammen?»

Ich rechne. Die Jahre vor der Ehe, dann die sieben Jahre nach der Heirat. Vorbei. Unwiderruflich. Aber das ist ja nicht annähernd die ganze Wahrheit. Sannis Telefon piepst. Sie nimmt es in die Hand und schaut auf das Display.

«Asko», sagt sie. «Unser Gast ist in Helsinki-Vantaa gelandet. Das heißt, dass er in etwa zwei Stunden in Hamina ankommen wird. Asko gibt Bescheid, wenn er mich braucht. Aber ich hatte dich unterbrochen, was wolltest du sagen?»

«Hm? Ach so, drei Sachen. Ich brauche ein Auto. Du musst mich auf dem Laufenden halten. Und ich brauche die Klamotten.»

Sanni fährt los, um die Kleider zu kaufen. Sobald sie zurück ist, wollen wir einen Wagen leihen, von ihrem Bruder in Summa. Ich nutze die Gelegenheit, um darüber nachzudenken, was ich Sanni erzählt habe. Ich denke über Taina nach, über die Ehe, die wir geführt haben. Es ist wahr, ich bin nicht traurig. Alles andere war ich sehr wohl: überrascht, wütend, eifersüchtig, rachsüchtig, enttäuscht. Alle diese Gefühle waren da, aber jetzt kann ich sie kaum noch greifen.

Habe ich Taina vielleicht nie geliebt? Nein, das ist Unsinn.

Obwohl? Je länger ich darüber nachdenke, desto unsicherer werde ich. Ich sehe durchs Fenster auf den Garten. Meinen Wagen habe ich nah am Haus abgestellt, man kann ihn von der Straße aus kaum sehen. Ich würde gerne in den Garten gehen, aber ich möchte kein Risiko eingehen. Es erscheint mir zu riskant, obwohl Sannis Haus am Ende einer langen Sackgasse steht. Ich habe lernen müssen, dass in dieser kleinen Stadt Informationen zuweilen schnell fließen. Glasfaserkabel sind nichts dagegen. Aber im Haus ist es auch gemütlich.

Gemütlicher, offen gesagt, als mein eigenes Zuhause. Ein Gedanke zuckt auf. Mein Zuhause wird nicht mein Zuhause bleiben. Sollte ich überhaupt noch weiterleben, werde ich ausziehen müssen. Das Haus, in dessen Garten Taina auf Petri reitet, ist kein Zuhause mehr. Die Wahrheit ist, dass ich in absehbarer Zeit nicht nur tot, sondern auch obdachlos sein werde. Das sollte mich vermutlich schockieren, aber eigentlich löst der Gedanke wenig aus.

Zu den Vorzügen des Todes zählt, dass vieles, was früher wichtig war, vollkommen bedeutungslos wird. Mir geht es auch so, aber anders als ich mir das vorgestellt hätte. Es heißt ja, dass Geld an Bedeutung verliert, während die nahestehenden Menschen an Bedeutung gewinnen, und vielleicht wird man sogar Empfänger einer transzendentalen Erfahrung. Die Flamme, die Gott in uns entzündet, eine Ahnung von der Ewigkeit. Nun ja, in meinem Fall sind die Nahestehenden zu Feinden geworden, der Erfolg der Firma ist das Wichtigste, und ich denke nicht an die Flamme Gottes, sondern an Juhanas Gesicht, das wie Grillkohle aussah. Ich habe nicht den Eindruck, dass alle anderen nach dem Tod etwas anderes erwartet als das, was Juhana bekommen hat. Meine

Gedanken erschrecken mich ein wenig. Dunkle Gedanken. Manchmal ist man von seinen eigenen Gedanken überrascht. Erst wenn sie da sind, begreift man, dass man fähig ist, sie zu denken.

Sanni ist zurück.

Die Kleider passen wie angegossen. Erstaunlich. Ich bin in meinem Leben noch nie so elegant, so leger eingekleidet gewesen. Hellbraune, knielange Shorts, ein rot-blau kariertes Hemd, schwarz-weiße Adidas-Schuhe. Ich sehe aus wie ein gut situierter Tourist.

Wir fahren zu Sannis Bruder. Während der Fahrt schweigen wir. Zur Sicherheit habe ich mich auf den Rücksitz gesetzt, um mich schnell wegducken zu können, falls die Situation es erfordert. In summa beginne ich endlich, mich ein wenig zu entspannen. Ich setze mich aufrecht und sehe mich um. Sanni kündigt an, dass sie einen kleinen Umweg fahren werde, das sei sicherer. «Askos Ex wohnt hier in der Gegend. Asko übernachtet gelegentlich bei ihr, frag mich nicht, warum.»

Wir fahren einen Sandweg entlang, die Landschaft fällt zu beiden Seiten steil ab. In einigen der stillgelegten Sandgruben sind kleine Seen entstanden, umgeben von jungen Kiefern. Die Seen haben die Größe einiger Tennisfelder und scheinen tief genug zu sein, um darin zu schwimmen. Mit dem Sand sehen sie aus wie Miniaturen von karibischen Paradiesstränden. Wäre ich ein kleiner Junge, hätte ich den perfekten Ort für meine Abenteuer gefunden.

Der Himmel verdunkelt sich, der böige Wind umspielt die Bäume.

Sanni biegt nach links ab, auf eine schmale Straße. Nach etwa fünf Minuten erreichen wir ein Grundstück. Wir steigen aus und laufen auf ein gelbes Holzhaus zu, an das zwei Nebengebäude in derselben Farbe angrenzen. Auch dieses Grundstück ist gut geschützt vor neugierigen Blicken. Nur der Garten öffnet den Blick auf den Fluss. Der Hang fällt steil ab, der Fluss ist nahezu ausgetrocknet nach der langen Hitzeperiode. Sanni mustert mich von Kopf bis Fuß, lächelt, ist offensichtlich zufrieden mit dem Anblick, den ich biete.

Plötzlich steht Matti vor uns, keine Ahnung, woher er kam. Aus irgendeinem Spalt, zwischen Haus und Nebengebäude. Wir reichen uns die Hand. Matti ist älter als Sanni, er hat dunkle, braune Augen, eine Vollglatze und ist ähnlich schlank und sportlich gebaut wie seine Schwester. Sanni hat ihn anscheinend schon in Kenntnis gesetzt, er läuft voran, direkt zur Garage.

Er begutachtet mich noch mal, was ich verstehen kann, man möchte sein Auto ja nicht jedem leihen. Ein Auto hat hier in Hamina und Umgebung eine ganz andere Wertigkeit als beispielsweise in Helsinki, das habe ich längst begriffen. Es ist so eine Art Heiligtum. Heiliger, bedeutsamer als ... nun ja, vielleicht könnte ich Matti Trost zusprechen, die eigene Frau zu verleihen, fällt auch nicht leicht. Matti öffnet das Garagentor. Was ich zu sehen bekomme, entspricht nicht unbedingt meinen Erwartungen.

17

Ein Sportwagen. Lexus. So gut wie neu. Der erste Schreck vergeht schnell, dann wird mir bewusst, dass Taina dieser Wagen ebenso wenig auffallen würde wie irgendein anderer. Auf den ersten Blick sieht er gar nicht so spektakulär aus, wie er tatsächlich ist. Das merkt man erst, wenn man dem Geräusch des Motors lauscht und das Gaspedal eine Spur zu tief durchdrückt. So wie ich es versehentlich mache, als ich den Wagen aus Mattis Einfahrt steuere.

Matti war so nett, mir auch noch eine Baseballkappe vom Sportclub Hamina auszuleihen. Ich ziehe sie tief ins Gesicht, während ich fahre. Ich bin ein unbekannter Mann in einem unbekannten Wagen. Das wird Taina denken, wenn sie einen Blick in ihren Rückspiegel werfen sollte. Ich bin in Tallinn. Taina darf davon ausgehen, dass sie tun und lassen kann, was sie will.

Der Regen wird bald da sein. Er wird niederprasseln, mit aller Kraft. Ich muss bei Gelegenheit Sanni über meinen bevorstehenden Tod informieren. Sie hat heute wieder in der Zukunftsform über europäische Städte gesprochen, in die sie mit unserer Firma expandieren möchte. Meine Nieren schmerzen bei Berührung. Der stabile Zustand wird nicht von Dauer sein. Natürlich nicht. Nichts ist von Dauer. Ich sehe Taina.

Sie wuchtet ihre große schwarze Sporttasche in den Kofferraum und steigt in ihren Wagen. Sie parkt rückwärts aus und fährt los. Steuert den Wagen von unserem ehemaligen gemeinsamen Zuhause auf die Straße. Ich folge ihr. Sie ist ähnlich leger und elegant gekleidet, wie ich es bin.

Dann kommt der Regen, genau wie vorausgesagt. Schon die ersten Tropfen sind rund, dick, vielversprechend. Dann prasselt es los, gleichmäßig und dicht, die Erde färbt sich schwarz, die Straßen glänzen, die Lichter der Autos brechen in den Spiegelungen der Pfützen. Endlich. Was für eine Befreiung nach der Hitze, die Luft klart sich innerhalb von Minuten auf. Ich habe das Gefühl, den Pilzen im Wald beim Wachsen zuhören zu können.

Taina fährt ruhig, entspannt, ohne Eile. Es ist einfach, ihr zu folgen. Das denke ich, als mein Telefon klingelt. Ich betrachte das Display, gehe ran.

«Hallo, mein Schatz», sagt Taina. «Ist mein Zuckerbärchen schon in Tallinn?» Ich sehe die Rücklichter von Tainas Wagen, sie schimmern rot in einiger Ferne.

«Noch nicht», sage ich.

«Regnet es bei dir auch?»

«Ja, wie aus Kübeln», sage ich. «Ich dachte gerade, dass das wunderbar ist. Für die Pilze.»

«Das Timing könnte besser nicht sein. Aber du weißt ja, das muss dich im Moment gar nicht beschäftigen. Hattest du einen netten Abend?»

Und wie: Ich habe einen Mann begraben, bin im Dickicht rumgetorkelt, habe auf einem Sofa geschlafen.

«Ja. War in den üblichen Kneipen. Ein paar Überraschungen hier und da.»

«Klingt gut. Und es klingt, als wärst du jetzt auf dem Schiff, es dröhnt laut. Oder bist du im Regen? Es rauscht.»

«Ja, ja, ich fahre gerade durch den Regen. Aber was anderes. Was ich noch sagen wollte, Sanni hat gekündigt.»

Taina wartet darauf, links abbiegen zu können. Ein vorüberfahrendes Auto spritzt Wasser auf ihre Windschutzscheibe.

«Wirklich?», sagt sie. Es klingt nicht danach, als würde sie eine unserer wichtigsten Mitarbeiterinnen vermissen. «Nun, sie wird sich den Schritt gut überlegt haben.»

«Ich dachte nur, dass es natürlich überraschend kommt und dass es gewisse Auswirkungen haben kann. Sanni war unsere beste Sammlerin, sie hat das Ganze im Griff gehabt, es war ihr Verantwortungsbereich.»

«Wir wissen, wo es die besten Pilze gibt», sagt Taina. Das kommt wie aus der Pistole geschossen. Sie verlangsamt ihre Fahrt auf Höhe des Marktplatzes. Autos parken ein, parken aus, der Verkehr steht still. «Ich denke, dass wir Sanni nicht mehr brauchen werden.»

«Hm. Es könnte sein, dass sie zur Konkurrenz geht. Zur *Pilz GmbH*. Du kennst ja diesen Asko. Und die anderen.»

«Ich weiß, ich weiß. Wegen denen mache ich mir keine Sorgen. Was kann Sanni denen schon Neues bringen? Gar nichts. Wir wissen, was zu tun ist. Und ich sage es dir zum letzten Mal, mein Schatz: Du hast Urlaub. Ich muss los, schönes Wochenende.»

Der Regen schimmert silbern hinter der Windschutzscheibe. Wir fahren wieder.

«Taina?»

«Ja?»

«Ich habe das Gefühl, dass etwas zwischen uns steht. Etwas hat sich verändert. Ich weiß nicht, seit wann das so ist, aber ich bin mir inzwischen ganz sicher, dass da etwas ist.»

Sie fährt geradeaus, biegt links ab, dann nach rechts. Sie steuert auf denselben Parkplatz zu, auf dem ich geparkt habe, als ich im Hotel *Seurahuone* war. Ich fahre vorbei, höre ihre Stimme.

«Du brauchst diesen Urlaub wirklich, Schatz. Einen schönen Tag noch. Ich melde mich.»

Ich sehe die Japaner ankommen, in einem Kleinbus. Ich bin keineswegs überrascht, auf dem Fahrersitz Petri zu sehen. Ich begutachte die kleine Reisegruppe, während sie aussteigen, und erkenne alle, bis auf einen. Das muss Shigeyuki Tsukehara sein. Er ist elegant gekleidet und etwa so alt wie Kakutama, der Firmenchef. Beide zwischen fünfzig und sechzig. Beide tragen einen dunklen Anzug mit Krawatte.

Petri rennt mit einem Regenschirm auf und ab, darum bemüht, sowohl die Männer als auch ihr Gepäck trocken zu halten. Keine leichte Aufgabe, es sind ja immerhin sechs Männer, und mit den Koffern scheint es irgendein Problem zu geben. Petri ist ganz eifrig, er führt sich auf wie ein Diener, der es besonders gut machen möchte. Irgendwann steht er endlich still im Regen, pitschnass, als wäre er in Straßenkleidern schwimmen gegangen.

Taina steht am breiten Eingang des Hotels. Sie verteilt Wangenküsschen an die Japaner, dann betreten sie das Gebäude, vermutlich um Tainas kleiner Willkommensansprache zu lauschen.

Petri steht immer noch an der Straße, vor dem Kleinbus, er schüttelt saft- und kraftlos seinen Regenschirm aus. Etwas verändert sich, er lässt die Schultern hängen, scheint vor meinen Augen zu schrumpfen. Er vermittelt keinesfalls den Eindruck eines Mannes, der gewillt ist, das Pilzbusiness zu revolutionieren. Er bleibt stehen, erstaunlich lange, betrachtet den Regen und die Pfützen, dann wendet er sich ab und folgt den anderen ins Hotel.

So wie ich die Sache sehe, gibt es drei Parteien, die in diese merkwürdige Geschichte verstrickt sind.

Erstens: die Firma, die ich aufgebaut habe und der vor einer Weile auch Taina und Petri angehörten.

Zweitens: das Projekt von Taina und Petri, die versuchen, mir meine besten Kunden abzuwerben und mich nach allen Regeln der Kunst zu erledigen.

Drittens: die von Asko (und seinen beiden verblichenen Kompagnons) neu gegründete *Pilz GmbH Hamina*, deren Ziel es offenbar ist, über diesen großen Unbekannten, Herrn Tsukehara, einen Fuß in die Tür zu bekommen und uns alle – Taina, Petri, mich – im Handumdrehen zu erledigen.

Der Regen prasselt aufs Autodach. Eine Stunde vergeht. Meine Nieren schmerzen, Übelkeit steigt in mir auf, und ich versuche, mir einen Weg auszudenken, auf dem ich ein Vieraugengespräch mit dem Boss der Japaner, Herrn Kakutama, führen könnte. Taina und Petri sind im Hotel. Ich könnte über die Feuerleiter in Kakutamas Zimmer vordringen. Was natürlich Unsinn ist. Meine Physis würde nicht mitspielen, und ich habe keine Ahnung, wo Kakutamas Zimmer ist. Ich erinnere mich an etwas, das Taina sagte, ganz beiläufig: Wir wissen, wo es die besten Pilze gibt.

Petri kehrt zurück, er läuft zum Kleinbus, steigt ein. Dann kommt Taina, sie trägt einen wasserabweisenden Überwurf von Goretex und feste Schuhe. Petri öffnet die Beifahrertür, Taina steigt ein. Sie gestikuliert wild, redet auf Petri ein.

Die Japaner kommen. Auch sie sind wetterfest gekleidet. Kakutama trägt eine grellrote Jacke, die Farbe sticht heraus. Taina steigt aus, empfängt die Japaner, lässt sie einsteigen, weist jedem seinen Platz zu.

Dann fahren sie los, raus aus der Stadt.

Taina mag in der Firma andere Aufgaben gehabt haben, aber sie ist eine versierte und körperlich fitte Sammlerin. Was man von mir nicht behaupten kann.

Irgendwo zwischen Uski und Kattilainen biegen wir auf einen schmalen Waldweg ab, der Kleinbus steuert immer weiter in den Wald hinein, ich könnte mich nicht mal mehr mit Hilfe der Himmelsrichtungen orientieren. Der Regen prasselt, die Sonne hat sich versteckt. Plötzlich kann ich den Kleinbus nicht mehr sehen, die Lichter sind erloschen. Das Licht meines Wagens habe ich ebenfalls ausgeschaltet, als wir in den Wald abgebogen sind.

Glücklicherweise ist die Gruppe bunt bekleidet. Ich erahne Bewegungen im Dickicht. Kakutamas rote Jacke liefert einen guten Orientierungspunkt. Ich werfe einen Blick auf den Beifahrersitz, aber da liegt natürlich keine wasserabweisende Outdoorjacke, sondern das lässige Sommeroutfit, das Sanni mir gekauft hat. Ich sehe wieder durch die Windschutzscheibe, Kakutamas rote Jacke flackert zwischen Regentropfen, die Gruppe steht am Fuß eines Hügels.

Die Luft ist warm und feucht, die Erde durchnässt, meine neuen weißen Adidas-Schuhe versinken im Schlamm, als ich aussteige.

Es war schon immer mühsam, durch den Wald zu laufen,

aber jetzt ist es kaum zu ertragen. Ich starre mit Schrecken ins Dickicht, jeder Schritt verstärkt meine Atemnot, jeder Schritt kostet Kraft, die ich nicht habe. In meinem Magen flimmert Übelkeit, ich habe Seitenstechen. Keine Ahnung, ob das die verdammten Nieren sind oder die Lunge, was weiß ich. Ich stütze mich an einer Kiefer ab, versuche, zur Ruhe zu kommen.

Der Wald duftet, fruchtbar und üppig, nach neuer Blüte, aber im Verborgenen auch nach Tod, nach Verfall, nach dem, was vergeht. Es ist mühsam und kompliziert, die Gruppe im Auge zu behalten, ohne selbst entdeckt zu werden. Ich habe zwischenzeitlich die Orientierung verloren, weiß gar nicht, wo mein Wagen steht. Matti wird wenig erbaut sein, wenn ich ihm mitteile, dass sein Lexus im Wald verlorengegangen ist.

Kakutamas rote Jacke blitzt zwischen den Bäumen auf. Es ist, als ob jemand mit dem Lichtschalter spielt. Ich folge dem Licht, bleibe im Verborgenen, so weit das möglich ist. Taina führt die Gruppe zielstrebig voran. Sie haben sich auf dem schmalen Weg aufgereiht wie eine Schlange. Dann öffnet sich der Blick auf eine Lichtung. Hier wurden etliche Bäume gefällt, Felsbrocken stehen auf der weiten Fläche wie die Statuen von den Osterinseln. Ich verberge mich hinter ihnen, versuche, Kakutama im Auge zu behalten, ich komme ihm immer näher. Fast könnte ich schon seinen Namen rufen, aber das werde ich nicht tun.

Einerseits hätte ich gar nicht die Energie, um irgendetwas zu rufen, andererseits macht es auch wenig Sinn. Was er hört, werden auch die anderen hören können. Ich gehe von Fels zu Fels. Schleichen muss ich nicht, denn die anderen waten durch Geäst und Unterholz, sie hören nur ihre eigenen Schritte. Kakutama ist nur noch wenige Meter von mir entfernt. Ich muss schnell handeln, ich brauche eine Idee. Bald wird mir die Puste ausgehen. Als ich in die Fahrspur eines Traktors trete, zuckt ein Gedanke auf. Ich suche in der plattgefahrenen Erde nach ein paar Steinchen, die die richtige Größe haben. Ich ziele und werfe.

Der erste Stein verfehlt Kakutama, aber er verlangsamt seinen Schritt, sieht nach rechts und links. Anscheinend spürt ein Mensch einen Gegenstand, der auf ihn zufliegt, selbst wenn er nicht getroffen wird.

Ich muss ihn dazu bringen, sich umzudrehen, werfe erneut. Der Stein prallt mittig an seiner roten Jacke ab.

Kakutama stößt einen Laut aus, der an das *Muh* einer Kuh erinnert. Zu laut. Er dreht sich abrupt um, die Augen vor Schreck aufgerissen wie in einem Horrorfilm. Auch die anderen bleiben stehen, wenden sich um, ich werfe mich notgedrungen hinter einem Felsen zu Boden. Ich höre ein hitziges Gespräch, Englisch vermischt sich mit Japanisch. Ich erkenne Kakutamas Stimme, dann Tainas. *A Bird. Maybe.* Vielleicht war es ein Vogel.

Ich liege auf dem durchnässten, weichen Boden, von der Hitzewelle ist nicht einmal eine Ahnung übrig. Der Regen fällt gleichmäßig und unnachgiebig. Ich spüre, wie die Feuchtigkeit und die Kälte in meinen Körper kriechen, sie befüllen ihn, so wie laufendes Wasser langsam und stetig eine Badewanne befüllt. Das Liegen hat auch etwas Gutes: Ich bekomme endlich wieder Luft.

Die Gruppe entfernt sich, nur Kakutama starrt noch zu Boden, vielleicht sucht er einen Vogel. Einen benommenen kleinen Vogel. Ich winke ihm zu, aber Kakutama hebt seinen Blick erst, als ich pfeife. Mir gelingt es nicht, einen Vogel zu imitieren, aber Kakutama sieht sich erwartungsvoll um, in der Hoffnung, das Rätsel zu lösen. Dann sieht er mich.

Wieder erinnert seine entsetzte Grimasse an einen Horrorfilm, aber nur kurz, dann überwiegt die Überraschung, und schließlich sehe ich die Frage, die er stellen möchte. Er will etwas sagen, aber ich hebe den Zeigefinger vor die Lippen. Wir stehen still, wie erstarrt, im Rauschen des Regens, für einige Sekunden.

Ich winke ihn heran. Er zögert, sieht sich nach seiner Reisegruppe um. Die anderen sind schon weitergelaufen, zur anderen Seite der Lichtung. Ich verstehe ja seine Verwunderung, aber ich habe wenig Zeit. Ich wedele so wild, als würde ich versuchen, mit der Hand Sahne zu schlagen. Kakutama läuft mir entgegen. Mit jedem Schritt wächst meine Anspannung.

Mir wird bewusst, dass etwas anders ist als bei allen Treffen, die wir zuvor gehabt haben. Wir haben niemanden an unserer Seite, der besser Englisch sprechen kann als wir. Ich spreche Englisch nicht unbedingt so schlecht wie ein betrunkener Rallyefahrer oder ein betrunkener Tourist. Aber ich beherrsche die Sprache auch nicht fließend, ich ringe sie mir ab, im engen Rahmen eines begrenzten Wortschatzes. Kakutama wiederum hat eine Aussprache, die selbst dann schwer zu verstehen ist, wenn die Rahmenbedingungen perfekt sind.

Kakutama hat sich wohl von seiner Verwirrung erholt, er sieht mich neugierig an. Überrascht, aber auch freundlich.

Wir geben einander die Hand.

«Entschuldigung. Die anderen dürfen nicht wissen, dass ich hier bin», sage ich.

Kakutama nickt.

«Was ist denn los?», fragt er.

«Lange Geschichte», sage ich. «Ich brauche Ihre Hilfe.»

«Ihre Frau sagte, dass Sie nicht mehr in der Firma seien.»

«Das ist nicht zutreffend.»

«Aber Ihre Frau ...»

«Sie ist nicht mehr meine Frau.»

Kakutama kneift die Augen zusammen, blickt hinüber auf die andere Seite der Lichtung, dann wieder zu mir. Ich kann regelrecht sehen, wie er eins und eins zusammenzählt und zu einem Ergebnis kommt, das erfreulicherweise in jeder Sprache dasselbe ist. Er gleicht die Vergangenheit mit der Zukunft ab und findet ein neues Verständnis für das Jetzt.

«Wissen Sie, warum Sie und die anderen hierhergekommen sind?» Ich versuche, mit einer ausladenden Geste deutlich zu machen, dass ich genau diese Stelle meine, diesen Wald.

Kakutama zögert. Er ist Geschäftsmann, mit jahrzehntelanger Erfahrung. Wir haben immerhin einige Jahre lang vertrauensvoll zusammengearbeitet. Er konnte sich immer auf mich verlassen. Meine Preise waren angemessen, ich stand für beste Qualität. Ich habe keine krummen Dinger gedreht, habe eingehalten, was vereinbart war. Kakutama trifft seine Entscheidung.

«Matsutake», sagt er. «Neue Matsutake.»

Ich begreife nicht sofort, obwohl es nur zwei Worte sind, Worte, die mir vertraut sein müssten. Dann sehe ich endlich klar. Es ist, als würde jemand, irgendein Marionettenspieler, mir sein Puppenhaus zuwenden, sodass ich endlich alles sehen kann, die Räume, die Möbel. Nein, Tainas Vorgehensweise wird dadurch nicht akzeptabler, aber doch plausibler. Matsutake. Eine ganz neue Sorte. Manchmal sind die Antworten viel einfacher, als man angenommen hat.

«Danke», sage ich. Dann suche ich nach den nächsten Worten. Die nächsten Worte sind wichtig. «Ich bin noch da. Ich leite diese Firma. Ich mache Ihnen ein Angebot. Heute Abend.»

Kakutama blickt wieder in Richtung der Gruppe.

«Sie machen ein Angebot. In Ordnung», sagt er. «Ich muss gehen.»

Und dann geht er, gezwungenermaßen. Zurück zu seiner Gruppe, die soeben im Dickicht auf der anderen Seite der Lichtung verschwunden ist.

18

Das Badezimmer ist mir zugleich fremd und vertraut. Mein Blick wandert von der Tür zum Fenster, vom Fenster zur Dusche.

Ein Ensemble aus hellem Blau und natürlichem Weiß. Taina hat es so gewollt. Auch das Inventar ist ihres. All die bunten Flaschen, Dosen, Tuben und Schächtelchen in den Regalen und Ablagen gehören meiner zukünftigen Ex, die in diesem Moment im Wald umherwandert. Sollte sie zufällig an mich denken, wird sie davon ausgehen, dass ich mich im Ausland aufhalte. Oder vielleicht schon in die ewigen Jagdgründe eingegangen bin. Aber nein. Hier bin ich.

Ich bin nackt. Ich rasiere mich, vermutlich zum letzten Mal vor diesem Spiegel. Wenn man die Umstände in Betracht zieht, geht es mir gut. Ich habe sogar den Eindruck, dass ich abgenommen habe. Ich stelle mich seitlich, begutachte mich. Mein Bauch ist nach wie vor kugelrund und ausladend, aber die Kugel ist doch sichtbar kleiner geworden. Meine Haltung ist auch besser, ich stehe aufrecht, mit geraden Schultern. Ich spanne meinen Bizeps an und glaube tatsächlich, einen Anflug von Muskeln erkennen zu können. Ich stelle mich wieder frontal vor den Spiegel, sauge Luft in die Lungen und atme langsam aus. Vielleicht hat Sanni recht mit dem, was sie sagte. Über die Zeit nach der Scheidung.

Ich spüle den Rasierschaum ab, dusche heiß. Nach dem anstrengenden Abenteuer im Wald fühlt es sich wie eine wohlverdiente Belohnung an. Ich denke, dass ich noch eine gute Stunde Zeit habe, selbst wenn Taina sich entschließen sollte, noch mal nach Hause zu kommen, nachdem sie die Japaner im Hotel abgesetzt hat. Sie werden eine ganze Weile mit den Pilzen beschäftigt sein. Taina wird nicht nach Hause kommen, bevor die Spuren meiner Anwesenheit getrocknet sind.

Ein Funkturm hat mir im Wald dann doch noch geholfen, mich zu orientieren. Ich kenne diesen Turm, ich weiß, wie ich ihn wiederfinde. Ich weiß, wo ich die Lichtung finde, wenn die Zeit reif ist, die Stelle mit den wunderbaren Pilzen, die Taina mir verschwiegen hat.

Im Schlafzimmer nehme ich Aftershave aus der Nachttisch-Schublade. Die Flasche ist noch ungeöffnet. Ich reiße den Deckel ab und sprühe mich ein, am Kinn, am Hals. Ich besitze zwei Anzüge. Einen fürs Büro, einen für feierlichere Anlässe. Ich wähle Letzteren, dazu ein schlichtes weißes Hemd und eine blau-grün gestreifte Krawatte. Ich ziehe mich um und packe eine Tasche mit Wechselkleidung für ein paar Tage.

Mehr werde ich vermutlich nicht brauchen. Nicht etwa, weil ich sterben werde – ich habe nicht die geringste Absicht, vor dem Ende der Pilzsaison zu sterben –, sondern weil Taina sowieso erfahren wird, dass ich am Leben bin und nicht vorhabe, Hamina zu verlassen. Sie wird es erfahren, noch bevor Kakutama und seine Kollegen zurück nach Japan reisen. Bis dahin werden wir unsere Verhältnisse geklärt haben. Auf die eine oder andere Weise.

Ich sehe gut aus, rieche gut, so gut wie lange nicht. Ich weiß, das ist nur meine Selbsteinschätzung, aber sie stimmt.

Ich wende mich vom Spiegel ab und sehe durchs Fenster in den Garten. Der Himmel ist unverändert schwarzgrau, aber der Regen legt eine Pause ein. Ich wische das Bad, räume alles auf, achte darauf, keinen Hinweis auf meine Anwesenheit zurückzulassen. Ich gehe die Treppe hinunter, eine Melodie summend.

Als ich im Erdgeschoss ankomme, singe ich schon. Es ist ein Song aus meiner Jugend. Harter Rock von meiner Lieblingsband. Ich kenne nicht mehr den ganzen Text, aber das macht nichts. Ich kann die Gitarre hören, gleite ab in den Refrain, tanze. Ich drehe mich um die eigene Achse, einmal, zweimal. Mir wird ein wenig schwindlig, aber als ich einen schnellen Blick in den Spiegel erhasche, spüre ich, dass es das wert ist. Ich bin voll da, ich bin ein Mann von Welt, stilsicher, selbstbewusst, voller Leben. Ich frage mich, wo ich gewesen bin, all die Jahre.

Ich nehme meine Tasche, werfe sie über die Schulter, kontrolliere noch mal jeden Raum im Haus. Alles ist so wie vor meiner Ankunft. Ich öffne die Haustür, sage irgendwas, ich glaube *Oh yeah, baby*. Dann sehe ich Tikkanen neben dem Lexus stehen.

«Altes geht, Neues kommt», ruft er mir zu.

Ich gehe die Stufen der Treppe hinab, öffne mit der Fernbedienung die Autotüren. Ich werfe die Tasche auf den Beifahrersitz. Mein Aftershave duftet ein wenig penetrant in diesem beschaulichen Vorort von Hamina.

Der Zauber ist erloschen, der Moment vergangen. Verflogen, auf den Flügeln des Windes, der vom Meer herüberweht. Zerschellt, an der Dienstmarke, die Tikkanen um den Hals baumelt.

«Und dann gleich mutig die ganz sportliche Variante?», fragt er, mit Blick auf den Lexus.

Natürlich kann er mühelos herausfinden, wem der Wagen gehört. Vermutlich weiß er es längst.

«Ein Leihwagen», sage ich.

«Was ist denn mit Ihrem eigenen passiert?»

«Der hat eine Macke», sage ich. Das ist die Wahrheit. Die Macke besteht darin, dass meine Frau ihn erkennen könnte.

«Schicker Anzug», sagt er. Es klingt ehrlich. Das ist eine seiner Stärken, er spricht wie ein richtiger Kumpel. «Sie wollen doch nicht verreisen?»

«Natürlich nicht. Beschatten Sie mich?»

Tikkanen betrachtet mich, einige Sekunden lang. «Ich denke gerade darüber nach, ob ich das tun sollte. In Ihrer Nähe passieren die merkwürdigsten Dinge.»

Ich warte. Ich habe nicht vor, ihm irgendwelche Informationen zu geben. Ich frage mich allerdings auch, ob er die überhaupt braucht.

«Wir sprachen bereits über das Verschwinden von Juhani Jokinen», sagt er. Sein Blick ruht auf mir. «Und natürlich darüber, dass er gefunden wurde. Also, seine Leiche. Wir sprachen darüber, dass seine Freunde zu glauben scheinen, dass Sie etwas mit seinem Verschwinden zu tun haben könnten. Ich fand den Gedanken interessant, dachte aber auch, dass es sich um Zufälle handeln könnte. Wie das Leben so spielt, nicht wahr? Dann erhielt ich eine Nachricht. Ein weiterer Mann ist verschwunden. Juhana Nevalainen. Bevor er verschwand, sagte er, dass er Sie besuchen wolle. Nun, ich kann diesen Nevalainen nirgends finden, und Sie sehen aus, als wären Sie auf dem Weg zur Mailänder Modewoche, mit einem neuen Sportwagen, auf dessen Beifahrersitz Sie eine Reisetasche geworfen haben, die meiner Einschätzung nach Wechselklamotten für einige Tage enthält. Was soll ich, Ihrer Meinung nach, jetzt denken?»

Ich schweige. Meine Gedanken rasen.

«Sie sprachen von einer Nachricht. Von wem kam denn die Nachricht?», frage ich.

«Darüber kann ich keine Auskunft geben, wie Sie sicher verstehen.»

«Also von Asko.» Tikkanen will etwas erwidern, aber ich komme ihm zuvor. «Oder nein, schlimmer noch: Sie haben einen anonymen Hinweis erhalten.»

Tikkanen verschränkt die Arme vor der Brust.

«Einen Hinweis, den Sie als gegenstandslos betrachten würden?», fragt er.

Ich hasse es zu lügen. Ich will nicht lügen.

«Ich weiß von Ressentiments mir gegenüber, sowohl von Juhani Jokinen als auch von Juhana Nevalainen. Und wenn ich richtig verstanden habe, waren diese Ressentiments ziemlich stark. Ich muss aber auch feststellen, dass ich keine Ahnung habe, woher diese rühren. Ich habe den beiden nicht das Geringste getan. Wie Sie wissen, habe ich nicht mal dieses dämliche Schwert gestohlen, auf das scheinbar all diese Missverständnisse zurückzuführen sind.»

«Jetzt fangen Sie aber damit an.»

«Ich habe es nicht gestohlen.»

«Natürlich nicht», sagt Tikkanen.

Der Tag verdunkelt sich, die Wolken sehen aus wie massive Betonklötze, der Regen wird sich bald wie eine Decke über uns legen. Tikkanens letzter Satz hängt noch in der Luft, seine Bedeutung ist uns beiden klar. Er will, dass ich weiß, dass er etwas weiß, das noch nicht zur Sprache gekommen ist.

«Und wohin des Weges?», fragt er, meine Krawatte betrachtend.

«Zu einem Geschäftstermin.»

«Hier in Hamina?»

«Ja. Ich habe nicht vor zu verreisen. In der Reisetasche sind nur ein paar bequemere Sachen, Jeans, Shirts, so was.»

Tikkanen schweigt.

«Eine wichtige Besprechung?»

«Das kann man so sagen.»

«Während andernorts Ihre Konkurrenten verschwinden», murmelt er und kratzt sich an der Wange. Er trägt ein exaktes Viereck um den Mund, es muss Stunden dauern, diesen Bart zu trimmen. «Was für ein Zufall.»

Ich sehe ihm in die Augen.

«Ich habe die Konkurrenz nicht darum gebeten zu verschwinden», sage ich.

«Ich weiß nicht, ob man immer um etwas bitten muss», entgegnet er. Jetzt ist er wieder ganz der Kumpel. «Manchmal habe ich den Eindruck, dass viele Sachen ungebeten kommen.»

Ich spüre Tropfen auf dem Kopf und im Gesicht. Ich hebe entschuldigend die Hände.

«Kann ich gehen?», frage ich.

«Ja, sicher. Jederzeit.»

Ich bleibe noch für einige Sekunden stehen. Dann öffne ich die Fahrertür.

«Werden Sie mir folgen?», frage ich.

«Haben Sie alles gesagt, was Sie wissen?»

Ich weiche seinem Blick nicht aus, schweige. Steige ins Auto, starte den Motor. Tikkanen steht im Regen, sieht mir nach. Ich konzentriere mich darauf, dass Gaspedal nur sanft anzutasten, während ich den Wagen aus dem Vorgarten meines ehemaligen Zuhauses auf die Straße steuere.

Die Stadt ist menschenleer, der Regen hat sich wie ein Teppich über den Marktplatz gelegt. Die Stände sind verschwunden, nur ein Bäcker verkauft unbeirrt sein Roggenbrot. Das Licht, das aus seinem Wagen fällt, sieht vor der grauen Kulisse aus wie ein lockendes, loderndes Feuer. Ich kann das frische Brot förmlich riechen. Beinahe spüre ich den Griff des Messers, mit dem ich durch die harte Kruste dringe, und ahne den üppigen, salzig-süßen Geschmack auf der Zunge, die Butter im Teig.

In Wirklichkeit würde ich keinen Bissen runterkriegen.

Vielleicht liegt es an der Vergiftung, vielleicht an meinem herannahenden Tod, vielleicht an der Begegnung mit Tikkanen. Vielleicht ist es auch alles zusammen. In jedem Fall ist mein Magen voll mit heißen Nägeln, und gleichzeitig ist mir kalt.

Ich sehe abwechselnd nach vorne und in den Rückspiegel. Niemand scheint mir zu folgen. Vielleicht ist es mir tatsächlich gelungen, alle potenziellen Verfolger unter die Erde zu bringen, abgesehen von Tikkanen, aber dessen Polo kann ich auch nirgends entdecken.

Weil zu den anderen Beschwerden jetzt auch noch Kopfschmerzen hinzukommen, mache ich einen Halt bei der Apotheke, danach am Kiosk. Ich tanke, trinke ein Wasser und eine Cola, schlucke eine Paracetamol und esse ein Eis. Eine Kugel. Schokolade. Eine solche Eis-Diät hat diverse Vorzüge. Es ist leicht zu kauen, schmilzt im Mund, lindert die pochenden Kopfschmerzen, hebt meine Laune. Nachteile kann ich in meinem speziellen Fall wenige erkennen. Ich werde kaum zunehmen, für neue Löcher in den Zähnen dürfte es zu spät sein, und Diabetes ist meine kleinste Sorge. Wen interessieren die Kapriolen des Blutzuckerspiegels, wenn das ganze Leben durchgerüttelt wird? Deshalb hole ich mir noch eine Tafel Schokolade, die ich wie ein Brot esse, löffle wieder mein Eis und lösche alles mit Limonade ab.

Dann warte ich.

Warten fällt mir nicht leicht. Im Moment ist es sogar das Schwierigste. Jede Minute scheint ein Kleinod zu sein, das mir entrissen wird. Jede Sekunde ist ein mikroskopisch kleiner, tickender Schritt Richtung Abgrund. Nein, der Gedanke gefällt mir nicht, ich schalte das Radio ein. Für eine Weile lausche ich dem launigen Wortwechsel der Moderatoren. Dann schalte ich wieder aus.

Ich sehe den Kleinbus. Petri sitzt am Steuer, er parkt vor dem Hotel. Das war ein langer Tag im Wald. Petri macht keine Anstalten auszusteigen, geschweige denn seinen Regenschirm über die Gäste zu halten. Er bleibt sitzen, während Taina sich um die Gäste kümmert. Sie hilft jedem Einzelnen beim Aussteigen und führt die Gruppe zum Hotel, ständig nach allen Ausschau haltend, als könne einer auf den sechs Metern, die den Bus vom Eingang trennen, verlorengehen.

Als alle im Gebäude verschwunden sind, geht sie zurück, öffnet die Beifahrertür und redet mit Petri. Petri steigt aus, geht zum Kofferraum. Er hebt Kisten heraus, stellt sie übereinander. Eins, zwei, drei. Er bringt die Kisten zum Hintereingang des Hotels, ich weiß, dass sich dort die Warenannahme und der Lieferanteneingang befinden.

Ich ahne, besser gesagt, ich weiß, was in den Kisten ist. Die neuen Pilze. Eine neue Sorte *Matsutake*. Taina möchte eigene Pilze zum Dinner servieren, das hat ja auch der verzweifelte Ilari gesagt.

Ich sehe auf die Uhr. Taina hat ausreichend Zeit, ein üppiges, wohlschmeckendes Mahl zuzubereiten. Leckereien, Kostproben ihrer Kunst. Bestens.

Jetzt fühlt sich das Warten gar nicht mehr so schlecht an.

Kurz vor sieben.

Es ist angerichtet.

19

Der Saal ist feierlich beleuchtet: Kerzen brennen, die Tischdecken strahlen weiß, das Geschirr glänzt, Blumengedecke schmücken die Tische. Das Restaurant scheint für alle anderen geschlossen zu sein, ich sehe die Japaner am Rand des Saales an der Bar stehen, Begrüßungsgetränke werden gereicht, ein kurzer Blick verrät, dass beim Champagner nicht gespart wurde.

Die Japaner sind vollzählig, alle tragen dunkle Anzüge. Fünf Männer, die ich kenne, und einer, den ich vor dem heutigen Tag noch nie gesehen habe. Taina, im rückenfreien Abendkleid, spricht einen Toast aus. Petri steht ein wenig abseits, im Schatten. Auch er trägt Anzug und Krawatte, aber er wirkt angestrengt und scheint sich bewusst im Hintergrund zu halten.

Taina hat mir den Rücken zugewendet, sie hebt ihr Glas. Darin sehe ich den Champagner sprudeln und die Spiegelung eine Kerzenflamme. Taina spricht immer lauter und euphorischer. Ihr Englisch ist eher leidenschaftlich als versiert. Sie referiert das Menü des Abends, fabuliert über den Anbruch einer neuen Zeit und darüber, dass guter Geschmack Menschen zusammenführen könne.

Ich beobachte die Gesichtsausdrücke der Japaner. Wenn ich mich nicht sehr täusche, hat Kakutama zumindest den Qualitätsmanager, Yuhara, über das Gespräch mit mir in Kenntnis gesetzt. Die beiden stehen etwas abseits. Als sie mich sehen, sind sie kaum überrascht, ganz im Gegensatz zu allen anderen. Der Jüngste, Logistikchef Taketomo, flüstert Okimasa, dem Marketingmanager mit der pickligen Haut, etwas ins Ohr. Hashimoto, der Vertriebler mit dem krummen Rücken, stellt sein Champagnerglas ab und sieht sich verstohlen um, als würde er den Notausgang suchen. Der große Unbekannte, Tsukehara mit den grauen Geheimratsecken, ist der Einzige, der lächelt. Es ist kein freundliches Lächeln, eher ein kühles, schadenfrohes. Auch Petri hat mich bemerkt. Er blickt intuitiv weg, schaut aus dem Fenster, ins verregnete Dunkel.

Taina ist mit ihren Worthülsen beschäftigt, sie sieht mich nicht kommen. Ihr Rücken ist sanft gebräunt, schimmert wie Kupfer im Dämmerlicht. Ihre vollen Haare sind zum Dutt geknotet. Ich bleibe eine Armlänge von ihr entfernt stehen.

Taina spricht noch für einige Sekunden, dann registriert sie, dass die Zuhörerschaft abgelenkt ist. So ist das, ein Mensch spürt zuweilen drohendes Unheil, Sekunden bevor es losbricht. Taina schweigt, eine Sekunde, noch eine. Dann dreht sie sich zu mir um und beginnt augenblicklich, wie am Spieß zu schreien.

Ihre Augen sind wie große Kugeln, die Augen einer angeschossenen Eule, ihr Mund steht weit offen, in den Mundwinkeln klebt Champagner oder Speichel. Sie hält das Glas noch in der Hand, aber es wackelt hin und her, sie schüttet den Schaumwein auf den Boden und ihre schwarzen Stöckelschuhe.

«Guten Abend allerseits. Entschuldigen Sie die Verspätung.» Ich spreche englisch. «Alles bestens, mein Schatz. Die Erkältung ist weg.»

Taina scheint mich nicht zu verstehen. Dabei ist mein Holzfällerenglisch eigentlich gut verständlich, sogar Vorschulkinder würden mir folgen können. Vermutlich ist es einfach die Situation, die sie verwirrt. Ich mache einen Schritt zur Seite, nehme mir ein Glas Champagner von der Theke. Ich sehe einen nach dem anderen an.

«Ich hoffe, Sie hatten einen erfolgreichen Tag im Wald.» Ich hebe mein Glas.

Alle zögern, schließlich heben alle ihr Glas. Kakutama prostet mir als Erster zu.

«Ein köstliches Menü erwartet uns», sage ich. Ich trete neben Taina, lege meinen Arm um ihre Taille. «Ich bin ganz sicher, dass meine Frau wunderbare Überraschungen für uns bereithält.» Die letzten Worte betone ich dezent, halte Taina eng umschlungen.

Tainas Blick wandert. Von Petri, der sich im hintersten Winkel des Saals verkrochen hat, zu den Gästen und schließlich zu mir. Dann gleitet er ab, Taina hat sich schnell gesammelt. Sie presst die Lippen zusammen, versucht ein Lächeln. Das Glas liegt wieder ruhig in ihren Händen. Sie weicht mir nicht aus, ich spüre ihren Körper an meinem. Ich habe fast vergessen, wie sie sich anfühlt.

Die Blicke der Japaner sind erwartungsvoll. Kann ich verstehen. Taina hat ihnen ja heute mitgeteilt, dass ich nicht mehr in der Firma tätig sei. Aber hier bin ich. Ich darf vermutlich auf die höfliche Zurückhaltung der Gäste bauen. Sie werden keine dummen Fragen stellen, nicht hier und jetzt. Sie sind hier, um gut zu essen und um gute Verträge auszuhandeln. Erst wenn unterzeichnet wird, müssen alle Fronten geklärt sein.

Auch ich halte eine kleine Rede, heiße unsere Gäste aufs herzlichste willkommen in einer der schönsten und charmantesten Städte Finnlands. Dann weise ich darauf hin, dass die Gerüchte bezüglich meines Frühruhestandes weit übertrieben waren. Ich lobe meine Gattin, bedanke mich für ihren Einsatz, mit Leib und Seele, bei Tag und Nacht. Abschließend bitte ich um Verständnis dafür, dass die Sitzordnung ein wenig geändert wird. Ich möchte gerne neben meiner lieben Frau sitzen. Alle nicken, haben volles Verständnis. Alles, was ich sage, scheint auf Zustimmung zu stoßen.

Mein Freund Ilari, dieser tapfere Soldat im Kampf gegen die Drucker dieser Welt, kommt durch die Küchentür und tritt an die Gruppe heran. «Wir wären dann so weit», sagt er zu Taina. Mir nickt er brüderlich zu. Taina formt ein leises *Dankeschön* mit ihren Lippen. Ilari entfernt sich, die Japaner sehen Taina fragend an. Sie haben sicher verstanden, dass gleich zu Tisch gebeten wird, und warten auf Tainas Signal.

Ich drücke ihr einen Kuss auf die Wange und flüstere ihr ins Ohr: «Ich weiß, dass du mich getötet hast. Ich weiß auch, warum.»

Die Japaner lächeln, beglückt von dem hinreißenden Liebesbekenntnis. Taina hingegen sieht aus wie eine Frau, die gerade aus einem Albtraum erwacht und begreift, dass der Traum real ist. Ich fahre auf Englisch fort:

«Meine Frau bittet alle zu Tisch.»

Ich gehe voran, schiebe Taina, die erstarrt ist, vor mir her, bugsiere sie auf ihren Stuhl. Ich setze mich neben sie. Taina ist rechts von mir, Okimasa links, Kakutama mir gegenüber. Yuhara rechts neben Kakutama, zu seiner Linken, Taina direkt gegenüber, sitzt Tsukehara.

Für Petri, dessen Platz ich eingenommen habe, wird am Tischende neu eingedeckt. Ihm gegenüber sitzt niemand. Sollte er irgendwann den Blick vom Tischtuch heben, wird er ein Fenster erblicken, hinter dem nur der Regen ist, beschienen von Straßenlaternen.

Kakutama erzählt von der Wanderung durch den Wald. Er fand sie spannend, sogar sehr spannend.

Ilari schenkt uns Weißwein ein, er verkündet, dass es sich um einen besonders edlen Tropfen handelt, mit einer angenehm herben Säure und einem langen, vollmundigen Abgang, der hervorragend mit den erdigen Aromen der Vorspeise harmoniert. Ich freue mich für Ilari. Er scheint ganz in seinem Element zu sein, weit weg von streikenden Druckern, das freut mich für ihn. Wir alle brauchen das.

Taina schweigt eisern, sie ist immer noch blass. So habe ich sie noch nie gesehen, ganz ohne Farbe auf den Wangen. Ich frage sie, ob sie uns nicht etwas über die Vorspeise erzählen möchte.

«Was?», fragt sie abwesend.

Ich wiederhole meine Frage. Ilari hat inzwischen damit begonnen, die Suppe zu servieren.

«Suppe», sagt Taina auf Englisch. Mehr bringt sie nicht raus.

Ilari kommt ihr galant zu Hilfe, in schönstem britischem Englisch teilt er mit, dass wir in den Genuss von Matsutakesuppe kommen, wobei der Geschmack der frischen Pilze untermalt wird von Bio-Rosmarin und feinster Sahne von glücklichen Kühen. Mir liegt auf der Zunge, dass die Kühe auch in Philosophie bewandert sind, aber das verkneife ich mir.

Wir danken Ilari für seine Ausführungen, Ilari lächelt wie

ein kleiner Junge, mit glänzenden Augen. Er eilt zurück in die Küche, wir beginnen zu essen.

Die Suppe schmeckt köstlich. Köstlicher als alles, was ich jemals gegessen habe. Auch den Gästen schmeckt es, sie murmeln lobende Worte, während sie ihre Löffel in die samtige Flüssigkeit tunken. Allen schmeckt es, außer Taina. Sie sitzt neben mir und bleibt auch da sitzen, aber ich habe deutlich den Eindruck, dass sie unablässig mit dem Gedanken spielt, einfach aufzustehen und zu gehen. Ihre Bewegungen sind kaum merklich, aber ich spüre sie.

«Ist das diese neue Pilzsorte?», frage ich sie auf Finnisch.

Taina hält inne, ihr Löffel verharrt auf halbem Weg zum Mund in der Luft. Sie schweigt. «Möchtest du nicht ein wenig darüber erzählen? Uns allen?», frage ich.

Vielleicht ist Tainas Hand wirklich erstarrt. Sie hält regungslos den Löffel. Auf dem Löffel ruht die sahnige Suppe, still wie ein See. Dann lässt Taina den Löffel sinken, langsam. Sie schweigt, die Starre ist von der Hand ins Gesicht gewandert.

«Was hältst du davon, wenn ich etwas sage?»

Sie antwortet nicht. Im Schein der Kerzen sieht sie aus wie eine lebende Tote.

Kakutama und Yuhara haben fast aufgegessen, sie betrachten uns. Ich nehme ein Messer und tippe gegen mein Glas. Alle wenden sich mir zu, ich erhebe mich. Ich kündige an, ein paar Worte sagen zu wollen. Ich entschuldige mich vorab für mein keineswegs perfektes Englisch und sage, dass ich ab und zu ein paar finnische Worte einstreuen werde.

Die Japaner nicken mir freundlich und ermunternd zu. Ich beginne.

ENGLISCH: Willkommen, liebe Freunde.

FINNISCH: Meine liebe Frau.

ENGLISCH: Vielen Dank dafür, dass ihr so zahlreich in Hamina erschienen seid. Es ist für uns eine große Freude, eine Ehre, euch hier zu empfangen.

FINNISCH: Du bist eine Hure. Eine betrügerische Hure.

ENGLISCH: Erfolg beruht stets auf Zusammenarbeit. Wir brauchen einander.

FINNISCH: Als ich gesehen habe, wie du mit nackten Pobacken auf Petri reitest, musste ich mich übergeben.

ENGLISCH: Jede Zusammenarbeit lebt davon, dass alle ihr Bestes geben. Das bedeutet für uns, dass wir Ihnen natürlich sofort Bescheid geben, wenn wir etwas Neues entdeckt haben. Sie erfahren es als Erste, umgehend.

FINNISCH: Die unbegreifliche Tatsache, dass du unserem Fahrer die Eier kraulst, ist aber bei weitem nicht das Schlimmste.

ENGLISCH: Sie haben heute das Vergnügen, erstmals unsere neue Pilzsorte zu verkosten, neue Matsutake. Wir werden daraus einen großen Erfolg machen. Schon nach dem Genuss der Suppe wage ich zu behaupten, dass dies der köstlichste Pilz der Welt ist.

Die Gäste nicken und lachen einvernehmlich.

FINNISCH: Das Schlimmste ist, dass ihr euch gegen mich verschworen habt. Und die Krönung ist der Mord.

ENGLISCH: Dieser Freudentag, diese Feier des gemeinsamen Erfolgs, bietet uns auch eine Gelegenheit: Wir können unsere Kooperation weiter ausbauen und intensivieren. Ich möchte Ihnen ein Angebot unterbreiten.

FINNISCH: Petri darf dich gerne in den Arsch ficken, bis

die Rosinen trocknen. Du kannst den Nichtsnutz an deinen Bettpfosten fesseln, dann hast du seinen Schwanz jeden Tag. So was kommt vor, das kann man, wenn man sich Mühe gibt, verzeihen.

ENGLISCH: Mein Angebot ist, dass wir die Produktion und die Qualität weiter steigern und gemeinsam auf dem japanischen Markt expandieren. Von Tokio aus werden wir operieren. Ich habe schon jemanden im Kopf, der uns dort vertreten wird.

FINNISCH: Aber die Verschwörung, hinter meinem Rücken, diese Niedertracht, das ist unverzeihlich und inakzeptabel.

ENGLISCH: Was ich dafür verlange? Engagement. Sozusagen Monogamie. Wir sind und bleiben Ihr einziger Lieferant. Für die kommenden fünf Jahre.

FINNISCH: Du hättest mit mir reden sollen, statt mich zu ermorden.

ENGLISCH: Ich hoffe, dass wir die Angelegenheit schon heute Abend mit einem Handschlag besiegeln können.

Ich sehe in die Runde, dann zu Kakutama. Er nickt, hebt seine Hände, beginnt zu applaudieren. Die anderen folgen seinem Beispiel. Alle erheben sich, reichen sich, über den Tisch hinweg, die Hände. Dann noch mal Applaus. Wir setzen uns.

Ende gut, alles gut.

Dann höre ich ein Geräusch. Als würde direkt neben meinem Ohr jemand eine Flinte abdrücken. Das Geräusch hallt nach, und mich trifft ein Schwall von ... ja, von was? Es ist ein riesiger Schwall.

Taina übergibt sich.

Ich sehe sie an. Für den Bruchteil einer Sekunde verharrt der Brei in der Luft, um sich dann imposant über mir zu ergießen. Taina, mit ihren breiten Schultern, kotzt sich die verdammte Seele aus dem Leib, ihren Mund hat sie weit geöffnet, wie beim Zahnarzt. Vielleicht ist sogar der Schmerz derselbe. Ihre Wangen scheinen fast zu platzen.

Das Geräusch kommt von ganz tief innen drin, aus dem Magen, den Lungen. Es schwillt an, quillt auf. Das primitivste Geräusch, zu dem ein menschlicher Körper in der Lage ist, eine Mischung aus Kampfruf und Geburtsschmerz. Es lässt mich an den Menschen als solchen denken, an den Urknall, an den Druck und die mysteriöse unendliche Hitze im Universum.

Der Schwall von Erbrochenem fliegt in Schallgeschwindigkeit über die Kerzen hinweg, löscht sie aus, verdunkelt den Tisch. Ich verstehe nicht, wie das so viel sein kann. Eine Art Taifun.

Tsukehara sieht vermutlich das Unheil herannahen, aber er kann seinen Augen nicht trauen. Er sitzt immer noch in guter Haltung, die linke Hand liegt in seinem Schoß, die rechte auf dem Tisch. Sein Suppenteller ist leer, für den Moment. Sein elegantes schwarzes Jackett, sein weißes Hemd, seine geradezu sinnlich schillernde Krawatte, all das verschwindet.

Tsukeharas regungsloses Gesicht wird als Erstes getroffen. Er trägt jetzt einen hellbraunen Matsutake-Anzug. Er sieht von einem Augenblick auf den anderen aus wie ein Wesen aus den Sümpfen, aus vorgeschichtlichen Zeiten. Es würde mich nicht wundern, wenn Kiemen an seinem Rücken wachsen. Er zuckt zusammen, als müsse er ums Überleben kämpfen, so wie das erste Wesen es vielleicht getan hat, als es dem urzeitlichen Meer entstieg. Er versucht, Land zu gewinnen. Seine Hände suchen Halt. Er zappelt, sträubt sich, windet sich.

Der ersten Welle folgt eine zweite, Taina ist seitlich weggekippt, droht zu fallen. Sie fällt, schlägt mit dem Stuhl auf dem Boden auf. Und am anderen Ende des Tisches geht das Schauspiel von vorne los.

Wir drehen uns um und sehen Petri. Petri erbricht sich, in hohem Bogen, glücklicherweise sitzt niemand bei ihm, das Erbrochene landet mitten im Saal.

Das ist der Zeitpunkt, aufzustehen und ein paar Schritte wegzumachen von dem absurden Theater.

Stühle werden gerückt.

Jemand schreit.

Ein Glas zerbirst.

Ilari rennt auf uns zu.

Petri atmet hektisch ein und aus. Luft, und vielleicht auch etwas anderes, entweicht aus diversen Öffnungen seines Körpers.

Die Kerzen flackern wild.

Ich beuge mich zu Taina hinunter. Sie ist so blass, fast leblos. Ich wende mich Petri zu, auch er liegt am Boden. Ich kenne den Ausdruck in seinem Gesicht. So habe ich ausgesehen, als der erste Anfall vorüber war. Ich habe im Badezimmer gestanden, mein Gesicht mit Wasser besprizt und mich im Spiegel betrachtet. Ich brauche keine Diagnose, ich weiß, was mit Taina und Petri passiert.

Sie zeigen erste Symptome einer Vergiftung.

20

Mit langen, gelben Handschuhen greift Ilari nach Tsukehara, er stützt ihn, hilft ihm aufzustehen. Tsukehara wirkt eher bestürzt als verletzt. Seine Beine wackeln trotzdem wie Pudding, Ilari hat es nicht leicht mit ihm, zumal er möglichst vermeiden möchte, ihn zu berühren.

Taina und Petri liegen inzwischen auf einem Sofa in der Lobby des Hotels, Petri mit freiem Oberkörper, er trägt nur noch seine Anzughosen. Aus irgendeinem Grund hat er sich auch die Socken von den Füßen gerissen. Ilari hat Taina zwei große Frottétücher gebracht. Sie hat sich darin eingewickelt und macht ein wenig den Anschein, als wolle sie einige Stunden im Wellnessbereich des Hotels verbringen. Das Schlimmste ist fürs Erste vorüber, der Anfall überstanden.

Alle haben den Saal verlassen müssen, es riecht dort nach einem erheblichen Rohrbruch. Der Geruch beißt sich in die Nasenlöcher, brennt in den Augen, rumort in den Ohren. Mit anderen Worten: Der Geruch des Erbrochenen zieht Brechreiz nach sich. Taketomo, der Logistikchef, hat sich übergeben müssen, er wischt sich verstohlen seinen Mund mit der Krawatte ab.

Ich bemühe mich darum, die Gäste ein wenig zu beruhigen. Mehrfach habe ich ihnen versichert, dass der bedauerliche Vorfall nicht das Geringste mit den Pilzen zu tun habe. Ich sehe, dass vor allem Kakutama hofft, dass ich mit dieser Äußerung recht behalte.

«Es gibt für die Sache hier eine Erklärung», sage ich zu ihm.

Wir stehen am Rand der Lobby, neben der Rezeption. Da ist eine kleine Nische, in der wir uns ungestört unterhalten können.

«Nämlich welche?», fragt Kakutama.

«Es ist zu früh, ich kann noch nicht darüber sprechen», sage ich.

Ich verschweige, dass ich vor allem noch nichts Genaues weiß. Ich bin fest davon ausgegangen, auf Basis aller Fakten, dass Taina und Petri mich vergiftet haben. Angesichts der jüngsten Ereignisse erweist sich das als fataler Irrtum. Sie würden sich kaum, nach erfolgter Tat, zu einem gemeinschaftlichen Suizid in aller Öffentlichkeit bewegen lassen.

Es gibt nur eine logische Erklärung. Sie wurden vergiftet, ebenso wie ich vergiftet wurde. Auf dieselbe Weise. Das bedeutet, dass ich demnächst den Arzt kontaktieren sollte, ich erinnere mich an einiges, was er über die Frühphase der Vergiftung sagte.

Ich bitte Kakutama um Geduld. Ich beteuere noch einmal, dass der Vertrag, den wir geschlossen haben, gilt. Ohne Wenn und Aber.

«Ist mit den Pilzen etwas nicht in Ordnung?», fragt er. Er mustert mich forschend und aufmerksam.

«Nein», entgegne ich. «Die Pilze sind von bester Qualität und werden es immer sein.»

Kakutama mustert mich. Lange, geduldig.

«Gut», sagt er schließlich. «Ich habe mich auf Ihr Wort immer verlassen können. Ich verlasse mich auch jetzt darauf.

Wir reisen am Dienstag zurück nach Tokio. Ich gehe davon aus, dass bis dahin diese Sache hier ...», er sieht sich in der Halle um, sieht Taina, Petri, Taketomo, der sich den Kopf hält, «dass diese Sache dann geklärt ist und unser Vertrag bereitliegt.»

Ich danke ihm, hole mein Telefon aus der Tasche und rufe den Arzt an.

«Hat sich Ihr Zustand verschlechtert?», fragt der Arzt sofort.

«Nein. Aber jetzt leiden zwei weitere Personen unter den gleichen Symptomen.»

Der Arzt schweigt.

«Was soll das heißen?», fragt er schließlich.

Ich sage, dass ich seine Hilfe benötige, dringend. Er habe ja ein Gegenmittel erwähnt, das in dieser Phase zur Anwendung kommen könne. Ich kündige an, dass die beiden ins Krankenhaus kommen werden, in zwanzig Minuten.

«In Ordnung. Ich bin zufällig nur eine Viertelstunde vom Krankenhaus entfernt.»

«Besser, wenn Sie schon in fünf Minuten da sind und alles vorbereiten», sage ich.

Es ist nicht einfach, jemandem klarzumachen, dass er sterben wird, wenn er nicht augenblicklich das tut, was ich ihm sage. Die Sache darzulegen, ist nicht das Problem, das Problem ist die Reaktion der Leute. Petri dreht völlig am Rad, er steht auf, reißt eine Palme aus dem Topf und wirft sie auf Ilari, der erfolgreich ausweicht. Petri schreit irgendetwas, es ist nicht zu verstehen.

Seine ganze Anspannung scheint von ihm abzufallen. Sein

Betrug, seine Hilfe beim Beseitigen einer Leiche, seine Rolle als Sexspielzeug und jetzt noch diese Vergiftung. Taina liegt auf dem Sofa und verfolgt Petris Wutausbruch apathisch. Ich gehe zu ihr, teile auch ihr mit, dass sie sofort ins Krankenhaus muss, um ein Gegenmittel verabreicht zu bekommen.

«Gegenmittel», sagt sie. «Was soll das Mittel denn verhindern?»

«Deinen sicheren Tod», sage ich.

Ich muss sie zu meinem Wagen bringen, sofort. Ich muss endlich ungestört mit den beiden reden, ohne dass die anderen danebenstehen. Aus zwei Gründen: Erstens brauche ich dringend Informationen, zweitens muss ich mir Tikkanen vom Leib halten. Ich habe keine Lust, noch mehr Zeit mit diesem merkwürdigen Mann und seinen kryptischen Fragen in einem muffig riechenden Polizeibüro zu verbringen.

Jemand hat mich ermordet. Jemand versucht, Taina und Petri zu ermorden. Ein Gedanke zuckt mehrfach auf, ich kann ihn nicht verhindern – ich hätte die beiden sterben lassen können. Aber Taina und Petri haben ihre Strafe bereits erhalten. Ich habe meine Firma zurück. Ich will wissen, wer mich tötet. Dafür brauche ich die Hilfe von Taina und Petri. Sie wissen etwas. Ich bin sicher, sie wissen etwas, ohne sich dessen bewusst zu sein.

Petri ist komplett verwirrt. Sein großer, starker Körper ist völlig in sich zusammengefallen. Es wird nicht leicht sein, ihn transportfähig zu machen. Ich bitte Kakutama, Yuhara und Okimasa, dem es erstaunlicherweise schon wieder besser geht, um Hilfe. Ilari bringt weiße Handtücher, wir legen sie um Petri, nach einer Weile sieht er aus wie ein Paket aus Frotté. Wir tragen ihn zum Auto. Petri stöhnt leise, ist aber ansonsten recht ruhig. Wir legen ihn auf die Rückbank. Dann hole ich Taina, und wir fahren los.

«Also, Taina», sage ich, als wir auf gerader Strecke sind. «Ich habe dasselbe erlebt wie ihr. Die identischen Symptome. Jemand hat das getan, begreifst du das? Ist dir in jüngster Zeit irgendetwas verdächtig vorgekommen?»

Ich rede schon wie Tikkanen. Ich verstehe auch, dass die Situation absurd ist – mit wem rede ich hier? Mit einem Menschen, der mich hintergangen und einen Putsch geplant und Ehebruch begangen und sich am gedeckten Tisch, in Anwesenheit der Japaner, übergeben hat.

Ich präzisiere meine Frage: «Hast du mich vergiftet?»

Taina schüttelt den Kopf.

«Weißt du, wer mich vergiftet hat?»

Taina schüttelt den Kopf.

«Hast du irgendeine Ahnung, wer dich und die Dumpfbacke vergiften will?»

Taina schüttelt den Kopf.

«Ich war mir sicher, dass du es getan hast. Aber ich gebe zu, in diesem Punkt habe ich mich allem Anschein nach geirrt. Du würdest dich ja nicht gleich selbst mitvergiften. Das wäre nicht dein Stil. Mein erster Gedanke war dann, eben in der Lobby, dass unsere Konkurrenten dahinterstecken. Aber auch das glaube ich nicht. Nein, ich bin sogar sicher, dass sie damit nicht das Geringste zu tun haben. Ich habe gewisse Erfahrungen mit denen gesammelt, die bevorzugen andere Methoden, Schwerter oder dergleichen.»

Petri brüllt, voller Verzweiflung und Schmerz. Ich beschließe, meine Strategie zu ändern. Ich sehe Taina an. Der Straßenverkehr ist meine geringste Sorge, es ist Abend, Hamina schläft.

«Je länger ich darüber nachdenke, desto merkwürdiger erscheint es mir, dass jemand uns drei ermorden möchte. In meinem Fall habe ich es noch verstanden, aber nur weil ich dachte, dass du mich aus dem Weg räumen willst. Bezüglich der Konkurrenz wäre es ja nachvollziehbar, dass sie uns beide loswerden wollen, aber warum sollten sie dem Baby auf dem Rücksitz etwas antun? Warum? Er kann nichts, er weiß nichts. Ich übersehe irgendwas. Aber was?»

Petri jault wie ein Hund.

Taina wischt sich mit einem Handtuch über das Gesicht.

«Ich weiß es nicht», flüstert sie.

«Was weißt du nicht?», frage ich.

«Nichts. Werde ich sterben?»

«Wir sind auf dem Weg ins Krankenhaus. Der Arzt wird uns mehr sagen können. Es ist durchaus möglich, dass du überlebst.»

Petri ächzt.

«Ich würde so was doch niemals tun», sagt sie. «Dich ermorden.»

Ich weiß nicht, was ich erwidern soll. Schön zu hören, ja. Andererseits verrät der Umstand, dass sie es extra betonen muss, auch einiges darüber, dass nicht alles gut gewesen ist in unserer Ehe.

«Lass uns über die Menschen in unserem Umfeld nachdenken. Wer hätte Grund, erst mich und dann dich und dann sogar den Dildo zu vergiften?»

«Petri», ruft Petri heiser.

Taina verzieht keine Miene. Dann sagt sie etwas, das mich beschäftigt.

«Niemand weiß von uns.»

«Was?», frage ich.

«Na ja, von mir und ...»

«Petri», murmelt Petri.

«Ich meine, von mir und den Japanern», sagt Taina. «Das war streng geheim. All das. Niemand wusste davon.»

Taina wendet sich mir zu. «Nur du. Du wusstest irgendwie davon.»

Ich fahre zügig, aber mit Bedacht, nicht zu schnell. Jede Minute, jede Sekunde ist wichtig. Der Regen prasselt gegen die Windschutzscheibe. Es klingt, als würden tausend kleine Finger auf einer Tischplatte trommeln.

«Bist du ganz sicher, dass du niemandem von deinem Plan erzählt hast?», frage ich.

Taina schweigt. Einige Sekunden lang.

«Ich habe nicht mal Petri alles erzählt», sagt sie.

Wir sind da. Ich fahre direkt zur Notaufnahme, wie vereinbart. Der Arzt wartet schon. Neben ihm steht eine Frau, die ich wiedererkenne. Eine ältere, erfahrene Krankenschwester, die mir irgendwann einmal Blut abgenommen hat. Ich parke den Wagen, steige aus. Wir heben Petri von der Rückbank, er hat Tränen in den Augen. Taina redet wild und hektisch auf den Arzt ein, stellt Fragen. Der Arzt kann nichts versprechen. Die Chancen stünden aber gut, sagt er. Dann betrachtet er mich, nickt mir zum Abschied zu.

Ich bleibe vor den Schwingtüren stehen, auch nachdem sie sich längst geschlossen haben. Der Regen erfüllt die stille

Nacht mit Leben. Er fällt aus mehreren Richtungen, senkrecht, quer, schief. Taina und Petri haben niemandem irgendwas erzählt.

Ich war das. Ich habe über die beiden gesprochen.

21

Der Hof wirkt verlassen, die Einfahrt zu unserer Firma ist weich vom vielen Regen und voller Pfützen. Die Lampe, die den Eingang beleuchtet, flackert leise vor sich hin. Ich steige aus, konzentriere mich darauf, die Pfützen zu umgehen. Vielleicht sind es gar keine Pfützen, vielleicht sind es mit Wasser gefüllte Fallgruben. Ich spüre den Regen auf meinem Gesicht, auf meiner Stirn, an meinem Hals, an meinen Händen. Vom Auto zur Eingangstür sind es etwa fünfzehn Meter, als ich ankomme, bin ich pitschnass.

Ich trete ein, ziehe mein Jackett aus. Warte. Ich gehe durch die Halle und erinnere mich an den Moment, als mir der Gedanke zum ersten Mal durch den Kopf schoss, zu vage, als dass ich ihn hätte festhalten können. Das Licht im Trockenraum ist erloschen, die Maschinen stehen still.

Ich gehe zum Tisch und blättere das Notizbuch mit den Nutzerprotokollen durch. Nichts Überraschendes. Habe ich mich doch geirrt? Liege ich falsch mit meinen Vermutungen? Ich gehe in mein Büro, schalte den Computer ein. Ein paar Klicks bringen mich ans Ziel.

Man kann die Maschinen sowohl manuell als auch digital aktivieren. Die digitale Nutzung wird im Register des Terminals abgespeichert. Auch die manuelle Nutzung wird protokolliert, von einer sogenannten *Energieverbrauchsmanagementsoftware*. Das ist ein ziemlich langer Name für ein ziemlich einfaches Programm, das ich vor etwa einem Jahr habe installieren lassen, weil ich unseren Energieverbrauch reduzieren wollte.

Jetzt verrät mir dieses Programm etwas Interessantes: Die Maschinen wurden seit der letzten digitalen Nutzung achtmal manuell aktiviert.

Ich gehe zurück in den Maschinenraum, das Neonlicht flackert auf. In diesem Raum, in dem die Pilze getrocknet werden, stehen nur die Maschinen, vor allem der riesige Ofen, sowie eine Reihe von Regalen für die Aufbewahrung.

Diese Regale sind hoch und breit, jeweils zehn Ablagen übereinander. Alles sieht so aus, wie es aussehen sollte. Ich ziehe auf gut Glück einige Schubladen heraus. Sie sind sauber.

Mir fällt etwas ein, ich gehe zur Seitenwand, löse einen der Filter aus dem Zylinder. Das Teil hat etwa einen Durchmesser von vierzig Zentimetern, es glänzt neu und weiß, ist kürzlich ausgewechselt worden. Sorgfältige Arbeit, denke ich. Ich befestige den Filter wieder, gehe ein paar Schritte. An der Wand links vom Ofen finde ich, wonach ich gesucht habe. Es ist wie eine Erleuchtung. Ich habe ja nicht gewusst, wonach ich eigentlich suchen muss.

An der Wand steht neben dem Wasserspender ein langer Tisch. Auf dem Tisch eine Kaffeemaschine, daneben ein paar Sessel und Hocker. Ganz gemütlich eigentlich. Auf dem Tisch ist eine kleine Ablage, zum Aufbewahren der Kaffee- und Teetassen, die mit lustigen oder liebenswerten Texten und Bildern dekoriert sind. Neben der Tasse mit der Aufschrift *World's best Grand-Dad* steht eine Dose. In dieser Dose befinden sich Kekse.

Ich denke intensiv nach. Diese Kekse habe ich zum ersten Mal gesehen, als, den Protokollen zufolge, die Maschine erstmals manuell aktiviert wurde. Ich weiß noch, dass ich hocherfreut war, sehr lecker waren diese Kekse zum Kaffee.

Nachdem ich gefragt hatte, woher dieser üppige Geschmack kommt, und mir gesagt wurde, dass es sich um ein Geheimrezept handelt, ist das Gespräch damals schnell in eine andere Richtung gegangen. Es ging um die Übeltaten und das unvorhersehbare Verhalten von Frauen. Und darum, dass das Leben in gewisser Weise der ewige Kampf zwischen den Geschlechtern ist.

Ich nehme die Dose, halte sie in beiden Händen, wiege sie sozusagen ab. Ich spüre, wie sich die Puzzleteile zusammensetzen, eines nach dem anderen.

Der Arzt sagte, dass die Vergiftung auf natürliche Substanzen zurückzuführen sei. Jemand hat diese Substanzen gesammelt und im Trockenraum getrocknet. Dann hat er sie gemahlen und dem Teig untergemischt. Die frisch gebackenen Kekse wurden mir auf dem Silbertablett präsentiert, und ich habe sie gegessen.

Bleibt nur noch eine Frage.

Warum, Olli?

Am Ende der Großkreiselstraße stehen einige Holzhäuser. Trotz ihres Namens bildet die Straße keinen vollständigen Kreis. Die ältesten der Häuser sind mehr als hundert Jahre alt, errichtet auf massiven Steinfundamenten. Einige stehen ziemlich schief in der Landschaft, andere wirken verwahrlost und verrottet, die meisten sind aber in gutem Zustand. Das Haus, in dem Olli wohnt, ist irgendwas dazwischen.

Durch die spärliche Beleuchtung und den strömenden Regen fühle ich mich inmitten der alten Häuser, die die schmale Straße säumen, als sei ich in eine Zeitmaschine geraten. Nichts deutet darauf hin, dass ich mich in der Gegenwart befinde. Ich denke, dass ich, sollte ich im nächsten Augenblick endgültig zusammenbrechen, nicht wissen würde, in welchem Jahr ich sterbe. 1948 oder 2016? Und spielt das überhaupt irgendeine Rolle? Menschen kommen, Menschen gehen. Fast jeder, der gegangen ist, war der Meinung, dass es zur falschen Zeit geschehe.

Ollis Haus hat zwei Fenster zur Straße hin. Beide sind von Jalousien verdeckt. Das Grundstück ist von einem Bretterzaun umgeben, das Tor steht offen. Ollis Kombi steht unter einem kleinen Vordach. Der Garten ist matschig, das Gras hoch gewachsen. Olli ist ein versierter Giftmischer, er kann Schleierlinge und Fliegenpilze von guten Pilzen unterscheiden und genießbare Beeren von ungenießbaren. Aber ein Held der Gartenarbeit ist er nicht. Auf der anderen Seite des Hauses sind die Jalousien leicht geöffnet, ich sehe ein Flackern und Flimmern. Erst denke ich an ein Feuer, dann begreife ich, dass es ein Fernseher ist. Bunte Farben blitzen auf, von draußen könnte man bei längerem Hinsehen fast meinen, dass drinnen eine Diskothek sei.

Ich gehe zur Haustür, suche nach der Klingel, betrachte die vom Regen benetzte Türklinke. Ich versuche es einfach, tatsächlich lässt sich die Tür öffnen. Ich trete ein, laufe behutsam. Der Fernseher läuft, es dauert eine Weile, bis ich die Sendung identifizieren kann. *Wer wird Millionär?* Offenbar hat Olli Ambitionen, die über das bloße Morden hinausgehen.

Der Fernseher ist sehr laut, und obwohl ich mich auf uralten Dielen bewege, höre ich nicht den Hauch eines Knarzens oder Knirschens. Der Flur ist kurz und schmal, er endet an der Toilettentür und führt nach rechts zu zwei weiteren Türen. Das dunkle Zimmer, das zur Straße hin liegt, ist vermutlich das Schlafzimmer. Demnach führt die andere Tür ins Wohnzimmer, aus dem die Geräusche und das Licht dringen.

In der Sendung gibt jemand eine falsche Antwort, das Publikum stöhnt auf. Olli sagt etwas, das ich nicht verstehen kann. Er sitzt in einem Sessel. Eigentlich liegt er mehr darin.

Das Wohnzimmer ist ein wenig deprimierend, aber ordentlich. Die Möbel sehen aus, als seien sie von mehreren Vorbesitzern zurückgelassen worden. Die Tapeten und die hüfthohe Wandvertäfelung wecken widersprüchliche Gedanken, an eine finnische Sauna und ein englisches Landhaus. Die Deckenleuchte wurde mit einer zu starken Glühbirne bestückt. Ich sehe einen Schimmelfleck an der Wand und einige Staubmäuse in den Ecken.

«Olli, macht es dir was aus, den Fernseher etwas leiser zu stellen?», frage ich.

Olli zuckt heftig zusammen, seine Hände lösen sich von den Armlehnen des Sessels und wirbeln durch die Luft, er streckt intuitiv seinen Rücken durch und starrt mich mit offenem Mund an. Seine Augen sind angefüllt mit Fragen. Aber er bleibt sitzen. George Clooney, denke ich einmal mehr. George Clooney im Spätherbst seiner Karriere.

«Jaakko», sagt er.

«Noch immer am Leben», sage ich und werfe einen Keks in Ollis Schoß. Olli unternimmt nicht mal den Versuch, ihn zu fangen. Er ist perplex. Der Keks zerbricht auf seiner grauen Jogginghose in zwei Teile. Olli senkt langsam den Kopf, betrachtet die beiden Hälften. Ich bin mir nicht sicher, wie lange er sie anstarren muss, um zu begreifen, warum ich gekommen bin. Ich gebe ihm ein paar Sekunden. Dann nehme ich die Fernbedienung und schalte den Fernseher aus.

Die plötzliche Stille scheint ihn aufzuwecken. Er hebt seinen Blick. Er sieht aus wie der Olli, den ich kenne. Aufrichtig, auf den ersten Blick ein wenig langsam, vielleicht aber auch bauernschlau. Ich weiß bis heute nicht, was der Wahrheit näher kommt. Auf jeden Fall ist er ein wenig beschränkt, trotz all seines Wissens über Frauen.

«Ich habe das für dich getan», sagt er. «Also, die beiden zu vergiften.»

Das war nicht ganz der Einstieg, den ich erwartet hatte.

«Die beiden?», frage ich.

«Taina und Petri», sagt er. «Die haben gerammelt wie die Karnickel, genagelt wie ...»

«Olli», sage ich. «Du hast zuerst mich vergiftet.»

Olli schweigt. Er weicht nicht aus, sieht mich an, mit großen Augen. Ein ehrlicher, aufrichtiger Mensch.

«Das tut mir leid», sagt er.

Ich stehe hier, im Wohnzimmer eines Holzhauses, Auge in Auge mit meinem Mörder.

«Es tut dir leid?»

«Ja», sagt er. Es scheint von Herzen zu kommen.

«Ach so. Dann ist ja alles in bester Ordnung. Du hast dich bei mir entschuldigt, damit hat sich die Sache ja wohl erledigt. Dann werde ich jetzt mal nach Hause gehen, um zu sterben.»

Ich bemerke meine Erregung. Ich hole Luft.

«Olli, verdammt. Ich weiß nicht, was ich erwartet habe. Aber was zum Teufel? Was soll das?»

Olli hebt die Schultern, lässt sie sinken. Ganz langsam. Er scheint nachzudenken.

«Es war ein Unfall», sagt er. «Sozusagen.»

«Aha. Und wie kann man versehentlich Giftstoffe sammeln, einem Teig beimischen und daraus diese verdammten Dreckskekse backen?»

Meine Stimme schnellt in die Höhe. Olli sieht verängstigt aus.

«Ich habe das nur mal ausprobieren wollen. Wie so was geht, ob das klappt. Und ob dann jemand die Kekse isst.»

«Ja, du Sack, ich habe sie gegessen.»

«Du isst alles.»

Ich lasse meinen Kopf kreisen, in der Hoffnung, nicht durchzudrehen.

«Verstehe. Erst tötest du mich, und dann hast du noch den Nerv, meine Essgewohnheiten zu kritisieren.»

«Nein, gar nicht. Jeder soll essen, was er will, jeder hat ein Recht auf seinen Körper, also ...»

«Olli», sage ich. Ich habe das Gefühl, mit einem Haustier zu reden. Mit einem bösen Haustier. Einem Hund, der sich danebenbenimmt.

Wir schweigen. Olli stiert vor sich hin, dann blickt er mich aus den Augenwinkeln an. «Ich habe ein bisschen herumprobiert. Wie man die am besten zubereitet. Also, die Kekse. Ich glaube nicht, dass ich Alternativen gehabt hätte.»

«Bitte? Alternativen? Entweder backst du tödliche Pilzkekse, oder du backst gar nicht?»

Olli schüttelt langsam den Kopf.

«Ich habe dir doch gesagt, dass ich drei Scheidungen hinter mir habe. Kein einziges Mal habe ich das gewollt. Es waren immer die Weiber. Ich wurde verlassen. So sieht es aus. Ich bin sogar sechsmal verlobt gewesen. Immer hat die Alte mich rausgeschmissen. Wer soll das ertragen? Ich halte das nicht mehr aus. Die Nächste wird mich nicht verlassen. Die werde ich mit Keksen füttern. Ich werde sie vergiften. Bevor sie gehen kann. Das ist die einzige vernünftige Alternative. Bevor sie abhaut, stirbt sie. Wenn sie noch glücklich ist. Wenn wir beide glücklich sind. Das ist eine Win-win-Situation.»

Mir fehlen die Worte. Olli sieht wieder zu mir auf.

«Du musst zugeben, dass immerhin Taina und Petri bekommen, was sie verdienen.»

Ja, er hofft auf Lob, auf Bestätigung. Er will geliebt werden.

«Sie sind im Krankenhaus», sage ich. «Wenn die Vergiftung früh genug bekämpft wird, können sie überleben.»

«Aber du wolltest doch ...»

«Was weiß ich, was ich gesagt habe?! Mag sein. Das heißt doch nicht, dass ich sie umbringen will!»

Olli ist offenbar zutiefst erstaunt.

«Ich dachte, dass wir auf derselben Seite stehen.»

«Wie zur verdammten Hölle sollen wir auf derselben Seite stehen, wenn du mich ermordest!»

Die Frage scheint ihn zu beschäftigen. Dann glaube ich zu sehen, dass seine Gedanken abschweifen.

«Wirst du zur Polizei gehen?», fragt er schließlich.

«Nun, was wäre denn dein Vorschlag? Vielleicht können

wir ja auch sämtliche Polizisten vergiften. Und dann den Rest der Einwohner von Hamina. Und dann, wenn das rauskommen sollte, vergiften wir einfach ganz Finnland. Warum nicht? Wir verfüttern Kekse, bis keiner mehr da ist, der uns verdächtigen könnte.»

Olli schweigt. Sein Blick ist leer. Dann ist ein Flackern in seinen Augen. Für einen Moment denke ich, dass er sich auf mich stürzen wird, aber nein, er rennt. Er will raus, flüchten. Er ist schon im Flur, als ich endlich meine Beine in Bewegung bringe, um ihm zu folgen.

Olli verliert keine Zeit damit, sich die Schuhe anzuziehen. Er schlägt die Tür auf, ist draußen. Als ich an der Außentreppe ankomme, bin ich so richtig in Fahrt. Ich springe hoch, tauche durch die Luft, strecke meine Arme aus, packe ihn.

Der Regen rauscht, die Erde ist weich und feucht. Wie eine Matratze, ich versinke in ihr bis zu den Knien und den Ellenbogen. Wir ringen, kämpfen. Wir sind keine Könner, keine Boxer, keine Sportler, und ich habe den zusätzlichen Nachteil, dass mir verdammt noch mal die Luft ausgeht. Es reicht. Ende. Übersäuerung. Ich habe das Gefühl, mich kaum noch bewegen zu können. Alles wie in Zeitlupe. Die Krawatte, die um meinen Hals baumelt, ist hinderlich. Jetzt weiß ich endlich, warum Ringer immer diese Trikots tragen.

Wir drehen uns wild, auch Olli schnauft, ich spüre seinen Atem unangenehm nah. Wir ringen im Liegen, im Stehen, dann wälzen wir uns wieder am Boden. Ich kann nichts mehr sehen. Meine Augen und mein Mund sind voller Schlamm, Schweiß und Regen.

Wir stürzen gegen die Wand des Schuppens. An der Wand

steht auch ein Haufen Schrott. Ein meterlanges Brett. Ich bekomme es zu fassen, in dem Moment, in dem Olli meinen Hals packt.

Er drückt so fest zu, vielleicht bricht jetzt gleich mein Genick, vielleicht trennt sich mein Kopf von meinen Schultern. Ich sehe ein seltsames, grelles Licht, es illuminiert die Nacht.

Alles auf eine Karte, denke ich. Letzte Karte. Ich lasse seine Hände los, umschließe das Brett und hämmere es mit der Kraft, die verblieben ist, gegen seinen Kopf.

Sein fester Griff lockert sich. Ich kann mich von ihm lösen. Ich hole aus und schlage noch mal zu, dieses Mal von der Seite, mit aller Wucht. Das Brett trifft Ollis Ohr. Wie eine sehr harte Ohrfeige. Er hebt die linke Hand an seine Schläfe, er taumelt. Er sucht Halt, schwankt von links nach rechts und zurück.

Das ist der Moment. Mein Moment.

Ich drehe mich um, öffne die Tür, die sich neben mir auftut, wende mich wieder Olli zu, packe ihn an der Brust und schleudere ihn, wie in heftigen Tanzdrehungen, ins Innere des dunklen Schuppens. Er fällt, schwer und träge, auf den Beton. Ich sehe mich um. Spärliches Licht. Es kommt von draußen, von einer einsamen Straßenlaterne. In einiger Ferne schimmert Ollis Haus, die Haustür steht offen, der Flur ist beleuchtet. Ich sehe nur Brennholz. Keine Axt, kein sonstiges Werkzeug. Ich lasse Olli liegen, gehe raus. Ich denke darüber nach, wie ich diese Tür so verschließen könnte, dass Olli nicht mehr rauskommt.

Ich gehe zum Haus, finde einen Schlüsselbund, er liegt auf dem Abstelltisch im Flur, in einem krummen Behältnis, das für irgendeinen Whiskey wirbt. Der Schlüssel zu Ollis Kombi.

Ich laufe schnell, öffne schon im Gehen die Fahrertür, starte den Motor. Ich rangiere den Kombi so, dass er direkt vor dem Schuppen zum Stehen kommt. Ich steige aus, kontrolliere den Abstand zwischen dem Auto und der Tür zum Schuppen. Olli kommt nicht mehr raus.

Der Regen prasselt, egal, ich bin ohnehin durchnässt. Ich muss telefonieren. Irgendjemand muss Olli holen und wegbringen. Die Polizei, denke ich. Tikkanen.

Ich laufe, ohne es wahrzunehmen. Ich bin eins mit dem Regen, eins mit dem Wasser. Ich wechsle die Welten. Ich denke, dass ich sterbe, genau jetzt, ich greife nach der Autotür, aber ich fühle nichts. Ich weiß nicht, ob ich im Wagen sitze oder noch draußen stehe, ich weiß nicht, ob ich den Motor gestartet habe oder nur still dasitze. Ich weiß nicht, ob meine Finger ein Lenkrad berühren oder irgendwas anderes. Irgendein Ding, etwas Rundes, irgendeinen Kreis. Mir fallen die Augen zu. Ich bin nicht in der Großkreiselstraße, nicht in Hamina, ich bin nirgends. Ich bin losgelöst und frei. Federleicht, aber mit allem fest verbunden. Ich fliege. Ich liege auf einer glatten Wasseroberfläche. Dann schwebe ich. Endlich, denke ich noch.

Endlich ausruhen.

III
LIEBE

1

Jemand öffnet den Sarg, einen Spaltbreit nur. Ausgerechnet jetzt, wo ich so schön gestorben bin. Ohne Angst, ohne Schmerz. Jetzt, wo ich endlich die Zeit finde auszuruhen, von all den Anstrengungen.

Nicht mal in Ruhe sterben darf man.

Irgendjemand will da noch ein Wörtchen mitreden. Vielleicht ist das eines der ehernen Gesetze des menschlichen Universums. Du wirst nie etwas richtig machen, weil immer andere besser wissen, was gut für dich ist. Selbst im Moment des Todes.

Licht fällt durch meine Augenlider, ich erwache, öffne die Augen. Ich blinzle, versuche, meinen Blick scharf zu stellen. Schimmernde Blitze, langsam kristallisieren sich Konturen heraus. Eine große Eiche, ein Bretterzaun, ein Weg. Ein knallgelbes Holzhaus.

Ich atme schwer, kann nicht schlucken, mein Mund ist trocken, in meinem Rachen hat sich ein stechender Schmerz eingenistet. Mein Anzug ist voller Schlamm und Wasser, wenn ich den schlimmsten Kater meines Lebens mit hundert multipliziere, bekomme ich als Ergebnis meinen momentanen Zustand. Meine linke Hand hat sich irgendwie im Lenkrad verhakt, sie hängt fest. Mein Arm ist taub. Mein rechter Arm liegt in meinem Schoß, ich kann ihn nicht spüren. Der Schlüssel steckt in der Zündung. Ich frage mich, was ich hier mache, wo ich bin. Warum sitze ich in einem Kombi? Ich bin nie Kombi gefahren. Dann kehrt die Erinnerung zurück. Ich weiß, warum ich hier bin.

Das Smartphone liegt in einer Nische zwischen den Sitzen. Ich greife danach, studiere das Display. Die Bewegung war zu schnell, eine Ohnmacht nähert sich, ich will das Fenster öffnen, aber mein linker Arm verweigert den Dienst. Es gelingt mir, die rechte Hand zu aktivieren. Die frische, regenschwangere Luft ist wie Wasser, das ich gierig trinken möchte. Dann nehme ich wieder das Telefon. Wenn ich die Uhrzeit richtig deute, haben wir frühen Morgen. Sanni hat sechsmal versucht, mich zu erreichen. Ich habe nichts gehört, habe fest geschlafen. Oder ich war bewusstlos. Sie hat drei Nachrichten geschickt, die letzte vor wenigen Minuten.

Erstens: *Jaakko, alles okay bei dir? Wir sind unterwegs nach Ihamaa. Asko und Tsukehara kennen sich offensichtlich ziemlich gut. Irgendwas läuft hier. Alle Japaner sind dabei. Bis später, Sanni.*

Zweitens: *Jaakko, die Sache ist faul. Asko starrt mich die ganze Zeit an. Tsukehara redet auf Japanisch wie ein Prediger, Asko versteht ihn. Ich weiß nicht, worum es geht. Fühlt sich seltsam an.*

Drittens: *Asko kommt.*

Ich fahre zum Kiosk, kaufe zwei große Flaschen Cola. Die erste schütte ich direkt am Kiosk in mich hinein. Ein Teil spritzt auf mein Kinn, meine Brust, auf die Krawatte. Noch nie hat mir Zuckerwasser so gut geschmeckt. Ich verstehe erst jetzt, was der Begriff *Durstlöschen* im Kern bedeutet. Mein Mund war trocken wie ein leerer Ofen. Jetzt kehrt das Leben zurück. Ich huste mir die Seele aus dem Leib, es tut gut.

Der Regen macht eine Pause, der Himmel ist grau und schwer. Ich fahre zügig, trinke weiter. Der Lexus macht genau, was ich möchte, beschleunigt, wenn ich das Gaspedal durchtrete. Ich fahre annähernd 200, auf langen, geraden Straßen. Ich versuche, Sanni zu erreichen, sie geht nicht ran. Ich gebe die Strecke im Navi des Handys ein. Google ist so freundlich, mir mitzuteilen, dass die verbleibende Fahrtzeit achtzehn Minuten beträgt.

Lange Minuten. Ich denke an Sanni. Daran, dass ich sie in etwas hineingezogen habe. Ich weiß, wozu Askos Kumpane fähig sind. Was mag dann der Boss alles zustande bringen? Er habe sie komisch angestarrt, hat Sanni geschrieben. Was hat Asko vor? Und was ist mit diesem Tsukehara? In welcher Verfassung ist der Mann, nachdem Taina ihm ihren Körperinhalt anvertraut hat? Weiß Asko schon Bescheid über Juhani und Juhana? Was wird das mit ihm machen? Was tun Asko und Tsukehara, wenn ihre Pläne durchkreuzt werden?

Vor allem: Was genau ist eigentlich der Plan?

Ich kann nicht aufhören, an Sanni zu denken. Ich höre ihre Stimme, denke an ihr heimeliges Wohnzimmer, an ihre unverwechselbare Art, mich zu ärgern. Ich denke an sie, obwohl ich die ganze Zeit versuche, nicht mehr an sie zu denken. Je länger ich das versuche, desto intensiver werden die Gedanken.

Ich brauche elf Minuten. Ihamaa ist ein Ortsname, aber in Wirklichkeit ist da nichts. Nicht mal ein Dorf. Ihamaa ist einfach nur ein leerer Ort, an dem man ein Auto wenden kann. Ich sehe zwei Wagen, einer der beiden ist ein Kleinbus. Ich parke hinter dem Bus, steige aus, sehe mich um.

Für eine Weile fühlt sich die Situation hoffnungslos an.

Dann versuche ich, logisch zu denken. Auf der rechten Seite kann ich weit blicken, über Felder hinweg bis zum Waldrand. Ich würde sie vermutlich sehen, wenn sie in diese Richtung gegangen wären. Ich entscheide mich deshalb für die linke Seite, überquere die Straße, betrete den dichten Wald.

Ein großer, stiller Wald. So still, man würde jedes Geräusch hören. Wenn eine größere Gruppe unterwegs ist, brechen Äste, Menschen stöhnen kaum merklich auf, manchmal ruft jemand, um eine Richtung vorzugeben. Ich laufe, bleibe von Zeit zu Zeit stehen, lausche. Nichts. Ich laufe weiter, lausche, laufe, lausche. Dann höre ich etwas. Eine fremde, dennoch vertraute Sprache. Ich ducke mich, lasse mich zu Boden gleiten. Ich sehe Tsukehara, er steht auf einer Lichtung, er spricht wie jemand, der etwas ernst meint.

Ich hebe vorsichtig den Kopf. Die Lichtung ist ziemlich groß, ein großes Rechteck mitten im Wald, das von schmalen Wegen in kleinere Rechtecke unterteilt wird. Die Gruppe steht an einem dieser Wege. Sie wenden mir ihre Rücken zu, mit Ausnahme von Asko und Tsukehara, deren Gesichter ich erahnen kann. Sanni steht etwas abseits, sie blickt zu Boden. Asko starrt Sanni an, es wirkt bedrohlich. Ich sehe einen länglichen Gegenstand in seiner Hand, etwas, das in der Morgensonne glänzt.

Asko spricht. Sein Englisch ist besser als meines. Tsukehara übersetzt.

Ich beginne zu begreifen. Ich verstehe jetzt auch, warum Asko die ganze Zeit so selbstsicher gewesen ist, so restlos überzeugt von seinem Erfolg.

Ein genialer Plan. Asko bietet den Japanern Bio-Matsutake an, zu Sonderpreisen, in beliebigen Mengen. Natürlich ist es nicht im Ansatz Bio. Es wächst auf einer Lichtung statt im Wald, und hier wird mit Chemikalien gedüngt, aber das wissen die Japaner nicht.

Es handelt sich um Betrug, aber das sagt Asko natürlich nicht. Ich werde es sagen, denn es ist eine persönliche Sache. Dieser Asko verachtet und verhöhnt eine respektable Branche, er beleidigt Menschen und Prinzipien.

Ich renne einfach los, auf die Gruppe zu. Alle wenden sich mir zu, sehen mich kommen.

Ich habe keine Ahnung, was ich hier mache. Aber ist das nicht die Natur des Lebens? Ist das nicht am Ende die Erkenntnis, die wir gewinnen? Alles muss man erst mal geübt haben, bevor man weiß, was es eigentlich bedeutet. Ich habe die besten Absichten. Ich will Sanni schützen. Ich will nicht, dass Askos Dolch oder Messer oder was immer es ist, Sanni Angst macht. Nie mehr. Ich schreie. Vom ersten bis zum letzten Meter schreie ich, die ganze Strecke lang, gleich werde ich springen und mich auf Asko stürzen.

2

Ich habe eine Redewendung gehört, laut der man jeden Tag so leben sollte, als sei es der letzte. Ich denke, dass ich da noch einen draufsetzen kann. Ich lebe so, als würde der nächste Moment mein letzter sein. Es gibt nichts, wovor ich Angst haben müsste. Alles ist neu, alles ist losgelöst von Voraussetzungen, jeder Moment ein neues Abenteuer. Äste brechen, die Erde tut sich auf, der Wald hängt in einer schiefen Ebene, und der Schrei, den ich ausstoße, fühlt sich fremd und unheimlich an.

Ich habe drei Liter Cola getrunken, im Schlamm gerungen, mein Anzug ist steif von Schmutz und getrocknetem Matsch, meine Schuhe sind pitschnass. All das ist nicht optimal für einen Frontalangriff, aber egal, ich ziehe es durch.

Ich sehe offen stehende Münder, aufgerissene Augen. Tsukehara ist wütend. Ich denke nicht, dass ich jemals einen wütenderen Menschen gesehen habe. Kakutama dagegen wirkt überraschend ruhig. Fast habe ich den Eindruck, dass er zufrieden aussieht. Die anderen sind vor allem verwirrt. Sanni ist überrascht, auf eine Weise, die mein Herz berührt. Ich habe mich nicht in ihr getäuscht.

Und Asko. So habe ich ihn nie gesehen. Würde ich sagen, dass er aussieht wie ein Jäger, wäre das maßlos untertrieben. Er ist ein Raubtier. Ein Killer.

Er tritt nach vorn, läuft auf mich zu, mit dem Messer. Er hebt es an, es scheint an Größe zu gewinnen. Die Klinge deutet in meine Richtung. Ich weiß nicht, woran es liegt, vielleicht am Zuckerrausch, am Koffein, am Adrenalin, daran, dass ich mich verliebt habe, an meiner Wut oder daran, dass Asko jeden ehrbaren Pilzhändler verunglimpft. In jedem Fall bewege ich mich schneller, wacher, klüger als jemals zuvor.

Wir umkreisen uns wie bei einem mittelalterlichen Ritterturnier. Asko hat eindeutig die Beherrschung verloren. Er lässt dem Hass freien Lauf. Gut so. Ich suche Halt an einem breiten Kiefernast. Asko kommt näher, wie in einem Kung-Fu-Film, in dem die Kampfszene in effektvoller Zeitlupe abläuft. Ich sehe seine Wut, sein Gesicht ist wie erstarrt, wie eingefroren. Die Klinge des Messers blitzt auf, Asko springt ab, ich auch.

Wir sind in der Luft.

Die Sonne bescheint den Dolch, spiegelt sich auf der glänzenden Klinge, ich lasse im Sprung den Kiefernast los, der nach vorne schnellt. Der Wald ist so still, die Lichtung ein leerer, weiter Raum, die anderen stehen regungslos um uns herum. Asko grimassiert, bleckt die Zähne, wie ein Hai. Er will schreien, aber er kommt nicht dazu. Der Kiefernast ist länger als das Messer. Das ist das Entscheidende. Der Ast trifft Asko mit ungeheurer Wucht in der Leistengegend. Asko klappt zusammen, das Messer löst sich aus seiner Hand und streift mein Gesicht, wie ein Komet. Ich habe alle Kraft in diese letzte Aktion gelegt. Jetzt schreit Asko, aber nicht mehr hasserfüllt, sondern aus purem Schmerz.

Wir fallen, liegen am Boden. Asko rollt sich in Embryohaltung zusammen, greift sich an den Unterleib. Aus dem Schmerzensschrei wird ein Winseln. Ich krieche zu ihm, setze mich auf ihn, mit meinem ganzen adipösen Gewicht.

Er sackt in sich zusammen. Ich wende mich der Gruppe zu, spüre ein Siegerlächeln auf meinen Lippen, aber dann sehe ich Tsukehara.

Seine Wut mag nachvollziehbar sein. Er ist achttausend Kilometer weit gereist, um mit Asko einen gewinnbringenden Vertrag abzuschließen. Statt Erfolg und Respekt hat er bislang nur Tainas Kotze bekommen. Sein Plan geht nicht auf. Sein Geschäftspartner liegt zermürbt im Matsch. Es gibt Menschen, die sich aus nichtigeren Gründen aufregen würden.

Tsukehara ist schnell, er breitet die Arme aus wie ein Vogel seine Flügel. Er greift nach Askos Messer, das am Boden liegt. Er ist bereit zur Attacke. Seine Augen sind fast geschlossen, beinahe habe ich den Eindruck, dass er vor Wut weint. Den Trick mit dem Kiefernast werde ich kein zweites Mal beanspruchen können. Tsukehara wirft sich auf mich, er hebt das Messer an, und dann bebt der Wald. Ein Donnern dröhnt durch die Kronen der Bäume.

Tsukehara erstarrt in der Bewegung. Dann sinkt er langsam ab, fällt in sich zusammen wie ein Kartenhaus. Seine Hände umschließen den rechten Oberschenkel, ein dunkelroter Fleck breitet sich aus. Tsukehara röchelt, Asko röchelt.

Tikkanen kommt auf uns zu, lässig, mit einer Waffe in der Hand.

EPILOG

Sannis zierliche Hand ist warm. Für einen Moment spüre ich, dass sie meine Hand fester umschließt, dann lässt sie los. Sie wird bald einschlafen.

Der Morgen bricht an, erblüht, weiß sind die Wolken, der Himmel ist tadellos blau. Ich fühle mich wohl, habe nicht mal das Bedürfnis, meinen Bauch einzuziehen. Das ist nicht nötig, Sanni hat mich mit freiem Oberkörper gesehen. Sogar ohne Hosen. Sie weiß, wie ich aussehe, sie weiß, wer und was ich bin. Ich habe ihr alles erzählt.

Auch Taina habe ich etwas erzählt, nämlich, dass ich die Scheidung will. Taina war noch im Krankenhaus, aber auf dem Weg der Besserung. Es war ein kurzes Gespräch. Ich wollte zum Abschluss auch etwas Positives sagen, deshalb habe ich mich fürs Essen bedankt. Ich sagte, dass ich nie vergessen werde, wie gut sie jahrelang für mich gekocht hat. Ich habe darauf verzichtet zu ergänzen, dass natürlich am Ende ein fader Beigeschmack hinzugekommen ist.

Als ich nach einigen Minuten feststellte, dass es das wohl war, hat Taina genickt. Sie erwähnte noch, dass sie nicht mit Petri nach Helsinki gehen werde. Petri will in Hamina bleiben. Petri hat ihr nicht gesagt, warum, er spricht kaum. Taina vermutet, dass sie zu vieles in zu kurzer Zeit gemeinsam erlebt haben. Das leuchtet mir ein.

Asko wird nicht der Prozess gemacht werden, aber da Tikkanen ihn wegen eines lange zurückliegenden Todesfalls aus seiner Jugend ohnehin im Blick hat, wird er sich, nach den heutigen Vorkommnissen, sehr zurückhalten müssen. In der Pilzbranche wird er eine Persona non grata sein. Er hat versucht zu betrügen, das vergisst niemand. Das ist in unserer Branche wie Mord. So etwas verjährt nicht.

Olli wurde in dem Schuppen gefunden. Tikkanen hat ihn abgeholt, er hat keinen Widerstand geleistet. Er äußerte den Wunsch, bald wieder zu heiraten. Er wird schon eine Braut finden, die die Gefängnismauern zu schätzen weiß, vielleicht sollte er im Frauengefängnis in Hämeenlinna mit der Suche beginnen.

Raimo hat sich wegen seiner Sauna erkundigt. Was da passiert sei, während er seine Frau abgeholt habe. Seine Frau war urplötzlich am Norovirus erkrankt, es geht ihr bereits besser. Raimo deutete an, dass irgendwas mit meiner Art zu saunieren nicht stimme. An der Wand sei ein Loch, und ein Brett sei zerbrochen. Ich habe ihm gesagt, dass ich einmal heftig ausgerutscht bin. Verschwiegen habe ich, was hinter der Sauna ist. Gras wächst darüber.

Juhana gilt als vermisst. Tikkanen hat mich aufmerksam betrachtet, als ich die Einschätzung äußerte, dass Juhana immer so impulsiv sei. Dass er sich vom Moment treiben lasse. Dass er vielleicht einfach verschwunden sei.

Suvi arbeitet bei uns nicht mehr in Teilzeit, sie ist unsere neue Chefin für Finanzen und Buchhaltung.

Tikkanen hat mir das Leben gerettet. Ich habe mich mehrfach bei ihm bedankt, und er sagte, dass ich meinerseits durch mein beherztes Eingreifen und schnelles Handeln das Leben zweier Menschen gerettet habe. Tainas und Petris.

Mich selbst konnte ich nicht retten. Oder vielleicht doch.

Vielleicht kann ein Mensch leben, obwohl er stirbt. Vielleicht bleibt etwas, eine Ahnung, ein Gefühl, ein Gedanke. Irgendetwas.

Unserer Firma geht es besser als jemals zuvor. Kakutama war völlig von den Socken, er war schwer beeindruckt. Darüber, wie ich mich aufgeopfert habe für unser Unternehmen. Er sagte, dass er einen Mann, der mit einem Kiefernast gegen ein Sashimi-Messer kämpft, für immer zutiefst respektieren werde. Als Kakutama über die besondere Schärfe und zerstörerische Kraft dieses Messers referierte, wurde mir übel, aber auch das verging.

Sanni. Sie hat mich zum Leben erweckt. Ich möchte sie umarmen, möchte mich bedanken. Für alles. Ich möchte ihr sagen, dass ich sie von ganzem Herzen liebe. Mit jeder meiner Zellen. Ich werde nicht gesunden, natürlich nicht, ich werde sterben. Aber das haben wir alle gemeinsam, sogar mit denjenigen, die denken, sie würden ewig leben.

Sanni öffnet ihre Augen. Sie lächelt.

«Hast du was gesagt?», fragt sie.

Ich verneine, gebe ihr einen Kuss auf die Stirn.

Sie schläft ein.

Der Bildschirm zeigt an, dass wir in drei Stunden in Tokio ankommen werden. Hinter dem Fenster ist der Himmel blau. Wir fliegen der aufgehenden Sonne entgegen.

Pressestimmen zu
«Die letzten Meter bis zum Friedhof»

«Tuomainen verbindet in seinen Romanen Krimi und Poesie. Das macht seine Bücher so einzigartig, das ist der Grund dafür, dass Leser sie lieben.» *Sofi Oksanen*

«Im finnischen Krimi ist Antti Tuomainen der phänomenale Star des 21. Jahrhunderts. Roman für Roman konstruiert er intensive Szenarien, die todsichere Spannung versprechen.» *Aamulehti*

«Ein Volltreffer. Der Roman beleuchtet den schmalen Grat zwischen Leben und Tod auf ebenso exzellente Weise wie den finnischen Charakter.» *Helsingin Sanomat*

«Dieses Buch kann man einfach nicht aus der Hand legen!» *Kodin Kuvalehti*

«Nordic noir kombiniert mit einem herzerwärmenden, oft surrealen Humor. Ebenso köstlich wie giftig.» *Sunday Express*

«Unwiderstehlich.» *Crime Time*

«Eine wahre Achterbahnfahrt, die vor allem durch ihren ernsten und überraschend philosophischen Unterton besticht.» *The Guardian*

LESEPROBE

Antti Tuomainen
PALM BEACH, FINLAND

ROMAN

*Aus dem Finnischen von
Niina Katariina Wagner und
Jan Costin Wagner*

ROWOHLT HUNDERT AUGEN Erscheinungstermin Februar 2019

Palm Beach, Finland. Roman.

Die letzten Palmen vorm Polarkreis.

Der neue Investor hat die Ferienanlage umgetauft. «Palm Beach, Finland», warum auch nicht? Alles erinnert an «Miami Vice» und «Baywatch»: Die nun neonbunt gestrichenen Strandhütten, die hautengen Badeanzüge der Rettungsschwimmer, das riesige Werbebanner am Ortseingang. Davon abgesehen unterscheidet sich das Nest kaum von den anderen traurigen Küstenorten.

Olivia Kosk ist nach gescheiterter Ehe gerade erst zurückgekehrt, um als Surflehrerin neu anzufangen. Jetzt liegt in ihrer Küche ein Fremder. Ermordet. Auf ziemlich unschöne Weise.

Weil die Polizei nicht vorankommt, wird der verdeckte Ermittler Jan Nyman in das kuriose Ferienparadies entsandt. Nyman bucht einen Surfkurs bei Olivia, denn die ist die Hauptverdächtige. Schnell fühlt er sich zu ihr hingezogen. Dass Olivia dringend Geld für die Renovierung ihres Hauses benötigt, rückt sie allerdings in ein ziemlich zweifelhaftes Licht. Doch Geldsorgen haben in Palm Beach, Finland anscheinend alle. Und dann tritt auch noch ein Auftragskiller auf den Plan. Es ist der Bruder des Toten aus Olivias Küche. Und er will sich rächen.

Weitere Informationen finden Sie unter www.rowohlt.de
Copyright © 2019 by Rowohlt Verlag GmbH, Reinbek bei Hamburg

Anmerkung

Alles, was folgt, beruht auf tatsächlichen Ereignissen mit echten Menschen. Nichts ist verändert worden.
In Finnland scheint immer die Sonne.

Es war ein Missgeschick. Ein durchaus ärgerliches Ereignis. Es resultierte aus einem Ungleichgewicht in der Statik der Dinge. Ein Missverständnis. Nur deshalb wurde ein Genick gebrochen. Nur deshalb war dieses Geräusch zu vernehmen. Als würde ein trockenes Holzstück zerbersten.

Sie trafen sich an dem Schild. Kari «Chico» Korhonen war als Erster vor Ort. Er bemühte sich darum, den Eindruck zu erwecken, auf niemand Bestimmten zu warten, aber es fiel ihm schwer. Er betrachtete das Schild, als würde er es zum ersten Mal sehen. Er lief daran vorbei, warf betont zufällige Seitenblicke. Zehn Schritte in Richtung Strand, Blick nach rechts.

PALM BEACH, FINLAND
It's the hottest beach in Finland

Er drehte sich um, als sei ihm plötzlich eingefallen, dass er etwas Wichtiges vergessen hatte. Zehn Schritte in Richtung Stadt, Blick nach links:

PALM BEACH, FINLAND
It's the hottest beach in Finland

Chico dachte, dass es sich fast anfühlte wie einst vermutlich die Erfindung des Farbfernsehens. Auf ähnliche Weise hatte nun Jorma Leivo, der Besitzer dieser Ferienanlage, am großen Rad gedreht. Innerhalb von zwei Monaten war aus dem *Kähärä-Urlaubsressort* also *Palm Beach, Finland* geworden. Als sei aus einem grauen Ei ein kunterbunter, fidel trällernder Vogel geschlüpft.

Chico gefielen die neuen Farben: Türkis, Hellblau, Rosa, Hellgrün. Die ganze Anlage erstrahlte in geradezu blendendem Licht. Die Strandhäuschen, das Restaurant, die Umkleidehütten, der Kiosk, der Laden, in dem man auch Surfbretter ausleihen konnte, die Pizzeria. Alles glänzte neu, wie gerade erst gestrichen. Auch das Schild war imposant. Es erschlug einen geradezu, mit einem geschätzten Ausmaß von zwanzig mal fünf Metern. Neongrell. Die Buchstaben, die den schmissigen Werbeslogan formten, sahen aus wie Säulen. Vermutlich durften selbst die Esten in Tallinn dieses Schild bewundern.

Der Badestrand war übersät von bunten Sonnenschirmen. Ob diese Schirme irgendwie von Nutzen waren, darüber ließ sich natürlich streiten. Böiger Wind wehte, das Wasser war eiskalt. Die Liegestühle unbesetzt. Aber es gab eine neue Promenade, die Chico gerne entlangschlenderte. Palmen, frisch eingepflanzt. Also, die waren natürlich aus Plastik, aber immerhin.

Etwas änderte sich. Das Leben. Etwas begann.

Wie anders sollte Chico das interpretieren?

Die Begegnung mit Jorma Leivo.

Zugegeben, diese erste Begegnung hatte stattgefunden, als Chicos kleiner, harmloser Diebstahl aufgeflogen war. Eine Art Arbeitsunfall. Chico hatte beobachtet, dass eine fettleibige Dame ans Wasser gewatschelt war. Er hatte sich ihrer Handtasche genäht, einige ihrer Verzehrcoupons an sich genommen und war zurück an seinen Platz bei der Strandwacht gelaufen. Leivo hatte ihn dort bereits erwartet. An seinen Erläuterungen – Liquiditätsengpässe, hohe Saisonpreise für Einheimische usw. – war Leivo wenig interessiert gewesen. Stattdessen hatte er gesagt, dass er durchaus Verwendung haben könnte für einen Mann der Tat. Als er dann noch erwähnt hatte, dass man zuweilen ein Vermögen übersehen könne, wenn man den Centstücken hinterherjage, hatte Chico ein wohliges Gefühl überkommen. Als würde sich eine Tür öffnen. Kleine Ereignisse konnten zuweilen große nach sich ziehen, das wusste er. Er hatte Biografien gelesen, er wusste, wie es Eric Clapton und Bruce Springsteen einst ergangen war.

«Entschuldigung.»

Er drehte sich um. Sah in Robins Gesicht, in seine braunen Augen.

«Was soll das heißen: Entschuldigung?»

Robin starrte ihn an. Sein Kopf war annähernd vollständig von einem millimeterhohen Teppich umhüllt. Es war unmöglich zu sagen, wo eigentlich der Bart begann und das Haupthaar endete. Und wo genau sich das Gesicht befand. Es war auch unmöglich zu erraten, dass Robin von Beruf Koch war. Dass er in dem hellblauen Restaurant am Strand werkelte – in der einstigen *Strandreuse*, dem heutigen *Beverly Hills Dining*.

«Ich dachte, dass man so was sagt, wenn man sich verspätet hat. Oder wenn wir uns hier zufällig begegnen sollen, also, als würden wir uns gar nicht kennen. Dann würde ich sagen: Entschuldigung, wie spät haben wir es?»

Leseprobe

«Aber du weißt doch, wie spät es ist. Da du ja auch weißt, dass du dich verspätet hast, nicht wahr?», sagte Chico. «Und wir kennen uns ja ziemlich gut. Leivo hat gesagt, dass das Treffen *topsecret* sein soll, deshalb ist es angemessen, wenn wir uns ein wenig unauffällig verhalten. Aber nicht übertreiben. Okay? Immer schön den Anweisungen vom Boss gehorchen.»

Robin wendete seinen Kopf, sah zum Strand, zur Stadt.

«Ich sehe niemanden. Niemand sieht mich. Wir können los», sagte er.

Robin dachte nicht zum ersten Mal, dass Chico nicht alle Tassen im Schrank hatte. Aber er war zuverlässig. Und er war ein Freund aus Kindertagen. Wenn man jemanden ein Leben lang kannte, kannte man ihn wirklich, nicht wahr? Es war sieben Minuten vor sieben, als sie sich auf den Weg machten, um Jorma Leivo zu treffen.

Jorma Leivo sah aus wie einer dieser verrückten Erfinder, die man aus Filmen kannte. Sein Schädel war kahl, an den Seiten wucherten die Haare, lockig und wirr nach allen Seiten abstehend. Mit seinen blauen Augen blickte er sein Gegenüber stechend und durchdringend an, man wollte umgehend ausweichen. Seine Kleidung erinnerte Chico immer an Modekataloge aus der Kindheit. Er trug ein schneeweißes Jackett mit Schulterpolstern. Darunter ein pinkfarbenes Hemd. Er schwitzte und sprach mit einer kehligen, zugleich sanft einladenden Stimme. Alles in allem wirkte er weltmännisch und wie ein Geschäftsmann. Das verhieß Gutes.

«Es sollte nichts allzu Ernstes sein, ihr versteht», sagte Leivo gerade. Er musterte sie beide. «Ein Fenster geht zu Bruch. Ein Regenwasserfass kippt um. Eine Scheune brennt ab. Ein Fahrrad wird entwendet. Jemand pinkelt in den Briefkasten. Seid kreativ. Ärgernisse aller Art. Am besten täglich. Und gerne so, dass auf das eine immer ein noch ärgerlicheres Ärgernis folgt. Ihr versteht. Eine steil ansteigende Kurve. Sie steigt und steigt.»

Chico wartete.

«Ich muss die Villa und das Grundstück binnen eines Monats in meinem Besitz haben», fuhr Leivo fort. «Je schneller, desto besser. Ein Monat ist Deadline. Ihr fangt heute an. Fragen?»

Chico gab sich alle Mühe, den Anschein zu erwecken, derartige Gespräche andauernd zu führen. Er lehnte sich zurück, schlug das rechte Bein über das linke.

«Wir sind Profis in diesem Gewerbe», begann er, kam aber nicht weiter.

«In welchem Gewerbe?», fragte Leivo.

Chico sah Leivo an. Er fühlte sich ein wenig aus dem Konzept gebracht. Suchte nach einer Antwort. «Also ...»

«Es ist geheim. Geheime Informationen.» Das war die Stimme neben ihm. Robin. Worte aus Robins Mund. Robin hatte so gesprochen, wie er das häufig tat, als würde sich ein Tonband in Bewegung setzen, von dem zufällige Inhalte willkürlich abgerufen wurden.

Leivo betrachtete Robin. Lehnte sich zurück. Er schien darüber nachzudenken, was Robin eigentlich sagen wollte. Das war nicht gut. Chico hatte das Gefühl, am Steuer eines Lkws zu sitzen, kurz vor dem Abgrund, mitten im Wendemanöver.

Leseprobe

«An welches Honorar hatten Sie denn so gedacht? Bezüglich unserer Tätigkeit?», fragte er.

Leivo wendete sich wieder ihm zu.

«Siezen wir uns?»

«Äh. Ich dachte, weil du ja der Boss bist.»

«Jetzt duzen wir uns?»

Chico hielt inne. Dachte angestrengt nach.

«Irgendwie schwierig, sich mit jemandem, den man siezt, übers Duzen zu unterhalten», sagte er und bereute sein Gefasel sofort. «Oder umgekehrt.»

Leivo legte seine Hände auf den Tisch. Ballte eine Faust. Öffnete die Hände, schloss sie wieder.

«Das hier ist inoffiziell. Ich bin euer Chef, aber nur solange du als Rettungsschwimmer und du als Koch tätig bist», sagte er. Er sah zuerst Chico an, dann Robin. «Verstehen wir uns?»

Chico konnte die Farbe riechen, die Wände waren frisch gestrichen. Für einige Sekunden herrschte in dem hellrosa Raum eine tiefe Stille.

«Ich zahle ergebnisorientiert», sagte Leivo. «Fünftausend.»

Chico richtete sich auf, wechselte das Bein, schlug das linke übers rechte. Er hoffte zweierlei. Erstens dass es ihm gelingen würde zu verbergen, wie viel ihm die Summe bedeutete – nämlich alles –, und zweitens dass Robin die Schnauze halten würde.

Chico würde es schaffen. Der vierzigste Geburtstag konnte kommen. Er war neununddreißig, und das bedeutete rein gar nichts mehr. Nächstes Jahr zur selben Zeit würde er vor Kraft strotzen. Eric Clapton war siebzig. B. B. King trat noch mit siebenundachtzig auf. Nächstes Jahr. Debütalbum. Gigs in Clubs. Dann Konzerte in Eissporthallen. Ach was, in Stadien. Verkaufsstände mit Tour-T-Shirts. Er würde es Eric noch vor seinem Fünfzigsten gleichtun können, und er würde diese vollbusige Tätowierte aus England oder Amerika kennenlernen ...

«Klingt anständig», sagte er.

«Natürlich müsst ihr teilen», sagte Leivo.

«Fünftausend geteilt durch zwei ist zweitausendfünfhundert», sagte Robin.

Zweitausendfünfhundert. Das reichte nicht ganz für die neue Les Paul. Nicht für die, auf der er im Instrumentenladen schon ein wenig herumgezupft hatte. Er brauchte dieses Teil, dringend.

«Eure Sache, wie ihr aufteilt», sagte Leivo. «Es ist wichtig, dass wir einander verstehen. Diese Unterredung hat niemals stattgefunden. Ihr habt niemals irgendetwas von dem getan, was ihr bald tun werdet. Ich weiß davon nichts und werde davon nichts zu hören bekommen. Ich habe euch niemals Geld gezahlt. Ihr habt niemals Geld von mir erhalten. Und hiermit ist dieses Treffen beendet.»

Leivo erhob sich. Chico blieb sitzen. Leivo sah ihn an, eine Spur ungeduldig.

«Irgendwas unklar?»

«Wie wäre es mit einem Vorschuss?», fragte Chico.

«Ohne Resultate?»

Chico suchte Robins Blick. Der betrachtete interessiert seine Beine. Immerhin saß er noch.

«Ein Vorschuss macht die Sache gewissermaßen bindend, er schafft eine Verpflichtung», sagte Chico. Ja, das klang gut.

Leseprobe

Leivo schwieg. Einige Sekunden lang. Dann fischte er seine Geldbörse aus der Brusttasche.

«Von welcher … Verpflichtung sprechen wir denn hier so?»

Chico lehnte sich zurück, bemüht lässig. «Fünfhundert», sagte er. «Für jeden.»

«Aha. Klar», sagte Leivo, und gerade als Chico Siegestaumel zu spüren begann, fügte er hinzu: «Fünfzig. Pro Mann. Und damit sind wir hier fertig.»

Leivo löste zwei Fünfziger aus einem fetten Geldbündel und schob sie über den Tisch. Chico reagierte intuitiv. Er sprang auf und griff sich das Geld. Erst dann wurde ihm bewusst, dass er wieder mal überreagiert hatte. Der Anblick von Geld hatte diese Wirkung auf ihn. Er konnte nicht anders.

Die Scheine in seiner Hand waren ein wenig feucht.

Die Villa stand am höchsten Punkt einer durchaus idyllischen Halbinsel. Zur Rechten und zur Linken verliefen feine, schöne Sandstrände. Weiter links, vom Festland aus gesehen, mündete der Strand in ein breites, dichtes Waldgebiet, an das wiederum das Ferienressort grenzte, das seit einiger Zeit den Namen *Palm Beach, Finland* trug. Chico wusste, dass Jorma Leivo sich bereits eine Kaufoption für das Waldstück gesichert hatte. Chico und Robin lagen auf dem Bauch unter Kiefernbäumen. Sie beobachteten die Villa. Die Dunkelheit des Abends hatte sich herabgesenkt.

«Was hat Leivo eigentlich gegen Olivia?», flüsterte Robin.

Leseprobe

«Nichts, denke ich», flüsterte Chico.

«Warum will er dann, dass wir in ihren Briefkasten pinkeln?»

«Wir pinkeln nicht in Olivias Briefkasten.»

«Was machen wir dann?»

Chico kam nicht dazu, die Frage zu beantworten. Im Erdgeschoss waren die Lichter angegangen. Olivia war nach Hause gekommen. Genauer gesagt war Olivia ja schon vor Monaten nach Hause zurückgekehrt, nach dem Tod ihres Vaters. Der hatte in seinem Kajak einen Infarkt erlitten, war vom Wind an Land getrieben worden und hatte den Kindern am Strand Angst eingejagt, gekrümmt sitzend, mit seinem starren Gesicht und einem ewigen Lächeln im Gesicht. Das Ruder hatte er noch hochkant in seinen Händen gehalten. Irgendjemand hatte ein Foto gemacht, das Chico gesehen hatte. Am folgenden Tag war Olivia Koski in ihre Heimatstadt zurückgekehrt. Woher auch immer sie gekommen war. Allein und offenbar gewillt zu bleiben.

Und jetzt war also das Licht im Haus eingeschaltet worden. Chico sah den Schatten eines Menschen an der Wand.

Chico hatte einen Plan. Er nahm einen ziemlich großen Stein in die Hände, zeigte ihn Robin, der ebenfalls nach einem Stein griff. Chico erklärte seinen Plan, der womöglich auch schon im Zeitalter der Höhlenmenschen Anwendung gefunden hatte. Losrennen, Stein werfen, Flucht. Er kündigte an, bis drei zu zählen. Robin rannte bei zwei los, Chico folgte. Sie rannten aus dem Wald auf das Grundstück und warfen ihre Steine gleichzeitig. Das hell erleuchtete Fenster im Erdgeschoss zerbarst mit einem lauten Klirren. Chico und Robin waren bereits auf dem Weg zurück in den Schutz des

Leseprobe

Waldes, als sie ein weiteres Geräusch hörten. Eine eigenartige Mischung aus jammerndem Schmerzensschrei und Hilferuf. Sie hielten inne, standen wie Salzsäulen in der Dunkelheit. Da war es wieder.

«Wir hätten doch in den Briefkasten pinkeln sollen», flüsterte Robin. «Das tut niemandem weh und macht Spaß.»

Chico versuchte angestrengt nachzudenken. Eines war sicher: Das hier gehörte nicht zum Plan.

«Wir müssen ...», sagte er, wusste aber nicht weiter. Irgendetwas mussten sie tun. Irgendwas. «Wir müssen sichergehen, dass nichts Schlimmeres passiert ist.»

Da war wieder das Geräusch. Und ein Klappern und Poltern.

Sie gingen zum Haus, an der Fassade entlang zur Treppe, die auf die Veranda führte. Sie gingen nach oben. Die Veranda war recht gemütlich eingerichtet, mit Sofas. Niemand zu sehen. Das Geräusch kam aus dem Innern des Hauses. Die Tür knarrte, als Chico sie aufschob. Er zuckte zusammen, presste die Zähne aufeinander. Er hielt inne, spürte Robin dicht hinter sich. Das Licht kam von rechts, es drang aus der Küche. Chico konzentrierte sich, aber er hörte nichts. Kein Geräusch. Kein Klappern, kein Poltern. Er lief vorsichtig weiter. Im Türrahmen blieb er abrupt stehen, spähte in den Raum hinein.

Er sah Fliesen, eine dunkelrote Arbeitsfläche, Geschirrschränke, ein eingeworfenes Fenster. Und Blut. Blut und Scherben. Überall. Unter dem Fenster hatte das Blut eine Pfütze gebildet. Spritzer und Streifen, hier und da. An der weißen Tür des Kühlschranks prangte ein fetter roter Streifen. Und die Blutspur führte ... genau vor Chicos Füße.

Er schmeckte Metall, ein elektrischer Mixer streifte seine Augen, seinen Mund, er begann zu fallen, zu stürzen, versuchte, sich auf den Beinen zu halten, aber es ging nicht. Seine Füße taten nicht, was er wollte, er wankte hin und her, auf der Stelle stehend. Dann fiel er auf den Rücken. Er sah Bilder, in schneller Abfolge, hell, dunkel. Dunkle lange Haare, ein von Blut bedecktes Gesicht. Olivias schlanker Körper, sie trug schwarze Jeans und einen schwarzen Rollkragenpullover. Sie hatte den Mixer, der Mixer war weiß und aus Kunststoff, er reflektierte das grelle Küchenlicht. Chico sah in den Augenwinkeln Robin, der ebenfalls einen Schlag mit dem Mixer abbekam, seitlich am Kopf. Er ging auf der Türschwelle in die Knie. Als würde er darum betteln, die Küche betreten zu dürfen.

Chico war verwirrt und wütend zugleich. Sie hatten sich Sorgen gemacht, hatten nachsehen wollen, ob hier im Haus alles in Ordnung war. Und zum Dank bekamen sie einen verdammten Küchenmixer in die Fresse. Er hörte Schritte, ahnte, was kommen würde, und hatte keine Zeit zu reagieren. Vor seinen Augen tanzten große schwarze Würfel, der Schlag des Mixers war wie der Schlag eines Bären gewesen: in gewisser Weise fast betörend schmerzhaft.

«Wir sind gekommen, um zu helfen», stammelte er.

Aber Olivia schien gar nicht zuzuhören.

Sie hatte sich abgewendet, hob den Mixer hoch, holte aus und ließ ihn auf Robin niedersausen, der sich tapfer auf seinen Knien hielt. Chico hatte das Gefühl, sein Ohr würde brennen, er hörte ein fürchterliches Quietschen.

Es war an der Zeit, die Situation ein wenig zu beruhigen.

Er stützte sich auf dem Tisch ab, zog sich hoch. Die dunkle

Leseprobe

Gestalt näherte sich. Er tauchte ab, griff nach Olivias Beinen, es gelang ihm, sie aus dem Gleichgewicht zu bringen. Er rief Robin zu, dass er sie festhalten solle. Er warf sie Robin entgegen, Robin attackierte sie, Olivia ließ endlich den Mixer fallen.

Sie lag am Boden, auf dem Bauch. Chico hielt ihre Füße fest, Robin ihren Kopf unter seinem Arm. Chico erteilte hektisch Anweisungen. Wie gut, dass die Frau ziemlich leicht und Robin so stur war, er hielt sie fest, ohne auch nur für Sekunden seinen Griff zu lockern.

Chico hatte einen Plan, das war schon sein dritter an diesem Abend: Sie würden die Frau rausbringen, an die frische Luft. Sie würden sich unterhalten, ein paar Vereinbarungen treffen. Chico war durchaus bereit, die Fenster zu erstatten. Ihr Honorar würde dafür locker reichen. Natürlich war das nicht der eigentliche Plan gewesen, aber ...

Chico rief Robin zu, dass es keinen Sinn habe zu fliehen, die Frau kenne sie. Robin schien zu begreifen.

Sie standen mühsam auf, die Frau versuchte sich loszureißen, sie schlug, zappelte, wand sich.

«Halt sie fest», schrie Chico. «Wir bringen sie raus.»

Robin nickte, drehte sich um, suchte eine Position, in der er den Körper anheben konnte. Chico machte dasselbe, stützte sich auf das andere Bein, schrie angestrengt: «Jetzt!» Die Blutpfütze, in der Olivia gelegen hatte und in der nun Chico mit seinen Adidas-Turnschuhen stand, war spiegelglatt. Er rutschte aus, hielt sich intuitiv an Olivia fest, während er fiel. Im selben Moment zerrte Robin auf der anderen Seite am Kopf.

Das Knacken erinnerte an das Zerbersten eines trockenen

Holzstücks. Olivia erschlaffte. Robin umklammerte immer noch mit aller Kraft den Kopf, Chico hielt die Füße, während er sich mühsam durch die Blutpfütze schleppte. Er brüllte Robin an, befahl ihm, augenblicklich aufzuhören mit dem Mist und loszulassen. Olivia sank zu Boden.

Chico richtete sich auf, Robin stand schon an der Tür.

«Ich habe sie anders in Erinnerung», sagte Robin.

Wie wahr, dachte Chico. Wundert dich das? Er bewegte sich tastend auf Robin zu, warf Seitenblicke auf den am Boden liegenden Körper. Die Haare hingen im Gesicht, aber er konnte doch die Gesichtszüge erahnen. Die Haut war seltsam weiß und straff. Das Auge, das konzentriert eine aus dem Boden aufragende Fußleiste zu betrachten schien, war hellblau. Kleine Ohren. Ein dünner Schnauzbart, ein Kinnbart, wie die feinen Borsten eines Pinsels geformt.

In diesem Fall lag Robin mal richtig. Auch Chico hatte Olivia anders in Erinnerung. Der Grund war ziemlich einfach. Es war nicht Olivia.

Leseprobe

Zwei Wochen später

Die größten Herausforderungen, die schmerzhaftesten Umstände einer Scheidung wurden einem offenbar von Menschen auferlegt, die mit der Sache gar nichts zu tun hatten. Menschen, die ihre eigenen Erfahrungen teilen wollten, die davon berichten wollten, was sie erlebt hatten, wie es ihnen ergangen war, wie sie es geschafft hatten.

Jan Nyman empfand es tatsächlich als Herausforderung. Er konnte ja schlecht mitteilen, dass ihn all das nicht interessierte (es interessierte ihn in der Tat nicht), es fiel ihm schwer, seine eigene Situation als Überlebenskampf oder etwas ähnlich Dramatisches zu betrachten, und er hatte über Tuula absolut nichts Negatives zu sagen. Ganz im Gegenteil.

Jetzt hatte sich also sein Boss zu Wort gemeldet, hatte ihn in sein Büro zitiert. Am Telefon hatte er es eilig und ein wenig mysteriös klingen lassen. *Geh nicht durch die Kantine, geh nicht zu deinem Schreibtisch, komm direkt zu mir ins Büro.* Eigenartig. Es blieb ihm wohl nichts anderes übrig, als sich überraschen zu lassen.

«Wir waren ja, also Maiju und ich, eine Woche lang in so einer Art Camp. Paartherapie, du verstehst», sagte Muurla jetzt, nachdem er eingangs erwähnt hatte, ebenfalls Erfahrungen in Sachen Trennung und Scheidung zu besitzen. «Unsere Hoffnung war natürlich, unsere Beziehung wieder in die Spur zu bringen. Wir waren da mit sechs anderen Ehepaaren. Leute, die auch am Abgrund einer Scheidung standen. Die konnten sich kaum noch ertragen, die hätten nicht mal gemeinsam auf einen Bus warten wollen. Und plötzlich saßen

Leseprobe

wir alle in diesem Wald und sollten alte Wunden aufreißen. Man kam da also nach einer höllisch anstrengenden Autofahrt auf diesem Bauernhof an. Nachdem man sich 412 Kilometer lang angeschrien hatte. Dann wird man von aufgekratzten, hysterischen Damen begrüßt, bekommt irgendeinen Tee kredenzt. Einen Willkommenstee aus Pilzextrakt, der nach Ohrenschmalz oder Schweiß am Handgelenk stinkt. Die Damen faseln von Sex. Erzählen jedem, der es nicht wissen will, dass Jari keinen mehr hochbekommt und dass sie deshalb fremdgehen mussten und dass sie es genossen haben. Die Kerle sitzen daneben mit glühenden Ohren, es herrscht sozusagen knisternde Stimmung, während der Tee langsam abkühlt. Der Seminarleiter war ein Typ mit wachsweicher, samtiger Stimme, der sich zu fein war, mit uns anderen Kerlen in die Sauna zu gehen. Ich dachte erst, dass es mit Autorität zu tun hat, dass er einen gewissen Abstand zu seinen Kunden wahren will. Er hat uns immer angestarrt, als würde er bei unserem Anblick mehr und mehr die Hoffnung verlieren. Sein Gesicht war rot, er hat die Lippen zusammengepresst, mit pochenden Schläfen. Als wir Volleyball gespielt haben, hat er missbilligend abseitsgestanden. Am vierten Tag schließlich war ich dran mit dem Beheizen der Sauna. Ich war unterwegs, schleppte eine Ladung vom besten trockenen Holz, als ich ein komisches Stöhnen hörte, es kam aus der Umkleide. Ich sehe rein, und da liegt einer der Typen, nicht dieser Jari, sondern ein anderer, aus Espoo, bäuchlings auf einer Bank. Und der Typ, der Seminarleiter mit der samtigen Stimme, liegt über ihm und greift ihm an den Arsch, dass sich die Balken biegen. Du verstehst. Er hatte sein Hemd noch an, bis zum obersten Kragenknopf. Ich habe das Holz zurück zum Stapel gebracht, bin zu Maiju gegangen, habe ihr einen Kuss auf die Wange gegeben und gesagt, dass wir die Scheidungspapiere fertig machen können. Dann sind wir heimgefahren, bester Laune übrigens. Heute sind wir gute Freunde. Das ist eine recht ungewöhnliche Geschichte, denke ich.»

Muurla schwieg, in Gedanken versunken. Nyman hatte nicht die Absicht, die Geschichte in irgendeiner Weise zu kommentieren. Noch nicht mal mit einem *Aha, ja, verstehe.* Er sah aus dem Fenster.

Das Landeskriminalamt in Vantaa befand sich auf einem großen Grundstück, das wiederum auf der Südseite, auf der Muurlas Büro untergebracht war, an ein ebenfalls großes, unbebautes Nachbargrundstück angrenzte. Es war ein Feld, ein grünes Feld, umgeben von kleinen, niedlichen Birken. Der Blick aus dem Fenster fühlte sich nach Sommerurlaub an. Nyman hatte seinen Urlaub noch nicht antreten können, auch wenn er vielleicht äußerlich so aussah, als sei er auf dem Sprung. Neue weiße Sneakers, legere Bluejeans, ein rötlich graues Flanellhemd, ein Dreitagebart, der die Gruben an seinen Wangen betonte. Seine dunklen, ziemlich langen Haare waren feucht vom Duschen und lagen etwas wirr. Er sah eigentlich immer so aus. Tuula fand, dass er einem Countrysänger glich, der Langstreckenrennen lief. Oder einem Läufer, der sang. Er war allerdings keins von beiden, kein Läufer, kein Sänger. Er war vielmehr der beste Mitarbeiter im Dezernat für verdeckte Ermittlungen. Vermutlich war das auch der Grund dafür, dass er hier bei Muurla saß. Er suchte Muurlas Blick. Muurla kehrte langsam ins Hier und Jetzt zurück.

Er verschränkte seine Hände auf dem Tisch wie zum Gebet. «Die vollständige Ermittlungsakte findest du im In-

Leseprobe

tranet, lies sie in Ruhe. Hier die Kurzfassung: eine Leiche in einer kleinen Stadt, eine Ermittlung lokaler Behörden ohne Ergebnis, das obligatorische Team des Landeskriminalamts kam und ging, ohne Ergebnis. Der Fall ist in jeder Hinsicht mysteriös, die Hintergründe liegen im Dunkeln.»

Nyman betrachtete Muurla, mit seinem breiten Gesicht saß er hinter seinem breiten Schreibtisch. Seine unebene Haut erinnerte Nyman immer unwillkürlich an alte, abgenutzte Sofas. Muurla war von Beginn an sein Vorgesetzter gewesen, schon als er, nach Jahren bei der Mordkommission in Helsinki, hier in Vantaa angefangen hatte. Nyman wusste wenig über Muurla, er kannte nicht mal sein genaues Alter. Vielleicht zeugte das ja davon, dass die Abteilung für verdeckte Ermittlungen tatsächlich funktionierte. Vermutlich war er um die sechzig. Nyman arbeitete gerne unter Muurla. Muurla wollte ausschließlich Ergebnisse, er gab keine guten Ratschläge und erteilte keine unsinnigen Befehle. Er ließ nie den Chef raushängen. Möglicherweise lag es einfach daran, dass Muurla nicht das Format eines Chefs besaß, aber darüber wollte Nyman gar nicht weiter nachdenken.

«Ich vermute, dass es noch weitere Gründe gibt, uns hinzuzuziehen?», sagte er.

«Es sieht nach der Arbeit von Profis aus», sagte Muurla. «Also, gewissermaßen. Die Sache stellt sich in etwa wie folgt dar: Der Typ ist also im Haus, eingeladen oder uneingeladen. Es kommen weitere Gäste hinzu, eingeladen oder uneingeladen. Sie kennen sich, oder sie kennen sich nicht. Sie folgen einem Plan oder agieren aus dem Moment heraus. In jedem Fall liegt am Ende ein Mann mit gebrochenem Genick in der Küche. So etwas würde nicht jedem gelingen, du verstehst.

Auch nicht der Besitzerin des Hauses, die mit der Sache zu tun haben kann oder nicht. Sie wurde natürlich mehrfach verhört. Und sie blieb immer bei derselben Darstellung: Sie kam nach Hause, alles war verwüstet, und am Boden lag ein Mann, den sie noch nie gesehen hat. Das lässt sich, Stand jetzt, nicht widerlegen. Sie ist tatsächlich zur Tatzeit außer Haus gewesen. Aber wusste sie, was in ihrer Abwesenheit passieren würde? Das ist eine andere Frage. Und falls ja, was genau wusste sie?»

«Und der Tathergang deutet auf Profikiller hin?»

«Ja», bestätigte Muurla. «Laut Gerichtsmedizin müssen es mindestens zwei gewesen sein, die wussten, was sie tun. Amateure können auf diese Weise niemanden zu Tode bringen. Es muss alles gewissermaßen austariert sein, man muss ein paar Dinge wissen, über Anatomie, Timing, Zusammenwirken. Vielleicht kommen gewisse Kampfsportkenntnisse hinzu. Nicht die gelben Gürtel, sondern die schwarzen. Und noch was: Es wurde nichts entwendet. Die Täter kamen, erledigten den Job und gingen wieder, bevor die Herrin des Hauses zurückkehrte. Die Misshandlung des Opfers, die Verwüstung, das alles mögen Täuschungsmanöver sein. Der Mann wurde in jedem Fall mit besonderem Geschick getötet. Und da ist noch etwas, das diese Ermittlung rätselhaft macht.»

Nyman wartete. Muurla beugte sich vor, schob seine Ellenbogen auf Nyman zu, näherte sich.

«Es gab da in der Frühphase eine kleine Irritation», sagte Muurla und fokussierte Nyman mit seinen tiefgrauen Augen. Nyman kannte diesen Blick. Bald würde Muurla ihn aus seinem Büro entlassen mit einer *Mission impossible*, die er wie selbstverständlich erledigen sollte.

Leseprobe

«Auf Basis des Notrufs hatte die Streife, die zuerst vor Ort war, die Sache missverstanden. Die dachten, dass alles noch im Gange sei, sind also mit Schwung da rein und haben den Mann mit seinem gebrochenen Genick ein wenig unsanft angepackt. Weil sie dachten, dass er vielleicht irre ist oder unter Designerdrogen steht und deshalb mit Steinen geworfen und das Fenster zerstört und die Einrichtung verwüstet hat und dann vielleicht eingeschlafen ist. So was in der Art, man kennt das ja. Die Uniformierten haben also ein wenig Unordnung am Tatort hinterlassen. Hinzu kommt, dass das Haus kürzlich in den Innenräumen renoviert wurde, es waren also jede Menge Leute in letzter Zeit da. Die Kriminaltechnik hatte es ein wenig schwer, und es wurde auch einiges eher nach alter Schule gemacht, also *oldschool*, wie mein Sohn immer zu sagen pflegt. Übrigens, wo wir vom Nachwuchs sprechen, vielleicht ist es ganz gut, dass du keine Kinder hast, jetzt, weil ja die Scheidung ...»

«Wer bin ich?», fragte Nyman, bevor Muurla Gelegenheit hatte fortzufahren. Er hatte innerhalb des vergangenen Monats sicher etwa vierhundert Geschichten gehört, die auf die eine oder andere Weise mit Scheidungen zu tun gehabt hatten. Keine davon hatte er hören wollen.

«Jan Kaunisto», sagte Muurla. Er betastete eine Klarsichthülle, die vor ihm auf dem Tisch lag. Zuoberst darin lag ein finnischer Reisepass. «Mathematiklehrer. Sommerferien.»

«Bestens», sagte Nyman. Er hörte seiner eigenen Stimme an, wie trocken und lakonisch das klang. Immerhin durfte er seinen eigenen Vornamen nutzen, das erleichterte die Einfühlung in die fiktive Identität.

«Auf deinem Konto findest du ein Monatsgehalt und Urlaubsgeld», sagte Muurla. «Hier ist auch noch deine Kreditkarte. Alles andere besorgst du dir selbst, Telefon und so weiter. Fragen?»

«Viele. Aber ich vermute, dass die Ermittlungsakten einige Antworten parat haben.»

Muurla überreichte Nyman die Klarsichthülle. Sie sahen einander an. «Willst du hören, wie ich die Sache sehe?», fragte Muurla.

Nyman schwieg. Muurla wertete das offenbar als lautes *Ja*.

«Diese Frau hat kürzlich einen Mann kennengelernt», sagte Muurla. Er verschränkte seine Arme vor der Brust. So sah er aus wie ein ziemlich feister Rentner. «Aber dieser Mann stellt sich als Enttäuschung heraus. Die Frau begreift, dass er nicht freiwillig das Feld räumen wird. Sie kennt einige Leute in der Stadt. Sie hat einen Job für sie, der erledigt werden muss. Sie machen, wofür sie bezahlt werden. Sie täuschen einen Einbruch und irgendeine Auseinandersetzung vor.»

«Aha. Und dann?»

«Was?»

«Falls die Frau Killer angeheuert haben sollte, sind die ja nicht weg. Die kommen wieder. Sie wollen Geld. Und dann wollen sie noch mehr Geld. Sie kommen, wenn nötig, auch, um die Angelegenheit vollständig zu Ende zu bringen.»

Muurla dachte nach.

«Wie gut, dass du bald vor Ort sein wirst», sagte er schließlich. Er nickte irgendjemandem zu, den nur er sehen konnte. Nickte vor sich hin. «Glaub mir, es ist diese Frau, die da die Strippen zieht.»

Pressestimmen zu «Palm Beach, Finland»

«Tuomainen erzählt flüssig und geistreich, ohne je den Bogen zu überspannen, mit einer fein dosierten Portion schwarzen Humors.» *Helsingin Sanomat*

«Wie eine ausgesprochen lustige Party. Schlaflose Nächte, hohes Suchtpotenzial ... unterhaltsam, deftig humorig, derb & beschwingt.» *Kirja vieköön!*

«Tuomainens große Stärke liegt in der Figurenzeichnung.» *Kirsin Book Club*

«Eine lustige, ziemlich düstere Story, ebenso klarsichtig wie scharfsinnig. Pechschwarzer Humor und eine gut abgeschmeckte Portion Lakonik würzen die Geschichte um schräge Idioten, leidenschaftliche Unternehmer und allzu voreilige Optimisten.» *Kirja hyllyssä*

«Tuomainen erzählt glänzend, mitreißend, zugleich spannend und unterhaltsam. Und der Leser darf gespannt darauf warten, wessen Tarnung als erste auffliegt.» *Nousu*

«Die Sonne lugt zwischen den Zeilen hervor in dieser spannenden, lustigen, magischen Geschichte mit ihren fein gezeichneten Figuren. Ich liebe die vieldeutige, kluge Sprache des Autors!» *Rakkaudesta kirjoihin*

«Ein Krimi voll schwarzen Humors, mit spannend-unterhaltsamen Wendungen, flüssigen Dialogen, markigen Sprüchen und wunderbaren Einfällen. Ein Volltreffer.» *Luetut.Net*

Weitere Titel von Antti Tuomainen

Die letzten Meter bis zum Friedhof

Palm Beach, Finland

Das für dieses Buch verwendete Papier ist FSC®-zertifiziert.